사랑하는 사람은

행복하다

사랑에 관하여

사랑하는 사람은 행복하다

초판 1쇄 인쇄 2017년 3월 15일
초판 1쇄 발행 2017년 3월 22일

지은이 헤르만 헤세
옮긴이 정현규
펴낸이 정중모
편집인 민병일
펴낸곳 문학판

기획 · 편집 · Book Design | Min, Byoung - il
Book Design | Lee, Myung - ok

편집진행 최은숙 | 홍보마케팅 김경훈 김정호 박치우 김계향
제작관리 박지희 김은성 윤준수 조아라

등록 1980년 5월 19일(제406 - 2000 - 000204호)
주소 경기도 파주시 회동길 121(문발동)
전화 031 - 955 - 0700 | 팩스 031 - 955 - 0661~2
홈페이지 www.yolimwon.com | 이메일 editor@yolimwon.com

Printed in Korea

ISBN 979 - 11 - 88047 - 03 - 1 03850
책값은 뒤표지에 있습니다.

문학판은 열림원의 문학 · 인문 · 예술 책을 전문으로 출판하는 브랜드입니다.

문학판의 심벌인 무당벌레는 유럽에서 신이 주신 좋은 벌레, 아름다운 벌레로
알려져 있으며, 독일인에게 행운을 의미합니다. 문학판은 내면과 외면이 아름다운 책을 통하여
독자들께 고귀한 미와 고요한 즐거움을 드리고자 합니다.

이 도서의 국립중앙도서관 출판예정도서목록(CIP)은 서지정보유통지원시스템 홈페이지(seoji.nl.go.kr)와
국가자료공동목록시스템(nl.go.kr/kolisnet)에서 이용하실 수 있습니다. (CIP제어번호: CIP2017005649)

헤세가 그린 몬타뇰라의 집.
헤세는 이 집에서 만년을 보냈다.

경아에게

글·그림 헤르만 헤세

20세기 위대한 작가 중의 한 사람이며 전 세계적으로 가장 많이 읽히는 소설가이기도 한 헤르만 헤세는 1877년 남부 독일 칼브에서 태어났다. 그가 태어난 슈바벤 주는 시인의 고장으로 잘 알려졌는데 뫼리케, 실러, 횔덜린 등의 시인과 철학자 헤겔도 모두 이곳 출신이다. 1891년 14세 때 명문 신학교이자 수도원인 마울브론 기숙신학교에 입학했으나 신경쇠약증 등으로 적응하지 못한 채 '시인이 되지 못하면 아무것도 되지 않겠다'라는 생각에 신학교를 도망친다. 그 후 자살 기도, 정신요양원 생활, 김나지움에 입학했으나 곧 학업을 중단한 후 서점원, 시계부품공장 견습공을 전전한다. 2년여의 방황 끝에 정신적인 안정을 얻은 것은 튀빙겐의 한 서점에서 점원으로 일하며 글을 쓰기 시작하고부터였다. 그를 독일어권에서 일약 유명작가 반열에 올려놓은 『페터 카멘친트』(1904) 출간 이후, 『수레바퀴 밑에서』(1906), 『크눌프』(1915), 『청춘은 아름다워』(1916), 『데미안』(1919), 『싯다르타』(1922), 『황야의 이리』(1927), 『지와 사랑』(1930), 『유리알 유희』(1943) 등의 주옥 같은 소설로 전 세계인의 사랑을 받았다. 1946년 『유리알 유희』로 노벨문학상을 받았으며, 1962년 몬타뇰라에서 생을 마감했다.

시인과 화가로도 잘 알려진 헤세의 작품에는 자연을 향한 동경과 속박으로부터의 자유, 인간 내면에 존재하는 선과 악 그 너머를 찾아가는 구도자적 자세, 조화로운 삶의 길을 모색하는 인간적인 질감의 사유가 스며 있다. 헤세의 인간을 향한 따스한 사랑법이 녹아 있는 산문집 『사랑하는 사람은 행복하다』에는 그가 한 생애 동안 방랑하고 성찰하고 사랑했던, 사랑이라는 이름의 거대한 우주가, 사람 냄새 짙은 향수로 묻어난다.

옮긴이 정현규

서울대 독어독문학과에서 학사, 석사 학위를 받은 후 독일 베를린공과대학 독어독문학과에서 「괴테의 문학 작품에 나타난 베일 모티프 연구」로 박사학위를 받았다. 원광대 인문학연구소와 성신여대 인문과학연구소 전임연구원, 이화여대 HK교수를 거쳐, 현재 숙명여대 독일언어문화학과에 교수로 재직 중이다. 『웃는 암소들의 여름』, 『젊은 베르터의 고통』, 『조선, 1894년 여름』, 『릴케의 이집트 여행』 등을 번역했다.

사랑에 관하여

사랑하는 사람은
행복하다

헤르만 헤세 글·그림

정현규 옮김

문학판

차 례

집필 중인 헤세

얼음 위에서

그해 겨울은 길고 혹독해서, 우리의 아름다운 슈바르츠발트 강은 몇 주 동안 꽁꽁 얼어붙어 있었다. 나는 혹한이 몰아치던 첫날 아침에 그 강에 발을 디뎠을 때 가졌던 그 기이하고 오싹하게 매료된 느낌을 잊을 수가 없다. 강은 깊었는데 얼음은 너무나 투명해서, 얇은 유리판을 통해 보는 것처럼 발아래로 초록빛 강물과 자갈이 있는 모래바닥이 보였고, 환상적으로 뒤엉킨 수중식물들과 언뜻 지나가는 물고기의 검은색 등이 보였다.

볼은 빨갛게 달아오르고 손은 파랗게 언 채, 나는 격렬하고 리듬감 넘치는 스케이트 타기로 심장이 힘차게 부풀어 올라 친구들과 함께 한나절 동안 얼음 위에서 돌아다니곤 했다. 어린 시절에 으레 그렇듯 나는 아무 걱정 없이 지칠 줄 모르는 힘으로 놀이를 즐겼다. 우리는 경주를 하거나, 넓이뛰기, 높이뛰기 혹은 술래잡기를 했는데, 아직도 옛날 식으로 장화에 뼈로 된 스케이트 날을 끈으로 묶은 친구들도 있었다. 그렇다고 해서 이 친구들이 가장 뒤처진 것은 아니었다. 그런데 공장주의 아들이었던 한 친구는 '핼리팩스' 한 켤레를 가지고 있었고, 이 스케이트는 끈이나 밴드 없이 고정되어 있어 눈을 두 번 깜짝할 사이에 신거나 벗을 수 있었다. 그때부터 핼리팩스는 여러 해 동안 내 크리스마스 선물 목록에 들어 있었다. 그렇지만, 선물로 받은 적이 없었다. 십이 년이 지난 후에 질이 좋은 훌륭한 스케이트를 한 켤레 장만하려고 상점에 들러서 핼리팩스를 달라고 했을 때, 마음 아프게도 나의 이상과 한 조각 어린 시절의 믿음은 사라져버렸다. 점원은 웃으면서, 핼리팩스는 구식이어서 이제는 최고의 제품이 아니라고 말했던 것이다. 나는 혼자 타는 스케이트를 가장 즐겼고, 밤이 될 때까지 탈 때가 많았다. 나는 쏜살같이 미끄러져 나갔고, 빨리 달리다가도 어디서든 원하는 지점에서 멈춰 서거나 돌 수 있었다. 마치 날아가는 듯 즐거움을 느끼면서 나는 균형을 잃지 않고 아름다운 곡선을 그리며 유영을 했다. 많은 친구들이 여자애들 뒤꽁무니를 쫓아다니며 비위를 맞추느라 얼음 위에서 시간을 보냈지만 나한테 여자애들은 관심 밖이었다. 다른 친구들이 여자애들에게 기사도를 발휘하거나 동경을 품고 수줍게 주변을 맴돌 때도, 대담하고 능란하게 쌍을 지어 이끌어 가는 동안에도, 나는 혼자서 미끄러져 가는 자유로운 즐거움을 만끽했다. '여자애들을 이끌고 다니는 친구들'한테 나는 동정과 조소를 날렸을 뿐이다. 여러 친구들의 고백을 통해, 나는 여자애들에게 친절하게 굴면서 그들이 느끼는 만족감이 사실은 얼마나 불확실한 것인지 안다고 생각했기 때문이다.

벌써 겨울의 끝이 다가올 무렵의 어느 날, 애들 사이에 떠도는 새로운 소식이 내 귀에 들려왔다. 노르트카퍼란 애가 최근에 스케이트를 벗고 있는 엠마 마이어란 여자애한테 키스했다는 거였다. 이 소식은 갑자기 내 머리에 피가 솟구치게 했다. 키스를 했다! 그건 평상시에 여자애들과 노는 것 중에 가장 큰 기쁨으로 칭송되던 맥 빠진 대화나 수줍게 손을 잡는 것과는 당연히 차원이 다른 것이었다. 키스를 했다! 그것은 이국적이고, 폐쇄되었으며, 수줍게 예감된 어떤 세계에서 온 소리였다. 그것은 금지된 과일의 맛있는 냄새를 지니고 있었다. 그것은 은밀한 것, 시적인 것, 명명할 수 없는 어떤 것을 지니고 있었다. 그것은 저 비밀스럽게 달콤하며 소름끼치도록 유혹적인 영역에 속한 것이었다. 우리 모두가 침묵하고 있지만 예감에 가득 차 알고 있으며, 학교에서 퇴학당한 저 옛날 소녀들의 우상들이 벌였던 전설적인 사랑의 모험에 의해 어렴풋이 알려진 그런 영역 말이다. '노르트카퍼'는 어찌된 영문인지 모르지만 우리에게 흘러들어온 함부르크 출신의 14살짜리 학생으로, 나는 그를 매우 경외했고, 학교 밖에서 피어나는 그의 유명세는 자주 나를 잠 못 들게 했다. 그리고 엠마 마이어는 논쟁의 여지없이 게르버자우에서 제일 예쁜 여학생이었는데, 금발에다 기민하고 도도하며 나와 동갑이었다.

그날부터 내 머릿속에서는 여러 가지 계획과 걱정이 요동쳤다. 여자애한테 키스하기. 하지만 그건 그 자체로뿐만 아니라, 의심의 여지없이 학교 규정에 의해 금지되고 터부시되는 일이었기 때문에 이제까지의 내 모든 이상을 뛰어넘는 것이었다. 얼음판 위에서 장엄한 연애 봉사를 하는 것이 이를 위해 유일한 좋은 기회라는 것을 나는 금방 알게 되었다. 먼저 나는 내 외모를 능력껏 점잖게 만들려고 노력했다. 머리모양에 시간과 공을 들였고, 옷차림을 정갈하게 하기 위해 지나칠 정도로 꼼꼼히 신경 썼으며, 모피 모자를 예의 바르게 이마에 반쯤 걸쳤고, 내 누이들에게 애원해서 장미꽃처럼 붉은 비단 손수건을 얻었다. 그와 더불어 나는 얼음 위에서 관심권에 있는 여자애들에게 정중하게 인사하기 시작했다. 전에 없던 이러한 친절함에 여자애들은 놀라움을 표시하면서도 호의적으로 받아들이는 것 같다고 나는 믿었다.

여자애한테 맨 처음 말을 거는 건 훨씬 더 어려웠다. 왜냐하면 살면서 이제까지 나는 여자애한테 '신청'을 해본 적이 없었으니 말이다. 나는 이렇게 진지하게 격식을 차리는 경우에 친구들이 어떻게 하는지 알려고 했다. 어떤 애들은 그냥 허리를 숙이고 손을 내밀었고, 다른 애들은 알아듣지도 못할 말을 더듬거렸는데, 대부분의 친구들은 "함께할 영광을?"이라는 고상한 문장을 사용했다. 이 형식적인 말이 내게는 너무나 인상적이어서, 나는 내 방의 난로 앞에서 몸을 숙이며 그 격식 차린 말을 하면서 내내 연습했다.

　무거운 첫 발을 내디딜 날이 왔다. 어제 이미 나는 신청할 생각을 했지만, 아무 시도도 하지 못하고 의기소침한 채 집으로 돌아왔다. 내가 너무나 두려워하면서도 바라던 것을 오늘 나는 무조건 하기로 마음먹었다. 두방망이질 치는 심장과 마치 범죄자라도 된 것처럼 죽을 것 같은 답답한 가슴으로 나는 얼음판으로 향했는데, 내 생각엔 스케이트를 신을 때 두 손이 떨렸던 것 같다. 나는 넓게 원을 그리며 떨어져 있다가 아이들이 모여 있는 곳으로 돌진해 갔다. 평소의 태연함을 유지하고 으레 그래 왔던 듯한 표정을 애써 지으려고 노력했다. 나는 전체의 긴 트랙을 가장 빠른 속도로 두 번 완주했는데, 살을 에는 듯한 공기와 격렬한 움직임이 내게 도움이 되었다.

　갑자기 나는 다리 바로 아래에서 전속력으로 누군가와 부딪혔고, 비틀거리며 옆으로 넘어졌다. 얼음 위에는 아름다운 엠마가 주저앉아 있었다. 분명히 아픈 걸 꾹 참는 게 역력해 보였는데 비난에 가득 찬 눈초리로 나를 쳐다보고 있었다. 내 앞에서 세상이 빙빙 돌고 있었다.

"나 좀 일으켜줘!" 그녀는 자기 여자친구들에게 말했다. 그때 나는 얼굴이 온통 빨개진 채 모자를 벗었고, 그녀 옆에 무릎을 꿇고는 일어서도록 도와주었다.

그러고 나서 우리는 서로 놀란 채 어쩔 줄 모르며 마주 서 있었고, 한마디도 못했다. 그녀가 그렇게 가까이 있음으로 해서 그 아름다운 소녀의 모피 외투와 얼굴 그리고 머리카락이 나를 마비시켰다. 나는 모자를 여전히 손에 든 채 사과하려고 했지만 아무 생각도 나지 않았다. 그리고 갑자기, 내 눈이 베일에 덮여 있었던 것처럼, 나는 기계적으로 허리를 깊이 숙이고는 더듬거리며 "함께할 영광을?"이라고 말했다.

그녀는 아무 대답도 하지 않았지만, 따뜻함이 장갑을 관통해 느껴졌다. 그녀는 섬세한 손가락들로 내 두 손을 쥐었고, 나와 함께 스케이트를 타고 나아갔다. 나는 기이한 꿈속에 있는 것 같은 느낌이 들었다. 행복과 부끄러움, 따뜻함과 즐거움 그리고 당황스러움과 같은 감정이 내 호흡을 거의 빼앗아가 버렸다. 우리가 함께 스케이트를 탄 건 아마도 십오 분 정도였을 것이다. 그러고 나서 그녀는 어느 쉼터에서 자신의 작은 손을 놓고는, "고마워"라고 말한 후 혼자 가버렸다. 나는 뒤늦게 모피 모자를 벗었고, 오랫동안 같은 자리에 머물러 서 있었다. 한참 후에야 그녀가 나와 함께 있던 그 시간 동안 한마디도 하지 않았다는 사실이 생각났다.

얼음이 녹기 시작했고, 나는 같은 시도를 다시는 할 수 없었다. 그건 내 첫 번째 사랑의 모험이었다. 하지만 내 꿈이 이루어져 내 입술을 어떤 소녀의 빨간 입술에 맞대기까지는 몇 년이 더 흘러야만 했다.

너무 늦게

내가 어린 마음에 어려워하고 부끄러워하며
낮은 목소리로 청하며 네게 다가갔을 때,
넌 웃었고
내 사랑을
장난으로 만들어버렸다.

지금 넌 지쳐 있고 더 이상 장난조차 하지 못하며,
어두운 눈빛으로 나를 바라본다.
너의 고통 속에서,
그리고 사랑을 원한다,
한때 내가 너에게 주었던 그 사랑을.

아, 그 사랑은 오래전에 꺼져버려
다시 돌아오지 못한다 —
언젠가 그 사랑은 네 것이었다!
지금 그 사랑은 어떤 이름도 알지 못하고
홀로 있고 싶어 한다.

성적으로 성숙되기 전의 시기에 청소년의 사랑 능력은, 남녀 양쪽을 모두 포괄할 뿐 아니라, 예외 없이 모든 것, 감각적이고 정신적인 것까지 포함하며, 모든 것에 동화 같은 변신 능력과 사랑의 마력을 부여하는데, 이러한 변신 능력은 선택된 자나 시인들에게만 나중에 나이 들어서도 종종 다시 나타나는 것이다.

사랑은 우리를 행복하게 만들기 위해 존재하는 것이 아니다.
내 생각에 사랑은, 우리가 고통과 인내하는 과정 속에서 얼마
나 강할 수 있는가를 우리에게 보여주기 위해 존재한다.

우리는 사랑으로 인해 괴로움을 겪습니다. 하지만 우리가 헌신적으로 사랑을 견디면 견딜수록 사랑은 우리를 더욱 강하게 만듭니다.

우리는 가장 힘겹게 손에 넣는 것을 가장 애지중지한다.

사랑이란 고통 속에서 웃을 수 있는 모든 능력이며, 모든 종류의 우월함이며, 이해할 수 있는 모든 능력이다. 우리 자신과 우리의 운명을 사랑하는 것, 설령 우리가 헤아리기 어려운 것에 대해 아직 조망하거나 이해할 수 없을 때에도 그것이 우리와 더불어 하려 하고 계획하는 것에 대해 진정으로 동의하는 것, ―그것이 우리의 목표이다.

한스 디를람의 수업시대

사람들이 꽤 오래전부터 더 이상 무두장이라는 호칭으로 부를 수 없게 된 가죽상인 에발트 디를람에게는, 그가 많은 기대를 걸고 있었던 한스라는 아들이 한 명 있었다. 한스는 슈투트가르트에 있는 상급 실업학교를 다녔는데, 그곳에서 이 건장하고 명랑한 젊은이는, 나이만 먹었지 지혜와 명예를 얻지는 못했다. 그는 매년 유급을 당해 같은 학년을 두 번 다녀야 했지만, 그 외에는 연극을 보러 다니거나 저녁이면 맥주를 즐기며 만족스런 생활을 하면서 열여덟 살이 되었고, 아주 건장한 젊은 남자로 성장했다. 반면 그의 동급생들은 아직 수염도 나지 않은 미성숙한 소년들이었다. 하지만 한스는 이 아이들 사이에서도 학업 보조를 맞출 수 없었고, 자신의 만족과 공명심의 현장을 대개는 공부와는 상관없는 세상 생활과 남자의 세계에서 찾았기 때문에, 그의 아버지는 스스로와 다른 학생들을 물들이지 않도록 이 경솔한 젊은

이를 학교에서 데려가라는 권고를 받았다. 그렇게 해서 어느 아름다운 봄날 한스는 슬픔에 빠진 아버지와 함께 게르버자우에 있는 집으로 향했는데, 이제 문제는 이 한심한 청년을 데리고 뭘 시작할 것인가 하는 것이었다. 왜냐하면 가족회의에서 바라던 바와 같이 그를 군대에 보내기에는 이번 봄엔 시간이 너무 늦어버렸기 때문이다.

그때 젊은 한스는 자신을 기계공장에 견습생으로 보내달라고 스스로 요청함으로써 부모님을 놀라게 했다. 자신에겐 엔지니어가 되고자 하는 의욕도 있고 소질도 있는 것 같다는 것이 그 이유였다. 전체적으로 보건대 그의 이러한 제안은 정말 진심에서 우러나온 것이었으며, 그 외에도 그는 자신을 대도시에 보내주었으면 하는 은밀한 소망을 품고 있었다. 그곳에는 좋은 공장들이 있을 게 분명하고, 일 외에도 소일거리나 재미있게 보낼 여러 가지 적당한 기회를 발견할 수 있다는 생각에서였다. 하지만 그의 이런 생각은 오산이었다. 왜냐하면 여기저기서 필요한 조언을 들은 그의 아버지는, 아들의 소망을 이루어주기 위해 심사숙고해 보았지만 그를 한동안 지금 있는 곳에 두는 것이 현명할 것 같다고 아들에게 말했기 때문이다. 이곳에 아마도 가장 좋은 공장이나 견습 일자리는 없더라도, 그 대신 어떤 유혹이나 옆길로 샐 가능성도 없다는 것이 그 이유였다. 물론 옆길에 대한 생각은, 나중에 보게 되겠지만 완전히 맞는 것은 아니었다. 하지만 그것은 선의에서 우러난 생각이었고, 그렇게 해서 한스 디를람은 고향의 소도시에서 아버지의 감시 하에 새로운 삶으로의 발걸음을 내디디기로 결심해야만 했다. 기술자인 하거가 한스를 받아들일 마음을 내비쳐서, 이제 이 태평한 젊은이는 약간은 속박당한 심정으로 모든 철물공들이 그렇듯이 푸른 무명옷을 입은 채 매일 뮌츠가세에서 하부 섬까지 출근길을 나섰다. 처음에 이 출근길은 그에게 약간의 괴로움을 안겨주었는데, 왜냐하면 그는 이제까지 아주 좋은 옷만 걸치고 동네사람들 앞에 나타나는 데에 익숙해 있었기 때문이다. 하지만 그는 곧 적응할 수 있었고, 자신의 무명옷을 마치 가면무도회 복장처럼 어느 정도는 재미로 입는 것처럼 행동했다. 하지만 일 자체는, 학교에서 오랫동안 쓸모없이 빈둥거렸던 그에게 아주 좋은 역할을 했다. 아니 그 이상으로 그 일은 그의 마음에 들었고, 처음에는 그의 내면에 호기심을, 그 다음에는 공명심을, 그리고 마침내 참된 기쁨을 불러일으켰다.

하거의 공장은 강가에 바짝 붙은 채 그보다 더 큰 공장의 끝부분에 위치해 있었다. 젊은 숙련공 하거는 주로 이 큰 공장의 기계를 유지 보수하는 일을 하며 돈을 벌었다. 그의 공장은 작고 오래되었는데, 몇 해 전까지 하거의 아버지가 이곳을 관리하면서 꽤 많은 수입을 올렸다. 그는 학교 교육이라곤 받아본

적이 없지만 근면한 수공업자였다. 지금 사업을 맡아 하고 있
는 그의 아들은 공장을 확장하고 혁신하려는 계획을 하는 것
같긴 했지만, 고지식한 구식 수공업자의 신중한 아들은 소심
하게 작은 것에만 손을 댔다. 그리고 증기기관과 엔진 그리고
기계들이 늘어서 있는 큰 공장 건물에 대해 즐겨 떠들어대긴
했지만, 여전히 옛날 방식으로 열심히 일했다. 그래서 영국제
철제 선반 한 대 외에는 이렇다 할 만한 새로운 설비도 들여놓
지 않았다. 그는 두 명의 도제와 한 명의 견습공과 함께 일했
는데, 마침 신입을 위해 작업대에 자리 하나와 나사 바이스 하
나가 비어 있었다. 이제 그렇지 않아도 좁은 공간은 다섯 명으
로 꽉 찼고, 일자리를 위해 이곳저곳 떠돌아다니는 기술자들
은 인사치레로 일자리나 하나 달라고 말하면서 그 말이 곧이
곧대로 받아들여질까 두려워할 필요가 없게 되었다.

　낮은 직급부터 얘기하자면, 견습공은 소심하고 호의적인
열네 살짜리 풋내기였는데, 새로 들어온 신입은 이 견습공은
신경 쓸 필요가 없다고 생각했다. 두 명의 도제 중 한 명은 요
한 쉼베크라는 이름의 검은 머리를 가진 마른 남자로 검소한
야심가였다. 다른 도제는 잘생기고 건장한 스물여덟 살의 남
자로, 이름은 니클라스 트레프츠였는데, 하거와는 동창이어서
그와는 너나하는 허물없는 사이였다. 니클라스는 하거와 함
께 더할 나위 없이 화목하게 작업장 관리를 해나갔다. 그는 외

모와 풍채가 남성적이고 당당했을 뿐만 아니라, 영리하고 성실한 기계공으로서 숙련공이 될 자질을 가지고 있었다. 소유주인 하거 자신은 사람들 앞에 나설 때면 걱정 많고 조급한 모습을 내보였지만 대단히 만족하며 살았고, 한스와 관련해서도 짭짤한 수입을 챙겼다. 왜냐하면 한스의 아버지가 아들을 위해 제법 많은 수업료를 지불했기 때문이다.

한스 디를람의 작업 동료가 된 사람들의 면모는 그러했다. 혹은 한스에게는 최소한 그렇게 보였다. 우선은 새로운 사람들보다는 새로운 일이 그에게 더 많은 것을 요구했다. 그는 톱날을 세우는 법과 숫돌과 나사 바이스를 다루는 법, 금속을 구분하는 법을 배웠고, 화로를 지피는 법과 대장용 큰 해머를 휘두르는 법, 일차로 애벌 줄질하는 법도 배웠다. 그는 드릴과 끌을 망가뜨렸고, 질 나쁜 쇠를 줄로 다듬느라 애를 먹었으며, 검댕과 줄밥 그리고 기계기름으로 새카매졌고, 망치로 손가락을 내리쳐 상처를 입거나 선반에 손가락이 끼었다. 주위에서는 이 모든 것을 조소하며 말없이 바라보았다. 이들은 부유한 집의 다 큰 자제가 그처럼 서툰 초보자의 위치에 처한 것을 고소하게 여기고 있었다. 하지만 한스는 태평했고, 동료들을 주의 깊게 바라보았으며, 오후의 중간 휴식 시간이면 장인에게 질문을 던졌고, 시험 삼아 이것저것 해보았고 활동적으로 움직였다. 그런 덕분에 그는 곧 간단한 작업을 흠잡을 데 없이 쓸 만하게 해낼 수 있었다. 공장주인 하거에게 이는 이득이 되는 일이었을 뿐 아니라 놀라움을 선사하는 일이었는데, 왜냐하면 그는 이 견습생의 능력을 그다지 신뢰하지 않았기 때문이다.

언젠가 하거는 인정하는 투로 이렇게 얘기했다. "난 늘 자네가 그냥 철물공 놀음이나 잠깐 하려는 줄 알았어. 하지만 그렇게 계속하면 진짜 철물공이 될 수 있을 거야."

학교 다닐 때 칭찬이든 꾸중이든 선생님의 말이라면 아무 의미 없는 잡소리로 여겼던 한스에게, 이 첫 번째 인정은 배고픈 사람이 맛있는 음식을 한입 먹은 것과 같은 경험이었다. 게다가 동료들도 점차 그를 인정했고 더 이상 어릿광대 취급을 하지 않았기 때문에, 한스는 자유롭고 편안해졌고, 인간적인 관심과 호기심을 가지고 주변을 관찰하기 시작했다.

한스의 마음에 가장 든 건 니클라스 트레프츠였다. 선임인 그는 짙은 금발에 총명한 회색 눈을 가진 조용한 성격의 기골이 장대한 사람이었다. 하지만 트레프츠가 신입에게 곁을 허락하기까지는 아직 얼마간 시간이 더 걸렸다. 트레프츠는 별 관심을 보이지 않았고, 이 도련님에 대해 약간은 의심을 가지고 있었다. 두 번째로 눈에 들어온 동료인 요한 쉼베크는 그보다 접근하기 편해 보였다. 그는 차츰 한스가 건네는 담배와 맥주를 받아들였고, 작업할 때 가끔 그에게 약간의 선심을 쓰기도 했으며, 이 젊은 친구의 마음을 사기 위해 애쓰기도 했다. 그렇다고 해서 숙련공의 위엄을 버리는 일은 결코 없었다.

한번은 한스가 저녁을 사겠다며 쉼베크를 초대했는데, 그는 거만한 태도로 이 초대를 받아들이고는 한스를 여덟시에 중간 다리에 있는 작은 선술집으로 오라고 했다. 둘이 자리를 잡고 앉은 그곳의 열린 창문으로는 강의 제방에서 쏴쏴 하는 소리가 들려왔다. 2리터째 운터랜더 와인(역주: 슈투트가르트 이북의 네카 강 왼편의 저지대에서 생산되는 와인의 총칭)을 마시면서부터는 쉼베크의 말이 많아졌다. 그는 맑은 빛의 순한 적포도주에 곁들여 질 좋은 담배를 한 대 피우더니, 소리를 죽이고는 하거 공장의 사업상 비밀과 가정사의 비밀을 한스에게 털어놓았다. 그는 하거 씨가 트레프츠, 그러니까 니클라스 앞에서 껌벅 죽는 게 유감스럽다고 말했다. 그자는 폭력적인 인간이며, 하거 씨가 전에 아직 아버지 밑에서 일할 때 한 차례 싸움이 붙었는데, 그자가 하거 씨를 흠씬 두들겨 팼다는 것이었다. 적어도 일이 문제가 될 때에는 그가 좋은 일꾼인 것은 맞지만, 공장 전체를 폭군처럼 지배하고 있고, 재산이라곤 한 푼도 없으면서 장인보다 더 거만하게 군다고도 했다.

"하지만 그 사람은 봉급을 많이 받을 텐데."

한스가 말했다.

쉼베크는 웃으며 무릎을 치고 그는 눈을 깜박거리며 말했다.

"천만에, 니클라스 그 작자는 나보다 겨우 1마르크를 더 받을 뿐이라구. 그리고 그건 그럴 만한 이유가 있지. 마리아 테스톨리니라고 아나?"

"섬 구역에 있는 이탈리아인들 동네에 사는 여자 말인가요?"

"그래, 그 부랑자들. 자네도 아다시피, 그 마리아란 여자는 이미 오랫동안 트레프츠와 관계를 맺고 있어. 그 여자는 우리 건너편에 있는 방직공장에서 일하고 있지. 나는 그 여자가 트레프츠에게 매달리고 있다고 생각해본 적이 한 번도 없네. 트레프츠가 건장하고 훤칠한 사내인 건 맞아, 여자들은 다 그런 걸 좋아하지. 하지만 마리아는 연애를 특별히 성스럽게 생각하지는 않아."

"하지만 그게 봉급하고 무슨 상관이죠?"

"봉급이랑? 그건 이래. 그러니까 니클라스는 그 여자랑 그렇고 그런 사인데, 그가 그 여자 때문에 여기 머물러 있지 않았다면 이미 오래전에 훨씬 나은 자리를 얻을 수 있었을 거야. 그리고 그게 하거 씨에겐 유리한 점이지. 하거 씨는 봉급을 올려주지 않는데, 니클라스는 테스톨리니를 떠나고 싶지 않으니 사표를 못 내는 거지. 기계기술자가 게르버자우에서 재미를 보긴 힘들어. 나도 올해까지만 여기 있을 생각이야. 하지만 니클라스는 여기 쭈그리고 앉아 떠나질 못해."

그밖에도 한스는 자신이 별로 관심 없는 일들에 대해 알게 되었다. 쉼베크는 젊은 하거 부인의 가족과 그녀의 지참금에 대해서까지 많은 걸 알고 있었다. 이 지참금의 나머지를 그녀의 늙은 아버지가 내놓으려 하지 않고, 이로 인해 부부간에 불화가 있다는 것이었다. 한스 디를람은 일어나 집으로 가야 할 시간이 되었다고 생각될 때까지 이 모든 얘기를 참을성 있게 들었다. 그는 쉼베크가 남은 포도주를 마시도록 놔두고 일어섰다.

온화한 오월의 밤공기를 마시며 집으로 가는 동안 한스는 방금 니클라스 트레프츠에 대해 들은 것을 생각했다. 그런데 니클라스가 사랑 때문에 떠나지 못한다고 해서 그를 바보 취급 하고 싶은 생각이 들진 않았다. 오히려 그것은 그에게 아주 잘 이해가 되는 일이었다. 한스는 검은 머리의 숙련공이 자신에게 해준 얘기를 모두 믿지는 않았지만 여자에 얽힌 이야기는 믿었다. 왜냐하면 그 이야기가 그의 마음에 들었고, 그의 사고방식에도 맞았기 때문이다. 처음 몇 주 동안 그랬던 것만큼 오로지 자신의 새로운 직업에서 요구되는 수고와 기대에만 더 이상 몰두하지 않게 되자, 이 고요한 봄날 저녁에 연애를 해보고 싶다는 은밀한 소망이 적잖이 그를 괴롭혔다. 학생이었을 때 그는 이 분야에서 얼마간의 사교계 경험을 이미 해보았다. 물론 아직 정말 순수한 형태이긴 했지만 말이다. 하지만 철물공의 파란 작업복을 입고 하층민의 삶 깊은 곳까지 내려와 있는 지금, 그로서는 하층민의 단순하고 거리낌 없는 삶의 양식을 공유하는 것이 옳을 뿐 아니라 매력적으로 여겨졌다. 하지만 이 일은 진도가 나가질 않았다. 그가 자기 누이들을 통해 알게 된 시민계급 아가씨들은, 오로지 무도회장에서 열리는 클럽무도회에서, 그것도 엄격한 어머니들의 감시 하에서만 말을 걸 수 있었다. 그리고 수공업자와 공장 직공들 사이에서 한스는 아직까지, 그들이 그를 자신들과 같은 부류로 여기게 하는 데까지는 이르지 못했다.

그는 저 마리아 테스톨리니란 여자를 기억해내려고 애를 써보았지만, 그녀에 대한 기억은 떠오르지 않았다. 테스톨리니 가족은 우중충한 빈민가에 사는 복잡한 가족공동체였는데, 이탈리아 이름을 가진 여러 다른 가족들과 함께 수없이 떼를 지어 섬 근처에 있는 어떤 낡고 누추한 작은 집에서 살고 있었다. 한스는 어린 시절의 기억에서, 그곳에 작은 아이들이 우글거렸고 새해가 되거나 때로는 다른 절기에도 구걸을 하러 아버지의 집에 왔던 것을 떠올렸다. 그러니까 그 부랑아들 중 한 명이 마리아였을 것이었다. 그래서 그는 가무잡잡하고 눈이 크며 마른, 그리고 약간은 누더기 같고 그렇게 깨끗하다고는 할 수 없는 옷을 입은 이탈리아 여자를 상상해보았다. 하지만 그가 본 젊은 여직공들, 즉 매일 작업장을 지나가고 그중에 그가 예쁘다고 생각했던 직공들 가운데서 이 마리아 테스톨리니를 알아볼 수는 없었다.

실제의 그녀는 완전히 다른 모습이었다. 그리고 채 두 주가 지나지 않아 그는 예기치 않게 그녀와 친분을 갖게 되었다.

작업장 옆에 있는 아주 황폐한 부지에는, 강변 쪽으로 좀 어두운 색의 가건물이 있었는데, 여기엔 각종 자재가 쌓여 있었다. 유월의 어느 따뜻한 오후에 한스는 거기서 할 일이 있었다. 그는 수백 개의 막대기 수량을 확인해야 했는데, 뜨거운 작업장에서 벗어나 여기 시원한 곳에서 삼십 분이나 한 시간 가량 보내는 것이니 반대할 이유는 없었다. 그는 쇠막대기를 강도에 따라 분류했고 막 숫자를 확인하고 있었는데, 그러면서 때로 어두운 색의 나무 벽에 분필로 개수를 적었다. 아주 크지 않은 소리로 그는 숫자를 중얼거렸다. 아흔 셋, 아흔 넷……. 그때 나지막한 저음의 여자 목소리가 반쯤 웃음기를 띤 채 들려왔다. "아흔 다섯― 백 ― 천 ― ."

깜짝 놀란 그는 내키지 않는 발걸음으로 뒤로 돌아갔다. 거기에는 창유리가 없는 낮은 쪽 창문가에 이목을 끄는 금발의 여자가 그에게 고개를 끄덕이며 웃고 서 있었다.

"뭐예요?"

그가 주저하며 물었다.

"날씨 좋네. 그러니까 네가 저 공장에 새로 온 견습생이구나?"

"그래요. 그런데 당신은 누구세요?"

"나한테 '당신'이라고 말하는 것 좀 봐! 항상 그렇게 고상한 투여야 하는 거야?"

"아, 허락하신다면, '너'라고 부를 수도 있어요."

그녀는 그가 있는 곳으로 들어와서 좁은 건물을 둘러보고는, 검지에 침을 묻혀 그가 분필로 써놓은 숫자를 지웠다.

"잠깐! 뭐 하는 거야?"

그가 소리쳤다.

"이만큼도 기억할 수 없다는 거야?"

"분필이 있는데 뭣 하러? 이제 처음부터 다시 세야 하게 됐잖아."

"아하! 내가 도와줄까?"

"그럼 좋지."

"그랬으면 좋겠는데, 난 다른 할 일이 있어."

"도대체 무슨 일? 할 일이 있어 보이진 않는데."

"그래? 갑자기 무례해지는구나. 좀 친절하게 굴 수 없어?"

"어떤 게 친절한 건지 네가 보여주면."

그녀는 웃으며 그에게 바짝 다가섰고, 자신의 따뜻한 손바닥으로 그의 머리카락을 쓰다듬고는 그의 뺨을 어루만지더니, 가까이에서 계속 웃으면서 그의 눈을 바라보았다. 그는 이제까지 이런 일을 겪어본 적이 없어서, 가슴이 답답해지고 머리가 핑 돌았다.

"넌 친절하고 사랑스러워."

그녀가 말했다.

그는 "너도 그래"라고 말하려 했다. 하지만 그는 가슴이 뛰어 한마디도 할 수 없었다. 그는 그녀의 손을 잡고 꽉 눌렀다.

"아야, 그렇게 꽉 누르지 마! 손가락 아프다구."

그녀가 나직이 소리쳤다.

그는 "미안해"라고 말했다. 하지만 그녀는 풍성하게 물결치는 금발머리를 잠깐 동안 그의 어깨에 기대고 부드럽게 애교를 떨면서 그를 올려다보았다. 그러더니 따뜻한 저음의 목소리로 다시 웃은 후, 그에게 친근하고 자연스럽게 고개를 끄덕인 후 달려 나갔다. 그가 그녀의 뒷모습을 보기 위해 문 앞으로 갔을 때 그녀는 벌써 사라진 뒤였다.

한스는 오랫동안 쇠막대기들 사이에 서 있었다. 처음에 그는 너무도 혼란스럽고 열이 오르고 마음이 사로잡혀 아무 생각도 할 수 없었다. 숨쉬기도 힘든 채로 멍하게 앞을 바라보았다. 하지만 그는 곧 정신을 차렸고, 이제 놀라움이 가득한 억제할 길 없는 기쁨이 그를 덮쳤다. 그건 사랑의 모험이었다! 성숙한 아름다운 아가씨가 그에게 다가왔고, 그에게 아양을 떨었으며, 그에게 애정을 표시했다! 그런데 그는 어찌할 바를 모른 채 한마디도 못했고, 그녀의 이름조차도 알아내지 못했으며, 그녀에게 키스를 해보지도 못했다! 이것이 하루 종일 그를 괴롭혔고 화나게 했다. 하지만 그는 이 모든 것을 만회하여 다음번엔 더 이상 멍청하고 한심하게 행동하지 않겠노라고 단단히 그리고 기쁘게 마음먹었다.

이제 그는 더 이상 이탈리아 여인을 생각하지 않았다. 그는 끊임없이 '다음 번'만을 생각했다. 그리고 다음 날 그는 기회 있을 때마다 몇 분씩 공장 앞으로 나가 사방을 살폈다. 하지만 그 금발의 여인은 아무 데도 보이지 않았다. 그 대신 그녀는 저녁 무렵 동료 여자와 함께 아주 태평하고 무심하게 공장 안으로 들어왔는데, 직조기의 부품인 작은 철제 레일을 가지고 와서 갈아달라고 했다. 그녀는 한스를 아는 것 같지도 않았고, 보는 것 같지도 않았다. 반면에 하거 씨와는 약간 농담을 주고받은 후, 레일을 갈고 있는 니클라스 트레프츠에게 다가가 나지막이 대화를 나누었다. 그녀는 돌아가며 작별인사를 할 때쯤에서야 문아래 서서 뒤를 돌아보며 한스에게 따뜻한 시선을 짧게 던졌다. 그리고 나서 자신이 그와의 비밀을 잊지 않았으며 그가 그 비밀을 잘 지켜야 한다고 말하려는 듯, 이마에 약간 주름을 지으며 눈을 찡긋했다. 그리고 그녀는 가버렸다.

요한 쉽베크는 곧바로 한스의 선반을 지나가면서, 조용히 씩 웃으며 속삭였다.

"저 여자가 테스톨리니야."

"작은 여자 말이에요?"

한스가 물었다.

"아니, 금발의 키 큰 쪽."

견습생은 자신의 일감 위에 고개를 숙이고 열심히 줄질을 해댔다. 그는 찍찍 소리가 나고 작업대가 흔들리도록 줄질을 해댔다. 그러니까 그건 자신의 모험이었다! 누가 지금 속임을 당한 것일까? 트레프츠 혹은 그? 이제 어떻게 해야 한단 말인가? 그는 연애사가 처음부터 이렇게 얽히고설킨 채 시작되리라고는 생각지도 못했다. 그날 저녁부터 밤늦게까지 그는 아무 생각도 할 수 없었다.

사실 처음부터 그는 포기해야 한다고 생각했다. 하지만 지금 그는 오로지 아름다운 아가씨에 대한 사랑스런 생각에 온종일 빠져 있었고, 그녀에게 키스하고 그녀에게 사랑받았으면 하는 내면의 요청이 너무나 커져버렸다. 게다가 여자의 손이 그를 그처럼 어루만지고 여자의 입이 그에게 그처럼 아양을 떤 것은 이번이 처음이었다. 이성과 의무감은 갓 피어난 연애감정에 무릎을 꿇었고, 이 감정은 양심의 가책이라는 뒷맛 때문에 더 아름다워지진 않았어도 더 약화되지도 않았다. 이제 흘러가는 대로 내버려둘 수밖에 없었다. 마리아가 그를 좋아하니 그도 그녀의 사랑에 응답하기로 했다.

물론 그에게 이 상황이 편치만은 않았다. 그가 다음번에 공장의 계단참에서 마리아와 만났을 때 그는 곧장 이렇게 말했다.

"이봐, 니클라스와 넌 어떤 사이야? 그 사람 정말 네 애인이야?"

그녀는 웃으며 대답했다.

"응. 그거 말고는 나한테 물어볼 말이 없니?"

"아니, 있어. 그 사람을 좋아하면서, 나도 좋아하는 건 안 되지."

"왜 안 돼? 니클라스는 내 애인이야, 알겠어? 오랫동안 그래왔고 앞으로도 그럴 거야. 하지만 난 널 좋아해. 네가 상냥하고 아담한 남자애니까. 니클라스는 아주 깐깐하고 퉁명스러워, 알아? 난 너한테 키스하고 사랑하고 싶은 거야, 애송아. 싫으니?"

아니, 싫을 리가 없었다. 그는 경건하게 자신의 입술을 그녀의 피어나는 입술 위에 가만히 얹었다. 그녀는 그가 키스 경험이 없다는 것을 알아차렸을 때 웃기는 했지만, 그에게 상처를 주는 행동을 하진 않았고 그를 더욱 사랑스럽게 여겼다.

2

니클라스 트레프츠는 수석도제이자 젊은 기능장 하거와 너나하는 친구로서 지금까지 하거와 최상의 관계를 유지해왔다. 그렇다, 실상 그는 집안과 공장에서 대개 최고의 발언권을 가지고 있었던 것이다. 최근 들어 이러한 좋은 관계가 약간 흔들리는 것 같았고, 여름 무렵이 되면서 하거가 이 숙련공을 대하는 태도가 점점 신경질적이 되었다. 하거는 때때로 트레프츠에게 자신이 기능장이라는 사실을 강조했고, 그에게 조언을 구하지도 않았으며, 기회가 될 때마다 예전 관계를 지속할 뜻이 없음을 내비쳤다.

트레프츠는 하거보다 자신이 낫다고 여겼기 때문에 그를 민감하게 대하지는 않았다. 처음에 그는 이 차가운 태도를 전에 없던 변덕이라고 생각하며 놀랐다. 그는 웃으며 그것을 태연히 받아넘겼다. 하지만 하거가 점점 조급해하며 기분 내키는 대로 행동하자, 트레프츠는 상황을 자세히 관찰했고, 기능장의 기분이 언짢아진 이유를 알게 되었다고 생각했다.

그는 기능장과 그의 아내 사이에 모든 것이 틀어졌다는 사실을 알게 되었던 것이다. 시끄러운 소동은 없었고, 그런 티를 낼 정도로 기능장의 아내는 우둔하지 않았다. 하지만 부부는 서로 부딪히는 상황을 피했고, 아내는 공장을 들여다보지 않았으며, 남편은 저녁에 집에 들어가는 일이 드물었다. 요한 쉼베크가 추측한 것처럼 이 불화의 원인이 하거의 장인이 돈을 더 내놓으려 하지 않기 때문이든지, 아니면 둘 사이의 개인적 갈등이 그 뒤에 숨어 있든지 간에, 집안에는 답답한 기운이 감돌았고, 아내는 자주 운 티가 나거나 화가 난 것처럼 보였다. 남편 역시 심각한 결과를 가져올 선악과를 따먹은 것처럼 보였다.

니클라스는 이 가정불화가 모든 사태의 원인이라고 확신했고, 기능장의 신경질과 거친 행동에 맞대응하지 않았다. 그를 은밀하게 괴롭히고 화나게 만든 것은, 쉼베크가 이 안 좋은 분위기를 의뭉스럽고 교활하게 이용하는 태도였다. 그러니까 쉼베크는 수석도제가 총애를 잃는 걸 보자 기능장에게 자신을 어필하려고 비굴할 정도로 알랑대며 열심히 애를 썼는데, 하거가 그 장단에 맞춰 이 아첨꾼을 눈에 띌 정도로 총애하자 트레프츠는 날카로운 것에 찔린 듯 아팠다.

이처럼 불편한 시기에 한스 디를람은 단호하게 트레프츠의 편을 들었다. 처음에는 니클라스의 엄청난 힘과 남성적인 면이 그를 감탄하게 했고, 그 다음으로는 아첨을 떠는 쉼베크가 점점 의심스러워졌고 거부감이 들었으며, 마지막으로 니클라스에게 고백하지 못한 일종의 빚을 자신의 행위를 통해 갚는다는 느낌을 가졌다. 왜냐하면 비록 테스톨리니와 자신의 관계가 스쳐 지나가는 짧은 만남에 지나지 않았고 몇 번 입을 맞추거나 어루만지는 정도를 벗어나지 않았지만, 그래도 그것이 허용된 것이 아닌 마당에 그는 찜찜한 느낌을 지울 수 없었기 때문이다. 그 대신에 그는 더욱 단호하게 쉼베크의 험담을 물리쳤고, 경외심과 연민을 가지고 니클라스 쪽에 섰다. 니클라스가 이러한 사실을 알게 될 때까지는 오래 걸리지 않았다. 그는 지금까지 이 견습생에 대해 신경도 쓰지 않았고, 그를 단순히 쓸모없는 부잣집 자제라고 생각하고 있었던 것이다. 이제 그는 한스를 더 친근하게 바라보았고, 때로 그에게 말을 걸기도 했으며, 한스가 오후 간식시간에 그의 곁에 앉는 걸 허용했다.

마침내 그는 어느 날 저녁 한스에게 함께 가자고 청했다. "오늘이 내 생일이야. 그러니까 누구랑 와인 한잔 해야지. 공장 주인은 뭔가에 홀렸고, 쉼베크란 작자는 필요 없어, 그 쓰레기 같은 놈. 디를람, 괜찮으면 오늘 나랑 같이 가지. 저녁 먹고 나서 가로수길가에서 만나는 거야, 어때?"

한스는 뛸 듯이 기뻤고, 시간 맞춰 가겠다고 약속했다.

칠월 초의 따뜻한 저녁이었다. 한스는 집에서 저녁을 서둘러 먹고 간단히 씻은 후에 가로수길로 서둘러 갔는데, 트레프츠는 이미 와서 기다리고 있었다.

트레프츠는 말끔한 정장을 차려 입고 있었다. 한스가 파란 작업복 차림으로 오는 걸 보더니 호의적인 핀잔 투로 물었다.

"아니, 여태 작업복 차림인가?"

한스는 너무 서두르느라 그랬다며 사과했는데, 니클라스는 웃으며 말했다.

"공연히 변명할 거 없어! 자넨 아직 견습생이고, 작업복을 입은 지 얼마 안 되니 지저분한 작업복 입는 것도 재미지. 우리 같은 사람은 일 끝내고 나갈 땐 훌훌 벗어버린다네."

두 사람은 나란히 서서 어두운 밤나무거리를 걸어 시내로 내려갔다. 거리의 끝부분에 있는 나무들 뒤에서 갑자기 키 큰 여자의 형체가 튀어나와서 숙련공의 팔에 매달렸다. 마리아였다. 트레프츠는 그녀에게 인사말 한마디도 없이 조용히 그녀를 함께 데리고 갔다. 한스는 트레프츠가 그녀를 불러냈는지, 아니면 그녀가 그냥 온 것인지 몰랐다. 그의 심장은 불안하게 뛰었다.

"저기 디를람이란 젊은 친구도 왔어."

니클라스가 말했다.

"아, 그래. 그 견습생 말이구나. 당신도 함께 가나요?"

마리아가 웃으며 말했다.

"네, 니클라스가 초대했어요."

"친절하기도 해라. 함께 오신 당신도요. 이렇게 근사한 젊은 신사분이!"

니클라스가 소리쳤다.

"멍청하긴! 디를람은 내 동료야. 그리고 우린 지금 생일파티를 하려는 거구."

그들은 강변에 바짝 붙어 있는 정원 안에 있는 '세 마리 까마귀'라는 술집에 도착했다. 안에서는 마부들이 얘기를 나누며 카드놀이를 하는 소리가 들렸는데, 밖에는 아무도 없었다. 트레프츠는 창문에 대고 주인을 불러, 등불을 가져다 달라고 했다. 그리고 그는 대패질하지 않은 판자로 된 많은 탁자 중에 하나를 골라 앉았다. 마리아는 그의 옆에, 한스는 건너편에 자리를 잡았다. 주인이 시원찮게 타고 있는 등을 가지고 나와 탁자 위의 철사에 매달았다. 트레프츠는 가장 좋은 포도주 1리터와 빵, 치즈 그리고 담배를 주문했다.

"여긴 너무 썰렁하잖아요. 우리 안으로 가지 않을래요? 여긴 아무도 없잖아요."

마리아가 실망한 듯 말했다.

"우리 셋이면 충분해."

니클라스가 급하게 대꾸했다.

그는 두껍고 큰 유리잔에 포도주를 따른 후, 마리아에게 빵과 치즈를 건넸고, 한스에겐 담배를 권한 후 자기도 한 대 물고 불을 붙였다. 그들은 서로 잔을 부딪쳤다. 그리고 트레프츠는 마치 여자가 그 자리에 없다는 듯 기술적인 문제에 대해 한스와 광범위한 대화를 이어갔다. 그는 팔꿈치 하나를 탁자에 괴고 몸을 앞쪽으로 수그린 채 앉았고, 반면 마리아는 그의 옆에서 벤치 뒤로 완전히 몸을 젖혔는데, 가슴 앞쪽으로 팔짱을 낀 채 미동도 없이 어스름 속에서 편안하고 만족스런 눈으로 한스의 얼굴을 바라보았다. 이로 인해 한스는 점점 불편한 생각이 들어, 당황해하면서 짙은 담배연기 속에 자신을 숨겼다. 이렇게 셋이서 한 테이블에 붙어서 앉으리라고 그는 생각도 못했다. 그는 앞에 있는 두 사람이 자신의 눈앞에서 서로 애무를 나누지 않아서 기뻤고, 니클라스와의 대화에 일부러 더 몰두했다.

정원 위로는 창백한 밤구름이 별이 떠 있는 하늘을 지나 흘러갔고, 술집 안에서는 때때로 대화를 나누는 소리와 웃음소리가 울려나왔으며, 옆으로는 거무스름한 강이 나지막이 쏴쏴 소리를 내며 계곡 아래로 흘러갔다. 마리아는 어스름 속에 미동도 없이 앉아서 두 사람이 얘기하는 것을 흘려들으며 시선을 한스에게 고정시키고 있었다. 비록 그가 마리아 쪽을 보진 않아도 그 시선은 느꼈는데, 그 시선은 때로 유혹하듯 그에게 신호를 보내는 듯했고, 때로는 조소하듯이 웃거나, 때론 냉정하게 관찰하는 듯 보였다.

그렇게 한 시간쯤 지나자, 대화의 속도는 점점 느려지고 활기가 사라졌고, 마침내 대화가 끊겼다. 그렇게 잠시 동안 아무도 한마디도 하지 않았다. 그때 테스톨리니가 일어났다. 트레프츠가 그녀에게 한잔 따라주려 했지만, 그녀는 자신의 잔을 치우며 차갑게 말했다.

"필요 없어, 니클라스."

"대체 왜 그래?"

"왜 그러긴, 생일이잖아. 그런데 네 애인은 옆에 그냥 앉아서 졸 지경이야. 말 한마디 없고, 키스도 안 해 주고, 와인 한 잔에다 빵 한 조각이 다잖아! 돌로 된 애인이라도 이보다 낫겠어."

"그럼 가든지!"

니클라스가 불만스럽게 웃었다.

"그래, 갈 거야! 안 그래도 가려고 했어. 아마도 날 보고 싶어 하는 사람이 있겠지."

니클라스가 흥분했다.

"뭐라는 거야?"

"난 있는 사실을 말하는 거야."

"그래? 사실이라면, 당장 모든 걸 털어놔봐. 널 바라보는 작자가 누군지 지금 알아야겠어."

"아, 여럿 있지."

"이름을 대. 넌 내 여자고, 누군가 네 꽁무니를 쫓아다닌다면 그 작자는 무례한 놈이니까 나랑 계산을 좀 해야지."

"그러든지. 내가 네 여자면 너도 내 남자니까 그렇게 함부로 굴지 마. 우리가 결혼한 것도 아니잖아."

"그래, 마리아 유감스럽게도 안 했지. 그런데 내가 어쩔 수가 없다는 걸 너도 잘 알잖아."

"그럼 좋아. 그러니까 전처럼 좀 더 다정하게 굴어, 금방 사나워지지 말고. 도대체 요새 무슨 일이 있는 거야?"

"화가 날 뿐이야, 그뿐이라구. 하지만 이제 한 잔 비우고 기분 풀자구. 안 그러면 디를람이 우리가 항상 이렇게 싸우는 줄 알겠어. 이봐, 까마귀 주인장! 여기! 한 병 더 줘!"

한스는 정말 겁이 났다. 이제 그는 갑자기 불이 붙은 싸움이 금방 또 그렇게 빨리 다시 사그라드는 것을 보았고, 마지막 잔을 즐거운 화평함 속에서 함께 들이키는 것에 반대할 이유가 없었다.

"자 건배!"

니클라스가 외치며 다른 두 사람과 잔을 부딪친 후 천천히 자신의 잔을 비웠다. 그러고 나서 그는 짧게 웃더니 달라진 목소리로 말했다.

"그건 그렇고, 내 말 잘 들어. 내 애인이 다른 놈을 끌어들이면 그날로 불행한 일이 생기는 거야."

"멍청이, 도대체 무슨 엉뚱한 생각을 하는 거야?"

마리아가 나지막이 소리쳤다.

"그냥 그렇다구."

니클라스는 조용히 말했다. 그는 기분 좋게 몸을 뒤로 젖힌 후 조끼의 단추를 푼 후 노래를 부르기 시작했다.

"어떤 철물공에게 도제가 한 명 있었다네……."

한스는 열심히 따라 노래했다. 하지만 머릿속으로는 마리아와 더 이상 얽히지 않겠다고 다짐했다. 그는 두려워졌다.

집으로 가는 길에 마리아는 아래쪽 다리 근처에서 멈춰 섰다.

그녀가 말했다.

"나 집에 갈래. 같이 갈래?"

"자 그럼."

니클라스는 고개를 끄덕이며 한스에게 손을 내밀었다.

한스는 잘 자라는 인사를 건네고 안도의 숨을 내쉬며 혼자 길을 걸었다. 이날 밤 그의 내면에는 창피함과 전율이 파고들었다. 만약 자신이 마리아와 함께 있는 것을 수석도제에게 들켰다면 어떤 일이 벌어졌을지, 그는 자꾸 머릿속으로 그려보게 되었다. 이러한 끔찍한 생각 탓에 그의 결심이 확고해지고 나자, 이 결정을 도덕적으로 미화한 입장에서 스스로에게 묘사하는 것은 어렵지 않았다. 일주일이 지나자 이미 그는, 자신이 오로지 자신의 고결함과 니클라스와의 우정 때문에 마리아와의 유희를 포기했다고 믿게 되었다. 중요한 것은 그가 이제 마리아를 정말로 피했다는 것이다. 여러 날이 지나서야 그는 예기치 않게 마리아와 마주쳤는데, 그때 그는 그녀를 더 이상 찾아갈 수가 없게 되었노라고 서둘러 말했다. 이 말에 그녀는 슬퍼하는 것 같았다. 그는 그녀가 그에게 매달려 입 맞추면서 그의 결심을 되돌리려고 애쓰자 마음이 무거워졌다. 하지만 그는 입맞춤에 응하지 않았고, 억지로 평정심을 유지하면서 빠져나갔다. 하지만 그녀는 그가 니클라스에게 모든 걸 다 털어놓겠다고 고뇌하면서 협박할 때까지 그를 놓아주려 하지 않았다.

"너, 그러면 안 돼. 그럼 난 죽어."

"그러니까 그를 사랑한다는 거잖아?"

한스가 씁쓸하게 물었다.

"아니 이런!"

그녀는 한숨을 쉬었다.

"멍청아, 내가 널 훨씬 더 사랑한다는 걸 너도 잘 알잖아. 안 돼, 니클라스는 날 죽일 거야. 그는 그런 사람이야. 그이한테 아무 말 안 한다고 나한테 약속해!"

"좋아, 하지만 너도 나를 가만두겠다고 약속해야 해."

"내가 벌써 싫증났니?"

"아, 그 얘긴 그만 하고! 니클라스에게 언제까지 비밀을 지킬 순 없어. 난 그럴 수 없다구. 무슨 말인지 알지. 그러니까 약속해, 진짜로."

그녀는 약속의 의미로 손을 내밀었지만, 그는 그녀의 눈을 보지 않았다. 그는 아무 말 없이 거길 벗어났고, 그녀는 머리를 저으며 속으론 화를 내면서 그의 뒷모습을 바라보며 생각했다. '저런 바보 같으니!'

이제 한스에게 다시 힘든 날들이 찾아왔다. 마리아 때문에 격렬하게 달아오른 사랑의 욕구는 일순간만 잠잠했고, 그 욕구는 이제 다시금 거세게 파헤쳐진 동경의 뜨겁고 만족되지 않은 길을 걸어갔다. 힘든 일만이 하루하루 그를 도와줄 수 있을 뿐이었다. 이제 점점 뜨거워지는 여름의 열기 때문에 일은 그를 두 배로 힘들게 만들었다. 작업장 안은 뜨겁고 후텁지근해서, 힘든 작업은 반쯤 옷을 벗어부친 채 해야 했다. 그런 탓에 작업장 안에 언제나 꽉 차 있는 숨 막히는 기름 냄새를 뚫고 시큼한 땀 냄새가 진동했다. 저녁이면 한스는 때때로 니클라스와 함께 도시 위쪽의 시원한 강물에서 목욕을 했는데, 그런 다음에는 기진맥진한 채 침대에 들었고, 식구들은 아침이면 그를 늦지 않게 깨우느라 애를 먹었다.

다른 사람들에게도—아마도 쉽베크만 빼고는—작업장의 일상은 힘겨웠다. 수습공은 험한 말을 듣거나 뺨을 맞기도 했고, 기능장은 계속해서 으르렁대거나 화를 냈으며, 트레프츠는 그의 변덕 많은 급한 성격을 참아내려고 애썼다. 그런 그 역시도 점차 투덜대기 시작했다. 잠깐 동안 되어가는 대로 두고 보던 그의 인내심이 바닥났고, 어느 날 점심을 먹고 나서 그는 기능장을 마당에 불러 세웠다.

"무슨 일이야?"

하거가 퉁명스럽게 물었다.

"자네랑 얘기 좀 해야겠어. 그 이유는 자네도 알 거야. 난 자네가 원하는 대로 내가 맡은 일을 잘하고 있어, 아닌가?"

"그야 그렇지."

"그런데 말이지, 자네는 날 마치 수습공처럼 대하고 있어. 내가 갑자기 자네 마음에 들지 않는 데에는 뭔가 숨겨진 원인이 있는 것 같은데. 지금까지 우린 언제나 잘 지내왔잖아."

"맙소사, 무슨 말을 해야 할지 모르겠군. 이게 바로 나야. 내가 다른 사람이 될 수는 없다구. 자네도 변덕을 피울 때가 있잖아."

"물론이지, 하거. 하지만 일할 때는 안 그래. 바로 그게 차이지. 내가 할 수 있는 얘기는, 자네가 스스로 자네 사업을 망치고 있다는걸세."

"그건 내 일이지, 자네 일이 아니야."

"그래, 그렇다면 유감이네만, 더 이상 할 말이 없군. 혹시 언젠가 저절로 다시 상황이 달라질지도 모르지."

니클라스는 자리를 떴다. 문 곁에서 그는 쇰베크를 만났는데, 그는 얘기를 엿들은 것 같았고 슬며시 미소를 지었다. 그는 이 작자를 때려주고 싶었지만 참고, 조용히 그의 옆을 지나갔다.

그는 이제 비로소, 하거와 그 사이에 단지 기분이 언짢은 정도가 아니라 뭔가 다른 것이 문제가 되고 있음에 틀림없다는 사실을 알아차렸다. 그래서 그는 그것이 뭔지 추적해보기로 했다. 물론 이런 상황에서 계속 일하느니, 마음 같아서는 오늘이라도 당장 때려치우고 싶었다. 하지만 그는 마리아 때문에 게르버자우를 떠날 수도 없었고, 떠나고 싶지도 않았다. 이와 달리 하거는 그를 잡을 마음이 별로 없는 것 같았다. 니클라스가 떠나는 것이 자신에게 손해를 입힐 것이 분명한데도 불구하고 말이다. 분하고 서글픈 심정으로 그는, 시계가 한 시를 치자 작업장으로 건너갔다.

오후에는 건너편 방직공장에서 간단한 수리작업을 할 일이 생겼다. 이런 일은 자주 있었다. 그 공장주인은 개조된 낡은 기계 몇 대를 시험해보고 있었는데, 이 일에 하거가 관여하고 있었기 때문이다. 전에는 이런 수리작업이나 개조작업을 대개 니클라스가 맡아 했다. 하지만 최근에는 하거가 항상 직접 건너갔고, 도울 일손이 필요하면 쉼베크나 견습공을 데려갔다. 니클라스는 이에 대해 가타부타하지 않았지만, 마치 이것이 그에 대한 불신의 표시인 것 같아 감정이 상했다. 게다가 그는 이러한 일이 있을 때면 거기서 일하고 있는 테스톨리니를 항상 만났는데, 지금은 그녀 때문에 그런다고 할까봐 자기를 보내달라고 나설 수도 없었다.

오늘도 장인은 쉼베크를 데리고 그리로 갔고, 니클라스에게 작업장 감독을 맡겼다. 한 시간이 지났을 때 쉼베크가 몇 가지 장비를 가지고 돌아왔다.

"어떤 기계를 손보고 있는 거예요?" 수리작업에 관심이 있던 한스가 물었다.

"구석창 옆에 있는 세 번째 기계야."

쉼베크는 니클라스를 건너다보며 말했다.

"나 혼자서 다 해야 했어. 우리 기능장께서 대화에 정신없이 빠져 있어서 말이야."

니클라스의 귀가 번쩍 뜨였다. 왜냐하면 테스톨리니가 그기계에서 작업을 하기 때문이었다. 그는 자제하며 쉼베크와 말을 섞으려 하지 않았지만, 자신의 의지와 상관없이 질문이 튀어나왔다.

"대체 누구랑? 마리아랑?"

쉼베크가 웃었다.

"바로 맞혔네. 기능장이 그 여자 비위를 어찌나 잘 맞추던지. 놀랄 일도 아니지, 그 여자가 그렇게 친절하니 말이야."

트레프츠는 쉼베크에게 더 이상 대꾸하지 않았다. 그는 그의 입에서 이런 톤으로 마리아의 이름이 언급되는 걸 듣고 싶지 않았다. 그는 줄로 다듬는 작업을 격렬하게 다시 시작했고, 그 일이 끝나자 마치 온통 일 생각만 하고 있다는 듯 열심히 구경(口徑)을 거듭해서 다시 쟀다. 하지만 그의 머릿속에는 다른 생각이 자리잡고 있었다. 나쁜 의심이 그를 괴롭혔고, 생각을 하면 할수록 지난 모든 것이 그의 의심과 점점 딱 맞아떨어지는 것 같았다. 기능장은 마리아의 꽁무니를 쫓아다녔고, 그래서 니클라스가 그 공장에 가는 꼴을 못 보고 얼마 전부터 직접 공장으로 건너갔던 것이다. 하거가 자신을 그처럼 이상하게 무뚝뚝하고 화난 태도로 대하는 이유가 바로 그것이었다. 기능장은 질투심에 사로잡혀, 니클라스가 사표를 내고 떠나도록 몰아가고 싶었던 것이다.

하지만 니클라스는 떠나고 싶지 않았다. 지금 이 상황에서라면 더더욱 그럴 수 없었다.

저녁에 니클라스는 마리아의 집을 찾아갔다. 그녀가 집에 없어서 그는 열시까지 집 앞에 있는 벤치에 앉아, 저녁시간을 때우고 있는 선남선녀들 사이에서 기다렸다. 그녀가 왔을 때 그는 그녀와 함께 방으로 올라갔다.

"기다렸어?"

계단을 올라가면서 그녀가 물었다.

하지만 그는 대답을 하지 않았다. 아무 말 없이 그는 그녀 뒤를 따라 그녀의 방까지 가서 문을 닫았다.

그녀는 돌아서며 물었다.

"또 뭐가 잘못됐어? 뭐가 문젠데?"

그는 그녀를 뚫어지게 쳐다보았다.

"어디서 오는 거야?"

"밖에서. 리나랑 크리스티아네랑 같이 있었어."

"그렇군."

"너는?"

"난 아래에서 기다렸지. 너랑 할 얘기가 있어."

"또 시작이네! 그럼 말해보든지."

"우리 기능장 때문이야. 내 생각엔 그가 네 꽁무니를 쫓아 다니는 것 같은데."

"그 사람이? 하거가 말이야? 이런, 그러라고 해."

"그렇게는 못해, 안 돼. 어찌된 영문인지 알아야겠어. 최근 들어 너희 공장에 무슨 일이 있으면 항상 자기가 직접 가잖아. 오늘 오후에도 반나절 동안 네가 일하는 기계 옆에 있었고. 그 러니까 말해봐. 너랑 어떤 사이야?"

"아무 사이도 아니야. 그 사람 나랑 그냥 수다 떠는 거야. 네 가 그 사람이 그러는 걸 막을 수는 없어. 너랑 관련된 일이면 난 항상 유리상자 안에 앉아 있어야만 한다는 거구나!"

"농담하는 거 아니야. 그가 너랑 있을 때 무슨 얘길 떠드는 지 알아야겠어."

그녀는 지겨워하며 한숨을 쉬면서 침대에 앉았다.

그녀는 못견디겠다는 듯 소리쳤다.

"하거 얘긴 그만 해. 그 사람이랑 무슨 일이 생길 수 있겠어? 약간 좋아하는 마음이 생겨서 내 비위를 맞추는 것뿐이지."

"따귀를 한 대 갈기진 않았어?"

"맙소사, 차라리 내가 왜 그를 곧장 창문 밖으로 던져버리지 않았느냐고 하지 그래! 난 그 사람이 그냥 얘기하게 놔두고 웃어주는 것뿐이야. 오늘은 나한테 브로치를 하나 선물하겠다고 하더군…….”

“뭐라구? 그런 얘길 했단 말이야? 그런 넌, 그한테 뭐라고 말했어?”

“브로치는 필요 없으니 부인한테나 가보라고 했지. 이제 그만 해! 그건 질투야! 너 정말 그럴 거라고 진지하게 생각하는 건 아니지?”

“알았어. 그럼 잘 자. 집에 갈게.”

그는 더 이상 머무르지 않고 나왔다. 사실 그는 마리아를 의심하진 않았지만 마음이 편하지 않았다. 다만 그는, 정확히 알고 있는 것은 아니었지만, 그녀가 지조를 지키는 것이 반쯤은 그에 대한 두려움 때문이라는 것을 어렴풋이 느끼고 있다. 그가 그녀와 함께 있는 한 걱정할 필요는 없었다. 하지만 만약 그가 떠나야 한다면 사정이 달랐다. 마리아는 허영심이 있는 여자였고, 달콤한 말에 혹했다. 게다가 그녀는 아주 어린 나이에 사랑에 눈을 떴다. 게다가 하거는 기능장이었고 돈도 있었다. 그는 평소에는 검소한 편이었지만, 마리아에게 브로치를 사줄 능력은 있었다.

니클라스는 적어도 한 시간 가량 골목길을 헤매고 다녔다. 창문이 하나둘씩 어두워지더니 마침내 술집의 불빛만 남았다. 그는 아직 그렇게 심각한 일이 벌어진 건 아니라고 애써 생각했다. 하지만 그에겐 미래와 내일에 대한 두려움, 하거가 마리아의 뒤꽁무니를 쫓아다닌다는 것을 알면서도 그의 옆에 서서 그와 함께 일하고 대화를 나눠야 하는 매일매일에 대한 두려움이 생겼다. 이 일을 어쩌면 좋단 말인가?

피곤에 지치고 뒤숭숭한 마음으로 그는 어느 술집에 들어가 맥주 한 병을 시켜서는, 빠르게 계속 잔을 비우며 속을 식히고 마음을 진정시켰다. 그는 술 마시는 일이 드물었는데, 마시게 되면 대개는 화가 났을 때나 아주 기분이 좋을 때뿐이었다. 아마도 지난 일 년 동안 취한 적이 없는 것 같았다. 지금 그는 반쯤은 무의식적으로, 아는 척하는 사람이 없을 만한 술집에 자신을 맡겼고, 술집을 나올 때쯤엔 엄청나게 취해 있었다. 하지만 이런 상태로 하거의 집에 쳐들어가는 걸 삼갈 정도의 의식은 아직 남아 있었다. 가로수길 아래쪽에 그가 아는 들판이 있었는데, 그 들판은 어제 풀을 벤 상태였다. 그는 비틀거리며 그리로 가서 밤이 돼서 높이 쌓아놓은 건초더미에 몸을 던지고는 곧 잠이 들었다.

3

다음 날 아침 니클라스가 피곤하고 창백한 얼굴이긴 해도
제 시간에 작업장에 도착했을 때, 우연히도 기능장이 쉽베크
와 함께 이미 와 있었다. 트레프츠는 조용히 자신의 자리로 가
서 일을 시작했다. 그때 기능장이 그에게 소리쳤다.

"어이구, 드디어 나온 거야?"

"언제나 그랬던 것처럼 시간 맞춰 나왔지."

니클라스는 애써 무관심한 듯한 태도로 말했다.

"저기 시계 걸려 있잖아."

"그런데 밤새 어디 틀어박혀 있었어?"

"그게 자네랑 무슨 상관이야?"

"상관 있지. 자네가 내 집에 살고 있는 만큼 질서가 지켜졌
으면 좋겠어."

니클라스는 큰 소리로 웃었다. 이제 무슨 일이 생기든 아무
래도 상관없었다. 그는 하거와 그의 멍청한 독선 그리고 모든
것에 싫증이 났다.

"왜 웃는 거야?"

장인이 화를 내며 소리쳤다.

"난 지금 웃어야만 하겠네, 하거. 웃긴 얘기를 들으면 난 항
상 그래."

"웃긴 게 뭐가 있다고 그래. 자네 조심해."

"아마 있을 거야. 기능장 양반, 그거 아시나. 질서란 말 참 잘했네. '집안에 질서가 있어야 해!'라고 자네가 단호하게 말했지. 하지만 본인이 질서가 없으면서 질서 얘기를 하니 그게 웃길 수밖에."

"뭐라구? 내가 어쨌다구?"

"집안에 질서가 없다구. 자네는 우리랑 다투고 별별 하찮은 일 때문에 난리를 치지. 하지만 예를 들어 자네 마누라의 경우는 어떤가?"

"그만 해! 개자식! 이런 개자식 같으니."

하거는 펄쩍 뛰어와 위협적인 자세로 트레프츠 앞에 섰다. 하지만 세 배는 힘이 더 센 트레프츠는 거의 친근하다고까지 할 정도로 눈을 깜박이며 그를 보았다.

그는 천천히 얘기했다.

"진정해! 누가 말할 땐 예의를 지켜야지. 방금 전에 자넨 내 말을 끝까지 듣지 않았어. 자네 마누라 일은 유감이긴 하네만, 나랑은 물론 상관없는 일이지……."

"주둥이 닥치지 않으면……."

"내 말 끝나면 그러지. 그러니까 내 말은, 자네 마누라는 나랑 상관없고, 자네가 호색한처럼 공장 처녀들 뒤꽁무니를 쫓아다니든 말든 그것도 나랑은 상관없어. 하지만 마리아라면 사정이 다르지. 그건 자네도 나만큼 잘 알잖아. 마리아한테 손 끝이라고 댔다간 그야말로 험한 꼴 날 줄 알아. 이건 빈말이 아니야. 자 이제 내 말은 끝났네."

기능장은 격양돼서 질린 얼굴이 되었다. 하지만 니클라스에게 손을 댈 엄두를 내지는 못했다.

그 사이에 한스 디를람과 수습공이 와서 입구에 서 있었고, 멀쩡한 아침 첫 시간부터 난무하는 고함소리와 험한 말들에 놀라움을 금치 못했다. 기능장은 스캔들이 나지 않도록 하는 편이 좋겠다고 생각했다. 그래서 그는 떨리는 목소리를 다잡기 위해 잠시 애를 쓰며 침을 삼켰다.

그러고 나서 그는 큰 소리로 태연하게 말했다.

"그래, 이것으로 끝났어. 다음 주까지 여기를 떠나게. 이미 새로운 숙련공을 봐두었네. 일들 해, 자, 어서!"

니클라스는 고개만 끄덕였을 뿐 아무 말도 하지 않았다. 그는 조심스럽게 선반 안에 번쩍이는 강철봉을 걸쳐놓고 바이트를 시험해본 후, 다시 풀어놓고 숫돌 쪽으로 갔다. 다른 사람들도 각자 자신의 일을 엄청나게 열심히 한 탓에, 오전 내내 작업장에서는 채 열 마디도 오가지 않았다. 다만 휴식시간에 한스는 수석도제를 찾아가 정말 떠날 거냐고 조용히 물었다.

"당연하지."

니클라스는 짧게 대답하고는 몸을 돌렸다.

점심을 거른 그는 창고에 있는 대팻밥 자루 위에서 잠을 잤다. 하지만 그가 해고되었다는 소식은 점심때 쉼베크를 통해서 방직공장의 직공들 사이에 퍼져 나갔고, 오후가 시작되자 테스톨리니는 여자친구에게서 이 소식을 곧 듣게 되었다.

"저기, 니클라스가 떠난대. 해고됐다는데."

"트레프츠가? 아니야!"

"맞다니까, 쉼베크가 전해준 따끈따끈한 소식이야. 안됐다, 그치?"

"그게 사실이라면 그렇지. 하거 그 사람 정말 다혈질이야. 그 사람 벌써 오래전부터 나랑 어떻게 해보려고 했지."

"바보 같은 짓이야. 나라면 그 손에다 침을 뱉어주겠어. 유부남이랑 사귀면 절대 안 돼. 멍청한 이야깃거리나 만들고, 나중에 아무도 널 데려가지 않아."

"그럴 일은 절대 없어. 결혼이라면 벌써 열 번도 하고 남았지, 공장장하고라도 말이야. 내가 원하기만 한다면!"

기능장에 관한 거라면 그녀는 그냥 되어가는 대로 내버려두고자 했다. 그 사람은 당분간 그녀 수중에 있을 터였다. 하지만 만약 트레프츠가 떠난다면 그녀는 젊은 디를람을 갖고 싶었다. 디를람은 아주 상냥하고 신선한 면이 있는 데다 훌륭한 매너까지 갖추었다. 그가 부잣집 아들이기도 하다는 점은 그녀가 고려하는 부분이 아니었다. 돈이야 하거에게서든, 아니면 어디서라도 받을 수 있었다. 그녀는 이 견습생이 좋았다. 그는 잘생겼고 건강했지만 아직 소년 같은 데가 있었다. 니클라스 일은 유감이었다. 그가 떠날 때까지 남은 날들이 그녀에겐 걱정이었다. 그녀는 그를 사랑했고 아직도 그를 굉장히 당당하고 멋지다고 생각했다. 하지만 그는 변덕이 대단히 심한 데다 불필요한 걱정이 많았다. 끊임없이 결혼을 꿈꿨고 최근에는 질투도 심해져 그녀로서는 그가 떠난다고 해도 손해 볼 것이 별로 없었다.

저녁에 그녀는 하거의 집 근처에서 니클라스를 기다렸다. 저녁을 먹고 난 후 곧 그가 나왔다. 그녀는 인사를 한 후 그의 팔짱을 꼈다. 그들은 천천히 시내로 산책을 나갔다.

"그 사람이 널 해고했다는데 맞아?"

니클라스가 그 얘기를 꺼내지 않자 그녀가 먼저 물었다.

"이런, 너도 벌써 알고 있었어?"

"그래. 이제 어떻게 할 생각이야?"

"난 에슬링엔으로 갈 거야. 오래전부터 그쪽에서 나한테 일자리를 주겠다고 했거든. 거기서도 별 거 없으면 돌아다닐 거야."

"내 생각은 안 해?"

"너무 많이 해서 탈이지. 어떻게 견딜지 모르겠어. 아무리 생각해도 네가 같이 가야겠어."

"그래, 그럴 수 있다면야 좋겠지."

"안 될 이유가 뭐야?"

"아, 생각 좀 해봐! 여자를 데리고 떠돌이처럼 유랑을 할 순 없잖아."

"그건 아니지. 하지만 내가 자리를 잡으면……."

"그래, 네가 자리를 잡으면. 바로 그거야. 언제 떠날 생각이야?"

"일요일에."

"그럼 떠나기 전에 편지 써서 그쪽에 알리고, 거기서 묵을 데가 생기고 상황이 괜찮으면 나한테 편지 써. 그 후에 어떻게 될지 계속 보자구."

"그러면 너도 따라와야 해, 곧장."

"아니야, 일자리는 괜찮은지, 거기서 정착할 수 있는지 먼저 살펴봐야지. 그래야 나한테도 일자리를 하나 마련해줄 수 있을 거 아니야? 그러고 나면 나도 가서 너를 다시 위로해줄 수 있을 거야. 그러니까 지금은 당분간 서로 인내심을 가져야 해."

"그래, 노래가사처럼 말이지. '젊은이들에게 잘 어울리는 건 뭘까? 인내, 인내, 인내라네!' ―이런 빌어먹을! 하지만 네 말이 맞아, 사실이 그렇고."

그로 하여금 더 확신하도록 만드는 데 그녀는 성공했고, 그녀는 그럴싸한 말을 아끼지 않았다. 언젠가 그를 뒤따라 가리라고 생각한 것은 아니지만, 당장은 그가 정말 희망을 가지도록 만들어야만 했다. 그렇지 않으면 다가올 며칠은 참을 수 없게 될 터였다. 그녀는 마음으로는 이미 그를 떠나보냈고 그가 에슬링엔이나 다른 곳에서 그녀를 곧 잊어버리고 다른 여자를 만나게 될 것이라고 굳게 믿긴 했지만, 그래도 막상 그와 이별한다고 생각하니 그녀의 감수성 깊은 마음은 오래전부터 그를 대해오던 것과 달리 한층 부드럽고 따뜻해졌다. 그는 마지막에는 거의 만족스런 마음을 가질 정도였다.

하지만 이런 분위기도 마리아가 그의 곁에 있는 동안만이었다. 그가 집에 돌아와 침대 가에 앉자마자 모든 확신이 사라졌다. 그는 다시금 불안에 가득 찬 불신으로 스스로를 괴롭혔다. 그는 그녀가 그의 해고 소식을 듣고도 전혀 슬픈 기색이 없었다는 사실이 갑자기 생각났다. 그녀는 그 사실을 아주 대수롭지 않게 받아들였고, 그래도 혹시 여기 머무를 수는 없느냐고 물어보지도 않았다. 설령 그가 그렇게 할 수 없었다 하더라도, 그녀는 물어봤어야 했을 것 같았다. 그리고 그녀가 내놓은 미래의 계획들도 지금 생각해보니 결코 그렇게 분명하게 생각되지 않았다.

그는 에슬링엔에 보내는 편지를 오늘 당장 쓰려고 했었다. 하지만 그의 머릿속은 지금 텅 비었고 비참한 생각이 들었다.

그리고 갑자기 피로가 덮쳐와서 그는 거의 옷을 입은 채로 잠들 뻔했다. 그는 무기력하게 일어나 옷을 벗고 침대에 누웠다. 하지만 그는 편안한 밤을 보낼 수 없었다. 벌써 며칠째 좁은 하천계곡에 머물고 있는 후텁지근함이 시시각각 심해졌고, 산 저편에서는 먼 곳에서 치는 벼락이 서로 싸우고 있었으며, 하늘엔 쉬지 않고 번개가 번쩍였지만, 그렇다고 거친 날씨나 장대비가 시원한 바람을 가져다 줄 기미는 보이지 않았다.

아침에 일어난 니클라스는 피곤했지만 정신은 말짱했고 기분이 썩 좋지 않았다. 어제 그가 내보였던 반항심도 대부분 사라졌다. 고향에 대한 그리움이 애처롭게도 벌써부터 느껴지며 그를 옥죄기 시작했다. 그는 도처에서 기능장들과 숙련공들, 수습공들, 공장직공들 그리고 여공들이 무심하게 자신들의 사업장으로 갔다가 저녁이면 다시 나오는 것을 보았다. 모든 개들조차도 고향과 제 집에 대한 스스로의 권리를 기뻐하는 듯 보였다. 하지만 그는 자신의 의지와 모든 합리적 판단과 상관없이, 좋아하는 일과 고향 소도시를 떠나야 했고, 그가 여기서 오랫동안 당연히 소유하고 있었던 것을 다른 곳에서 애걸하며 얻으려 애써야 했다.

이 강한 남자는 유약해졌다. 그는 말없이 평소에 하던 대로 일터로 갔고, 기능장과 쉼베크에게까지 친근하게 아침인사를 건넸다. 그리고 하거가 지나쳐 갈 때면 그는 거의 애원하듯이 하거를 바라보았고, 자신이 이처럼 고분고분한 태도를 보이니 하거도 유감으로 생각하고 해고 통지를 거둬들이지 않을까 내내 생각했다. 하지만 하거는 그의 시선을 피했고, 이미 니클라스가 그 자리에 없고 집이나 작업장에도 속하지 않은 듯 행동했다. 오직 한스 디를람만이 니클라스 편에 서 반항적인 몸짓으로 자신이 기능장과 쉼베크를 무시하며 이 상황에 전혀 동의하지 않는다는 것을 보여주려 했다. 하지만 그것이 니클라스에게 도움이 되지는 않았다.

저녁이 되자 트레프츠는 슬프고 언짢은 마음으로 테스톨리니를 찾아갔는데, 그녀 역시 그에게 아무런 위로가 되지 않았다. 그녀는 그를 어루만지며 달콤한 말로 얼렀지만, 그녀 역시 그가 떠나는 것이 이미 결정되어 바꿀 수 없는 일인 것처럼 무심하게 얘기했다. 그녀가 어제 직접 건넸던 위로의 말과 제안들 그리고 계획에 대해 그가 언급하자, 그녀는 거기에 동의하긴 했지만 진지하게 여기진 않는 것처럼 보였고, 자신이 직접 한 제안들 중 어떤 것은 이미 말끔히 잊어버린 상태였다. 그는 그녀 곁에서 밤을 보내려고 했었지만, 생각을 바꿔 늦지 않게 그곳에서 나왔다.

서글픈 마음으로 그는 정처 없이 시내를 돌아다녔다. 그가 어린 시절 고아로서 낯선 사람 손에서 자랐던 교외의 작은 집에는 지금 다른 가족이 살고 있었는데, 이 집을 보자 학창시절과 숙련공 시절 그리고 당시의 여러 아름다운 기억들이 스쳐 지나가듯 그의 머릿속에 떠올랐다. 하지만 그것은 너무도 멀리 떨어져 있는 것처럼 보였고, 잃어버린 것과 낯설어진 것의 나직한 여운만이 그를 건드렸다. 그런 감정의 격앙에 빠지는 것은 그에게 익숙지 않은 것이어서 결국은 스스로 거기에 반감을 느끼게 되었다. 그는 담배에 불을 붙인 후 무관심한 얼굴로 어떤 야외술집에 들어섰는데, 방직공장의 직공 몇이 그를 알아보고 불렀다.

"어쩐 일인가. 이별 기념으로 한잔 사려는 거지, 그렇지 않은가?"

벌써 기분 좋게 취한 누군가가 그에게 소리쳤다.

니클라스는 웃으며 몇 사람이 모인 자리에 앉았다. 그가 모두에게 맥주를 두 잔씩 돌리겠다고 약속하자, 이렇게 사람 좋고 사랑받는 친구가 떠난다니 몹시 서운하다는 둥, 그러지 말고 그냥 여기 남으라는 둥, 여기저기서 한마디씩 했다. 그도 직장을 그만둔 것이 자기 뜻인 것처럼 행동하며, 자신에게 좋은 일자리가 널린 것처럼 허풍을 떨었다. 사람들은 노래를 부르며 잔을 부딪쳤고 떠들썩하게 웃었다. 니클라스는 짐짓 즐거운 듯 꾸며댔는데, 그는 이러한 자신의 모습이 내심 불편했고 부끄러운 생각이 들었다. 하지만 그는 쾌활한 상남자 행세를 하고 싶었다. 그래서 이왕 이렇게 된 바에 어쩔 수 없다는 심정으로, 술집 안으로 들어가 동료들에게 줄 담배까지 십여 개비 샀다.

다시 야외로 나왔을 때, 그는 한쪽 테이블에서 자기 이름이 언급되는 것을 들었다. 그쪽 사람들 대부분은 약간 취해 있었는데, 말하면서 테이블을 두드리고 거침없이 웃고 있었다. 니클라스는 자기 얘기를 하고 있다는 것을 알아차리고는, 나무 뒤에 숨어 엿들었다. 자신과 관계된 것처럼 보이는 그 거친 웃음소리를 들었을 때, 들떠 있던 그의 기분은 자기도 모르게 식어버렸다. 주의를 기울인 채 씁쓸한 기분으로 그는 어둠 속에 서서, 어떤 식으로 자기 얘기가 오가는지 들었다.

말이 없던 편에 속하던 작자가 말했다.

"바보가 다시 없구만. 하지만 하거가 더 바보인지도 모르지. 트레프츠는 이 기회에 그 이탈리아 여자를 떼어버리게 돼서 기뻐할지도 몰라."

다른 작자가 말했다.

"모르는 소리 말아. 저 친구가 그 여자한테 가시 달린 깍지처럼 달려 있는 거야. 멍청하기 짝이 없으니 그 토끼 같은 여자가 어디로 튀는지조차 모를걸. 이따가 한번 시험 삼아 슬쩍 건드려보자고."

"하지만 조심해! 니클라스가 기분 나빠 할 수도 있어."

"아, 저 친구! 저 친구는 아무것도 몰라. 저 친구 어제 저녁에 그 여자랑 산책을 했는데, 헤어져 집에 가자마자 하거가 와서 그 여자랑 나가더라고. 그 여자는 남자를 안 가려. 그 여자가 오늘 밤 누구를 들일지 궁금하군."

"그래, 그 여자 디를람하고도 엮여 있지, 그 견습생 말이야. 그러고 보니 금속공만 골라 사귀는 모양이구먼."

"아니면 돈이 있어야 하든가! 난 그 어린 디를람 얘기는 못 들었는데, 자네 직접 봤나?"

"보다마다. 자루창고에서도 보고, 한번은 계단에서 봤지. 둘이 쪽쪽거리는데 내가 얼마나 놀랐는지 몰라. 그 녀석 적당한 때 시작하는 거지, 그 여자랑 마찬가지로 말이야."

니클라스는 절망감이 들었다. 그는 이 작자들에게 한바탕 으르렁댈까도 싶었지만, 그러지 못하고 조용히 자리를 떴다.

한스 디를람 역시 지난 며칠간 잠을 설쳤다. 연애감정과 작업장에서 벌어진 불상사 그리고 무더위가 그를 괴롭혔다. 그 탓에 그는 아침에 작업장에 약간씩 늦는 일이 잦아졌다.

다음 날 그가 커피를 급하게 들이켜고 서둘러 계단을 내려왔을 때, 놀랍게도 니클라스 트레프츠가 그를 맞았다.

"안녕하세요. 무슨 일 있어요?"

한스가 큰 소리로 인사했다.

"변두리 제재소에 할 일이 있어. 네가 같이 가야겠어."

한스는 놀라움을 금치 못했다. 한편으로는 평소에 흔치 않은 작업이었기 때문이고, 다른 한편으로는 트레프츠가 갑자기 말을 놓았기 때문이었다. 그는 트레프츠가 망치 하나와 작은 공구함을 들고 있는 것을 보았다. 한스는 그에게서 공구함을 받아들었고, 두 사람은 함께 강 상류 쪽으로 갔다. 시내 바깥으로 가는 길에 여러 개의 정원과 초원을 지났다. 안개가 긴 무더운 아침이었고, 하늘에는 서풍이 불고 있는 것 같았다. 하지만 계곡 아래쪽에는 바람 한 점 불지 않았다.

니클라스는 어두운 표정이었고, 술을 진탕 마신 다음 날처럼 피곤해 보였다. 한스는 조금 기다리다가 떠들어대기 시작했지만 아무 대답도 듣지 못했다. 그는 니클라스를 딱하게 생각했지만, 더 이상 아무 말도 할 엄두를 못 냈다.

제재소까지 반쯤 왔을까, 어린 오리나무들이 자라고 있는 작은 반도 형태의 땅을 굽이치는 강의 흐름이 감싸고 있는 곳에서 니클라스가 갑자기 멈춰 섰다. 그는 오리나무들 쪽으로 내려가 풀 위에 눕더니 한스한테도 오라고 손짓을 했다. 한스는 흔쾌히 따라갔고, 두 사람은 몸을 쭉 펴고 꽤 긴 시간 동안 아무 말도 없이 나란히 누워 있었다.

결국 디를람은 잠이 들고 말았다. 그를 지켜보던 니클라스는 그가 잠이 들자 그의 위로 몸을 숙여 한동안 주의 깊게 얼굴을 들여다보았다. 그러면서 그는 한숨을 쉬었고 혼잣말을 중얼거렸다.

마침내 그는 분을 참지 못한 채 벌떡 일어났고, 자고 있는 한스에게 발길질을 했다. 당황한 한스는 깜짝 놀라 비틀거리며 일어섰다.

그는 불안하게 물었다.

"무슨 일이에요? 내가 너무 많이 잤어요?"

니클라스는 그가 예전에 한스를 바라보곤 했던 이상한 눈빛으로 그를 바라보았다.

"잠 깼어?"

그가 물어보았다. 한스는 겁먹은 채 고개를 끄덕였다.

"그럼, 잘 들어! 저기 내 옆에 망치가 있지. 보여?"

"네."

"내가 저걸 뭐 하러 가져왔는지 알아?"

한스는 그의 눈을 바라보았고 말도 못할 정도로 놀랐다. 끔찍한 예감이 그를 덮쳐왔다. 그는 달아나려 했지만, 트레프츠가 억세게 그를 붙잡았다.

"도망갈 생각 마! 내 말 잘 들어. 그러니까 저 망치, 내가 저 망치를 가져온 이유는 말이야, 내가─. 아니 그…… 망치를……."

상황을 파악한 한스는 죽음의 공포에 사로잡혀 소리를 질렀다. 니클라스는 고개를 저었다.

"소리 지를 필요 없어. 이제 내 말 좀 들어볼래?"

"네에—."

"너도 내가 무슨 얘기하는지 벌써 알 거야. 그러니까 난 저 망치로 네 머리를 부숴버리려고 했지. 진정해! 내 얘기 들어! 하지만 그러지 않았어. 그럴 수가 없어. 그리고 자고 있는 사람한테 그러는 건 떳떳하지 못한 일이고. 하지만 지금 넌 잠이 깼고, 난 망치를 내려놓았어. 그러니까 내 얘기는, 한판 붙어보자는 거야, 너도 강한 녀석이니까. 우리 서로 싸워서 상대를 눕히는 쪽이 망치를 잡아서 내려치도록 하자. 너 아니면 나, 둘 중의 하나가 죽어야만 하는 거지."

하지만 한스는 고개를 저었다. 죽음의 두려움은 지나갔고, 다만 그는 아릿한 슬픔과 참을 수 없는 연민만을 느꼈다.

"잠깐 기다려봐요. 그전에 얘기 좀 해야겠어요. 우리 잠깐 저기 앉지 않을래요?"

그는 나지막이 말했다. 니클라스는 그 말에 따랐다. 그는 한스도 뭔가 할 말이 있으며, 모든 것이 자신이 듣고 상상한 것과 다를 수 있으리라고 생각했다.

"마리아 때문이죠?"

한스가 말을 꺼냈고, 트레프츠는 고개를 끄덕였다. 한스는 모든 것을 설명했다. 그는 아무것도 감추지 않았고, 어떤 것에 대해서도 책임을 회피하려고 하지 않았다. 하지만 마리아를 감싸려고도 하지 않았다. 왜냐하면 그는 니클라스를 그녀로부터 떼어놓는 것이 무엇보다 중요하다는 것을 잘 알고 있었기 때문이다. 그는 니클라스가 생일을 축하하던 그날 저녁에 관해, 그리고 마리아와의 최근 만남에 대해 얘기했다.

그가 말을 마쳤을 때 니클라스는 그에게 손을 내밀며 말했다.

"자네 말이 거짓이 아니라는 거 알아. 우리 이제 작업장으로 돌아갈까?"

"아니요. 나야 돌아가야겠지만, 당신은 아니에요. 당신은 지금 당장 떠나야 해요. 그게 최선이에요."

"그래 그러지. 하지만 난 내 노동기록부랑 기능장의 인증서가 필요해."

"그건 내가 알아서 할게요. 저녁에 우리 집으로 오세요. 그때 제가 다 전해 드릴게요. 그동안 당신은 짐을 쌀 수 있을 거예요, 그렇지 않아요?"

니클라스는 곰곰이 생각했다.

"아니야. 그건 옳지 않아. 나도 함께 작업장으로 가서, 하거에게 오늘 중으로 떠날 수 있게 해달라고 부탁해야겠어. 자네가 나를 위해 모든 뒤치다꺼리를 해주겠다니 고맙네만, 내가 직접 가는 게 낫겠어."

그들은 함께 발길을 돌렸다. 그들이 돌아왔을 때는 오전의 절반 이상이 지나 있었고, 하거는 거세게 비난하며 이들을 맞았다. 하지만 니클라스는 이별하는 마당에 한 번만 호의적으로 조용하게 얘기를 나누자며 그를 데리고 문 앞으로 갔다. 다시 돌아온 두 사람은 조용히 자기 자리로 가 일을 시작했다. 하지만 오후가 되자 니클라스의 모습은 보이지 않았고, 그 다음 주에 기능장은 새로운 숙련공을 고용했다.

모든 사랑에 심오한 비극이 숨어 있다고 해서 그것이 사랑을 하지 않을 이유가 되지는 못합니다.

어느 때라도 사랑을 선물할 수 있기 위해서 우리는 우리의 사랑을 너무 꼭 쥐고 있어서는 안 됩니다. 우리는 우리가 사랑을 부여하는 대상들을 항상 과대평가합니다. 그리고 그로부터 많은 고통이 생겨나는 것입니다.

젊은이여, 가슴속에 느껴라
사랑의 고통과 사랑의 기쁨을.
하지만 믿지는 말아라
다른 사람보다 더 풍부하게 느꼈노라고!

사랑은 구걸해서도 안 되고 요구해서도 안 된다. 사랑은 내면에서 저절로 확신에 이르는 힘을 가져야 한다. 그러면 사랑은 더 이상 끌려가지 않고, 이끌어가게 된다.

사이클론

그땐 1890년대 중반이었는데, 당시 나는 고향의 작은 공장에서 실습 일을 하고 있었고, 같은 해에 고향을 영영 떠났다. 나는 대략 18살쯤이었는데, 청춘을 매일 즐기고 마치 새가 공기를 느끼듯 내 주위에서 그 시절을 느꼈음에도 불구하고, 나는 그 시절이 얼마나 아름다웠는지 모르고 있었다. 한 해 한 해가 어떻게 흘러가는지 시시콜콜 생각하고 싶어 하지 않는 비교적 나이든 사람들에게는, 내가 설명하고 있는 그 해에 우리 지역에 사이클론 혹은 폭풍이 찾아왔었다는 것을 기억나게 해주는 것으로 충분했다. 그와 같은 크기의 것은 우리 지역에서 그 전이나 그 후에도 본 적이 없었다. 그 해엔 그랬었다. 나는 그 폭풍이 오기 이틀인가 사흘 전에 쇠끌에 왼손을 다쳤다. 상처가 깊었고 부어올라서 붕대를 감아야 했고 작업장에 나갈 수 없었다.

내 기억으로 그해 늦여름 내내 우리의 좁은 계곡엔 유례없는 무더위가 찾아왔고, 때때로 며칠간 끊임없이 뇌우가 몰아쳤다. 그것은 자연계의 뜨거운 불안감이라고 할 수 있었는데, 나는 물론 그것을 막연하게 무의식적으로만 느꼈을 뿐이다. 그래도 어떤 사소한 것들은 아직 기억에 남아 있다. 예를 들어 저녁에 낚시를 하러 갈 때면, 나는 물고기들이 후텁지근한 대기로 인해 이상하게 흥분해 있는 것을 보았다. 물고기들은 무질서하게 뒤엉켜 몰려다녔고, 미지근한 물 밖으로 튀어 오르고, 눈이라도 먼 듯 낚시에 잘 걸려들었다. 그리고 날씨가 약간 선선해지면서 물고기들도 잠잠해졌고, 뇌우도 뜸해졌다. 그리고 이른 아침에는 벌써 약간 가을 냄새가 났다.

어느 날 아침 나는 책 한 권과 빵 한 조각을 주머니에 넣은 채, 집을 나서 발길 닿는 대로 걸었다. 어린 시절에 늘 했던 대로 집 뒤에 있는 정원에 먼저 들렀는데, 그곳엔 아직 그늘이 져 있었다. 내가 보기에도 아주 어리고 막대기처럼 얇은 상태였던 아버지가 심은 전나무들이 우람하게 자라 높이 서 있었고, 나무 아래에는 밝은 갈색의 뾰족한 잎사귀들이 수북이 쌓여 있었다. 그곳에는 몇 년 전부터 상록수 외에는 아무것도 자라지 않았다. 하지만 그 옆으로는 길고 좁다란 꽃밭에 어머니가 심은 다년생 꽃들이 피어 있었는데, 이 꽃들은 풍성하게 화사한 빛을 뿜었고, 일요일이면 이 꽃들로 커다란 꽃다발이 만들어졌다. 거기엔 조그만 주홍색 꽃송이들이 다발을 이룬 식물이 있었다. 그 이름은 불타는 사랑(역주: 너도개미자리과 동자속의 다년초로 수레동자꽃이라고 불림)이었고, 여린 줄기에 매달린 심장 모양의 붉고 하얀 꽃들이 피어 있는 부드러운 다년생 식물은 여인의 심장(역주: 금낭화)이라고 불렸다. 그리고 어떤 식물은 냄새나는 건방진 놈(역주: 국화과의 천수국 속[屬]으로 금잔화 혹은 프렌치 매리골드로 불림)이라는 이름을 가지고 있었다. 그 근처에는 줄기가 긴 과꽃이 있었는데, 아직 꽃이 피지는 않은 상태였다. 그 사이의 바닥에는 부드러운 가시를 가진 통통한 바위솔과 우스꽝스러운 쇠비름이 깔려 있었다. 이 길고 좁은 화단은 우리가 아끼는 꿈의 정원이었다. 거기에는 기이하고 다양한 꽃들이 줄지어 서 있었고 이 꽃들은 두 개의 둥근 화단에 있는 장미보다 우리에게 더 기묘하고 사랑스러웠기 때문이다. 여기에 해가 비쳐 담쟁이덩굴 벽에서 반짝일 때면 모든 꽃들은 각자의 고유한 자태와 아름다움을 뿜어냈다. 글라디올러스는 화려한 색을 풍성하게 과시했고, 헬리오트로프(역주: 페루향수초라고도 불리는 다년초)는 회색빛을 띠고 자신의 고통스런 향기에 잠긴 채 홀린 듯 서 있었으며, 줄맨드라미는 시든 채 복종하듯 고개를 숙였다. 매발톱꽃은 발돋움한 채 네 겹으로 된 종 모양의 여름꽃을 흔들어 종소리를 내는 듯했다. 미역취와 파란 협죽초에는 벌들이 시끄럽게 윙윙거렸고, 두터운 담쟁이덩굴 위로는 작은 갈색 거미들이 바쁘게 이리저리 뛰어다녔다. 비단향나무꽃(역주: 학명은 Matthiola, 십자화과에 속하는 화초) 위의 대기에는 박각시나 꼬리박각시라고 불리며, 통통한 몸통과 투명한 날개를 가진 나비들이 기분 내키는 대로 잽싸게 빙빙 돌며 몸을 떨었다.

나는 휴일의 유쾌한 기분을 느끼며 이 꽃에서 저 꽃으로 옮겨 다녔다. 여기저기 꽃송이의 향내를 맡거나 손가락으로 조심스럽게 꽃받침을 열어 안을 들여다보았고, 신비스럽고 창백한 빛깔의 꽃 안쪽과 엽맥과 암술, 부드러운 실과 같은 섬유질 그리고 수정처럼 투명한 수관(水管)이 맺고 있는 조용한 질서를 관찰했다. 그 틈틈이 구름 낀 아침하늘을 유심히 바라보았는데, 하늘에는 줄무늬 연무와 작은 양털구름이 기이하게 혼란스러운 모습으로 뒤엉켜 있었다. 내 생각엔 오늘 분명히 다시금 뇌우가 찾아올 것처럼 보였고, 나는 오후에 몇 시간 동안 낚시를 해야겠다고 마음먹었다. 나는 지렁이가 혹시 있을까 하고 길가에 있는 응회암 몇 개를 들춰보았지만, 말라비틀어진 회색빛 쥐며느리떼만 기어 나와서 질겁을 하고 사방으로 흩어졌다.

나는 이제 뭘 해야 할지 생각해보았지만 금방 머리에 떠오르는 것이 없었다. 일 년 전에 학생으로서 마지막으로 방학을 보냈던 나는 아직 완전히 어린아이나 다름없었다. 당시에 내가 가장 즐겨 했던 것은, 개암나무 활을 과녁을 향해 쏘거나,

연을 날리거나, 들판에 있는 쥐구멍을 화약으로 날려버리는 것이었는데, 이 모든 것은 이제 당시의 매력과 광휘를 상실해버렸다. 마치 내 영혼의 일부가 피로에 지쳐, 한때 사랑스러웠고 기쁨을 가져다주었던 그 목소리들에 화답하지 않는 것 같았다.

놀라움과 가슴을 죄는 듯한 조용한 불안감에 사로잡혀, 나는 내 어린 시절 기쁨을 주었던 낯익은 장소를 둘러보았다. 작은 정원과 꽃으로 장식된 발코니 그리고 해가 들지 않아 축축하고 포석에 푸른 이끼가 끼어 있는 마당이 나를 바라보고 있었는데, 예전과는 다른 얼굴을 하고 있었고 꽃들조차도 자신들의 무한한 마력을 어느 정도 상실하고 있었다. 정원 구석에는 파이프가 달린 낡은 물통이 무료한 모습으로 얌전히 놓여 있었다. 예전에 나는 아버지 속을 썩인 일이 있었다. 한나절 동안 물을 틀어놓고 나무로 된 물레방아를 설치하고는, 길에 댐을 쌓고 운하를 만들어 큰 홍수가 나게 했던 것이다. 세월의 풍상을 견딘 그 낡은 물통은 나의 충실한 벗이자 소일거리였다. 내가 그것을 바라보았을 때 저 유년 시절에 느꼈던 즐거움의 여운이 내 안에서 불현듯 솟아나는 듯도 했지만, 그마저도 서글픈 뒷맛을 남겼다. 그 물통도 더 이상 샘이나 강 혹은 나이아가라 폭포가 아니었다.

상념에 잠긴 채 나는 울타리를 타고 넘었다. 파란 나팔꽃이 얼굴을 스쳤고, 나는 꽃을 따서는 입에 물었다. 산책길에 산에 올라가 우리 도시를 내려다 볼 요량이었다. 산책 역시 그다지 썩 내키는 계획은 아니었는데, 어린 시절이었다면 그런 생각은 하지도 않았을 것이다. 아이는 산책을 하지는 않는 법이니 말이다. 아이는 도적이나 기사 혹은 인디언 놀이를 하러 숲으로 가거나, 뗏목 타는 사람이나 어부 혹은 물레방아를 만드는 사람 놀이를 하러 강으로 가며, 나비나 도마뱀을 잡기 위해 들판으로 달려가는 것이다. 그처럼 산책은 뭘 해야 할지 정말로 모르는 어른들의, 고상하면서도 약간은 지루한 일처럼 내게 생각되었다.

입에 문 나팔꽃은 금방 시들어 던져버렸다. 이제 나는 회양목 가지를 하나 꺾어 씹었는데, 쓴맛이 나면서도 나름 맛이 있었다. 금작화가 높이 자란 철둑길에서 초록색 도마뱀 한 마리가 내 발 밑에서 도망가자 내 안에서는 동심이 다시 깨어났다. 나는 가만히 있지 못하고 뛰다 기다 숨다 한 끝에, 마침내 그 겁 많은 동물이 따뜻한 햇볕을 쬘 수 있도록 두 손 위에 얹었다. 나는 그 녀석의 보석처럼 반짝이는 작은 눈을 쳐다보았다. 그러자 어린 시절에 느꼈던 사냥의 기쁨이 다시 떠오르는 동시에, 매끈하고 탄탄한 녀석의 몸과 단단한 다리가 내 손가락 사이에서 방어하는 자세로 버티는 것을 느꼈다. 하지만 곧바로 즐거움은 사라졌고, 나는 잡은 도마뱀을 어떻게 해야 할지 전혀 알 수 없었다. 그건 더 이상 아무것도 아니었고, 거기엔 더 이상 아무런 행복감도 없었다. 나는 허리를 숙여 손을 벌려주었다. 옆구리가 들락날락하며 격렬히 숨 쉬던 도마뱀은 놀란 듯 한동안 가만히 있다가, 수풀 사이로 잽싸게 사라졌다. 번쩍이는 철로 위로 기차 한 대가 다가와서는 내 곁을 지나갔고, 나는 그 기차를 눈으로 좇았다. 그리고 나는 그 순간 여기서는 더 이상 진정한 기쁨이 피어날 수 없을 것이라는 사실을 아주 확연히 느꼈고, 이 기차를 타고 떠나 세상으로 나아갔으면 하고 열렬히 바랐다.

선로지기가 근처에 있는지 둘러보고는 보이는 것도 없고 들리는 것도 없는 걸 확인하고 나는 재빨리 선로를 뛰어넘어 건너편에 높이 솟은 붉은 사암 절벽을 기어올랐다. 그 절벽 곳곳에는 철도를 건설할 때 뚫어놓은 폭약 구멍의 시커멓게 변한 모습이 보였다. 나는 위로 올라가는 길을 알고 있어서, 이미 꽃이 진 금작화의 질긴 줄기를 붙잡았다. 붉은 암석 위로는 메마른 태양의 열기가 숨 쉬고 있었고, 기어오르는 동안 뜨거운 모래가 소매 속으로 흘러들어갔다. 내가 위를 쳐다보았을 때, 수직으로 된 암벽 위로 따갑게 빛나는 하늘이 놀라울 정도로 가깝게 미동도 없이 자리잡고 있었다. 그렇게 나는 어느새 꼭대기에 있었고, 바위 가장자리에 손을 짚은 후 이어서 무릎을 들어 올릴 수 있었고, 가시가 나 있는 가느다랗고 작은 아카시아 줄기를 붙잡을 수 있었다. 그렇게 해서 나는 황량하고 급하게 경사가 진 풀밭에 도달했다.

이 조용하고 작은 황야 아래로는 경사진 지름길을 지나 기차가 지나가는데, 바로 이곳이 전에 내가 가장 즐겨 머물던 장소였다. 사람 손이 닿지 않아 제멋대로 자란 억센 풀들 외에, 이곳에는 연한 가시가 나 있는 작은 장미덤불과, 바람이 씨를 뿌려놓은 빈약한 아카시아 나무 몇 그루가 자라고 있었는데, 이 나무들의 얇고 투명한 잎사귀를 통해 해가 비치고 있었다. 위쪽으로도 붉은 암벽의 띠가 둘러싸고 있어 섬처럼 고립된 이 풀밭에서 예전에 나는 로빈슨 크루소인 양 살았다. 이 외진 곳은 수직암벽타기를 통해 이곳을 정복할 용기와 모험심을 가진 사람에게만 허락된 땅이었다. 나는 열두 살 때 이곳에 있는 바위에 끌로 내 이름을 새겼고, 한때 여기서 로자 폰 탄넨부르크(역주: 로마 가톨릭의 사제이자 작가인 크리스토프 폰 슈미트〔1768~1854〕가 1823년에 쓴 아동청소년물)를 읽었으며, 몰락해가는 인디언 부족의 용감한 추장을 다룬 유치한 드라마를 썼다.

햇볕에 바싹 마른 풀이 창백하고 흰 실타래처럼 경사진 산허리에 달려 있었고, 타버린 금작화 잎은 바람 한 점 없는 뜨거운 대기 속에서 강하고 씁쓸한 향기를 풍겼다. 나는 바싹 마른 풀 위에 누워, 지나칠 정도로 우아하게 배열되어 있는 섬세한 아카시아 잎사귀들이 눈부신 햇살을 투과하며 새파란 하늘에 걸려 있는 것을 보면서 생각에 잠겼다. 나의 삶과 내 앞에 놓인 나의 미래를 확장시킬 적당한 때인 것 같다는 생각이 들었다.

하지만 나는 하등의 새로운 것을 발견할 수 없었다. 나는 사방에서 나를 위협하는 기이한 빈곤, 그리고 검증된 즐거움과 애착을 가졌던 생각들이 섬뜩하게 퇴색하거나 시드는 것만을 보았다. 내가 하는 일은, 내가 마지못해 포기해야만 했던 것과 잃어버린 어린 시절의 온갖 즐거움을 보상해주지 못했다. 나는 그 일을 별로 좋아하지 않았고, 그 일을 오랫동안 성실히 수행하지도 못했다. 그 일은 나에게는, 틀림없이 어디선가 새로운 만족을 찾게 될 세상으로 나아가기 위한 하나의 방편이었을 뿐이다. 그러한 만족은 어떠한 종류의 것일까?

세상을 보거나 돈을 벌 수 있고, 뭔가를 하거나 시도하기 전에 아버지나 어머니에게 더 이상 물어볼 필요도 없으며, 일요일이면 볼링을 하고 맥주를 마실 수도 있을 터였다. 하지만 이 모든 것이 단지 부차적인 것이며, 나를 기다리는 새로운 삶의 의미가 결코 아니라는 것을 나는 잘 알고 있었다. 궁극적 의미는 어딘가 다른 곳에, 더 깊고 아름다우며 더 신비스럽게 존재했고, 내가 느끼기에 그것은 여자 그리고 사랑과 연관되어 있었다. 거기에 심오한 쾌락과 만족이 숨어 있음에 틀림없었으며, 그렇지 않다면 어린 시절의 즐거움을 희생한 것은 의미가 없을 터였다.

　사랑에 관해서라면 나도 잘 알고 있었다. 나는 몇몇 연인을 보아왔고, 멋진 감격을 선사하는 사랑 시도 읽어보았던 것이다. 나 스스로도 이미 여러 번 사랑에 빠졌고, 꿈에서 뭔가 달콤한 것, 그것을 위해 남자라면 자신의 목숨을 걸거나 자기 행위나 노력의 의미가 되는 그런 달콤한 것을 느껴보기도 했다. 내겐 벌써 여자와 사귀는 동창들도 있었으며, 일요일에 무도회에 간 일이나 밤에 여자 집의 창문을 기어오른 일을 스스럼없이 떠벌이는 작업장 동료들도 있었다. 그럼에도 나 자신에게 사랑은, 수줍어하며 동경하는 가운데 내가 그 문 앞에서 기다리고 있는 아직 굳게 닫힌 정원이었다.

　지난주, 그러니까 끝에 다쳐 상처가 나기 조금 전에야 비로소 나에게 들려오는 분명한 첫 번째 부름이 있었다. 그리고 그이후로 나는 이별하는 사람이 처하곤 하는, 불안하게 생각이 많은 상태에 빠져 있었고, 그 이후로 지금까지의 내 삶은 과거가 되었으며, 미래의 의미가 내게 명확해졌다. 어느 날 저녁 우리 작업장의 두 번째 견습생이 나를 옆으로 끌고 가더니, 집으로 가는 길에 이렇게 말하는 것이었다. 자기가 어떤 예쁜 아가씨를 알고 있는데, 그녀에겐 아직까지 애인이 없었으며, 오직 나만을 바라보고 있다고 말이다. 게다가 그녀는 비단 돈지갑을 만들었는데, 그걸 나에게 선물하고 싶다고도 전해주었다. 그게 누군지 내가 짐작할 수 있을 거라며, 그는 그녀의 이름을 말해주려고 하지 않았다. 그래서 내가 윽박지르며 캐묻다가 마지막엔 관심 없다는 태도를 보이자, 그는 멈춰 서서는 — 우리는 마침 아래로 물이 흐르는 물레방아 다리 위에 있었다 — 나직하게 말했다. "그 아가씨가 바로 우리 뒤에 있어." 당황한 나는 기대 반 두려움 반을 가지고 뒤를 돌아봤다. 사실 모든 것이 그냥 멍청한 장난일 수도 있었다. 그런데 우리 뒤에서 방직공장에서 일하는 어떤 젊은 아가씨가 다리의 계단을 올라오고 있었다. 베르타 푁틀린이라는 아가씨였는데, 나와는 견진성사 문답 때부터 알던 사이였다. 그녀는 멈춰 서서 나를 바라보며 웃었고, 천천히 얼굴이 빨개지더니 얼굴 전체가 불이 붙은 듯 타올랐다. 나는 발걸음을 재촉해 집으로 갔다.

그 이후로 그녀는 나와 두 번 마주쳤는데, 한번은 우리가 일하는 방직공장에서였고 또 한 번은 저녁에 집으로 가는 길에서였다. 하지만 그녀는 그냥 인사만 건넨 후 "저처럼 빨리 끝났나 봐요?"라고 말했다. 그건 대화를 나눌 의사가 있다는 뜻이었다. 하지만 나는 그저 고개만 까닥이며 그렇다고 말한 후 당황한 채 자리를 떴다.

여하간 내 생각은 이 일에 사로잡혀 있었고, 도통 갈피를 잡지 못했다. 예쁜 여자를 사랑해보는 것, 그것을 나는 이미 자주 마음속 깊이 바라며 꿈꿔왔었다. 그런데 지금 예쁘고 금발에다가 나보다 약간 큰 아가씨가 내 키스를 원하고 내 팔에 안기고 싶어 했다. 그녀는 키가 크고 건강미가 넘쳤으며, 붉은 빛이 도는 희고 예쁜 얼굴이었다. 목덜미에는 어두운 곱슬머리가 찰랑거렸으며, 그녀의 시선에는 기대감과 사랑이 가득 차 있었다. 하지만 나는 그녀를 생각해본 적도 없고, 그녀를 사랑하지도 않았으며, 달콤한 꿈속에서 그녀의 뒤를 좇는다든가 떨면서 그녀의 이름을 베개에 대고 속삭여본 적도 없었다. 원하기만 하면 나는 그녀를 애무하거나 내 것으로 만들 수도 있었지만, 나는 그녀를 경외하거나 그녀 앞에 무릎 꿇고 경배할 수는 없었다. 이러한 관계에서 도대체 무엇이 이루어질 수 있단 말인가? 나는 어떻게 해야 한단 말인가?

나는 불만에 차 내 풀밭 보금자리에서 일어났다. 아, 상황이 안 좋은 시기였다. 제발 내 공장 생활이 내일이라도 당장 끝난다면, 여기서 멀리 떨어진 곳으로 떠나버릴 수도 있고, 새로 시작해 모든 것을 잊어버릴 수도 있을 텐데.

여기서부터 산을 오르는 것은 매우 힘든 일이긴 했지만, 다만 뭐라도 하기 위해 그리고 살고 있다는 느낌을 가지기 위해 나는 산 정상까지 오르기로 결심했다. 저 위에 서면 소도시보다 훨씬 높은 위치에서 멀리까지 볼 수가 있었다. 폭풍이 부는 가운데 나는 산비탈 쪽의 위쪽 암벽까지 올라가서는, 양쪽 바위를 지탱하면서 위로 올랐고 꼭대기로 몸을 솟구쳐 올렸는데, 그곳에는 덤불과 여기저기 돌무더기가 널린 황량한 산정상이 뻗어나가고 있었다. 땀에 젖어 숨을 헐떡이며 올라온 나는, 약하게 바람이 불고 햇살이 비치는 꼭대기에서 좀 더 편안하게 숨을 쉬었다. 덩굴에 힘없이 매달려 있던 시든 장미들이 내가 스쳐 지나가자 창백한 잎사귀들이 맥없이 떨어졌다. 덜 익은 초록빛의 작은 블랙베리들이 도처에 자라고 있었는데, 양지에 있는 것들만이 이제 막 익기 시작하며 희미한 금속성의 갈색 빛을 띠고 있었다. 정적이 흐르는 따뜻한 대기 속에 작은멋장이나비들이 태평하게 날아와서는 오색을 번쩍이며 공기를 갈랐고, 푸른빛이 도는 가루가 덮인 서양톱풀 위에는 검붉은 점이 있는 수많은 딱정벌레들이 소리도 내지 않고 기묘하게 모여 앉아, 자신들의 길고 얇은 다리를 자동인형처럼 움직였다. 하늘에는 어느새 구름이 다 사라졌고, 가까이 있는 숲의 검은 전나무 우듬지들이 푸른 하늘을 날카롭게 자르고 있었다.

학교 다니던 시절 가을이면 항상 친구들과 불을 피우곤 했던 맨꼭대기 바위 위에서 멈춰 서서 몸을 돌렸다. 그때 나는 반쯤 그늘이 진 계속 깊은 곳에서 강물이 반짝이는 것과 흰 거품을 일으키는 물레방아 제방이 번득이는 것, 그리고 저지대에 바짝 자리잡은 오래된 우리 도시의 갈색 지붕들 위로 한낮의 화덕 연기가 푸른빛을 띠며 조용히 그리고 비스듬히 대기 속으로 올라가는 것을 보았다. 거기 아버지의 집과 낡은 다리가 있었고, 대장간의 화염이 붉게 타오르는 모습이 조그맣게 보이는 우리 작업장도 있었다. 좀 더 강 아래쪽으로는 방직공장이 있었는데, 그 공장의 평평한 지붕 위로는 풀이 자라고 투명한 유리창 뒤로는 다른 여러 직공들과 더불어 베르타 픽틀린도 일하고 있을 터였다. 아, 그녀! 나는 그녀에 관해서라면 아무것도 알고 싶지 않았다.

고향 도시의 온갖 정원과 놀이터, 그리고 골목 구석구석이 오래된 친근함으로 익숙하게 나를 올려다보았고, 교회시계의 금빛 숫자들이 햇빛을 받아 교활하게 번쩍였으며, 그늘이 진 물레방아 운하에는 집들과 나무들의 검은 그림자가 또렷한 모습으로 서늘하게 반사되고 있었다. 오직 나만이 달라졌고, 나와 이 풍경 사이에 낯선 느낌이 유령 같은 베일처럼 드리워져 있는 것은 오로지 내 탓이었다. 나의 삶은 담장들과 강 그리고 숲으로 둘러싸인 이 작은 영역 속에 더 이상 안전하거나 만족감을 느끼며 속해 있지 않았다. 비록 나의 삶이 이 장소들과 여전히 질긴 끈으로 묶여 있긴 했지만, 더 이상 뿌리를 내리거나 울타리로 둘러싸일 수는 없었으며, 동경의 물결이 좁은 울타리를 넘어 도처에서 넓은 세상으로 흘러넘쳤다. 혼자만의 우수에 차 아래를 내려다보는 동안, 나의 모든 비밀스런 소망들이 아버지의 말씀과 존경하는 시인들의 말들 그리고 나 자신의 은밀한 맹세와 더불어 내 감정 속에서 환희에 차 솟구쳐 올랐고, 한 남자가 되어서 나 자신의 운명을 의식적으로 손아귀에 쥐는 것이, 가혹하긴 해도 멋진 일인 것처럼 생각되었다. 그러자 그 즉시 이 생각은, 베르타 푀틀린과의 일로 인해 나를 짓누르던 의구심에 한 줄기 빛을 던져주었다. 그녀가 예쁘다거나 나를 좋아한다거나 하는 것은 내가 상관할 바가 아니었다. 행복을 내 손으로 획득하지 않고 완결된 채 여자의 손에서 거저 받는 것은 내 방식이 아니었다.

정오까지는 시간이 얼마 남지 않았다. 산을 기어오르는 것에 대한 흥미가 사라져버렸고, 생각에 잠겨 나는 도시 쪽으로 난 길을 따라 걸어내려 오면서, 어릴 때 여름이면 빽빽한 쐐기풀 속에서 공작나비의 검고 털이 난 애벌레를 잡던 작은 철교 밑을 지났고, 문 앞에 이끼 낀 호두나무가 짙은 그림자를 드리우고 있는 공동묘지 담벼락을 지나갔다. 문이 열려 있었고, 나는 안에서 분수가 찰랑이는 소리를 들었다. 바로 옆에는 시에서 축제가 열리는 광장이 있었는데, 그곳에서는 5월 축제 때와 스당의 날(역주: 스당은 프랑스에 있는 도시로, 1870년 9월 2일 프로이센과 프랑스의 전쟁 당시 프로이센 군은 프랑스 황제 나폴레옹 3세를 스당 전투에서 참패시킴. 독일에서는 1871년부터 이날을 스당의 날로 정하고 1919년까지 국경일로 제정함)이면 사람들이 먹고 마시며 얘기를 나누고 춤을 추었다. 지금 그 광장은 태곳적의 우람한 밤나무가 드리운 그늘 아래 잊혀진 채 고요하게 누워 있었고, 불그스름한 모래 위에는 눈부신 햇살이 군데군데 비치고 있었다.

여기 계곡 아래쪽, 그러니까 강을 따라 나 있는 햇살 가득한 길은 사정없이 내리쬐는 정오의 열기로 달아올랐다. 눈부시게 빛을 반사하고 있는 집들 건너편의 강변 쪽에는, 잎이 듬성듬성 나 있고 벌써 늦여름인 것처럼 잎이 누렇게 마른 물푸레나무와 단풍나무가 드문드문 서 있었다. 평소 습관처럼 나는 강변 쪽에서 걸었고, 물고기들을 살펴보았다. 유리처럼 투명한 강물 속에는 수염이 무성한 거머리말이 크게 너울거리며 춤추고 있었다. 그 사이로 내가 잘 알고 있는 검은 구멍들 속에는 여기저기 살진 물고기들이 한 마리씩 들어가 꼼짝 않고 게으르게 주둥이를 물이 흘러오는 쪽을 향하고 있었다. 수면 쪽에서는 때로 어린 황어 떼가 까맣게 작은 무리를 이루어 먹이를 찾아다녔다. 나는 오늘 아침에 낚시하러 가지 않기를 잘했다는 것을 알게 되었다. 하지만 공기나 물의 상태 그리고 맑은 물속에서 어두운 빛깔의 늙은 돌잉어가 두 개의 커다란 둥근 돌 사이에 편안히 쉬고 있는 모습은, 오늘 오후에 아마도 뭔가 잡을 수도 있겠다는 희망을 갖게 했다. 나는 이러한 점을 머리에 담아두고 계속 걸어갔고, 눈이 부신 길에서 진입로를 거쳐 지하실처럼 서늘한 우리 집의 현관에 들어섰을 때 깊이 안도의 숨을 쉬었다.

"내 생각엔 오늘 또 천둥번개가 치겠는걸."

날씨 감각이 예민한 아버지가 탁자에서 말했다. 나는 하늘에 구름도 한 조각 없고 서풍이 불 기미도 느껴지지 않는다며 이의를 제기했는데, 아버지는 웃으며 말했다.

"공기가 얼마나 팽팽한지 느껴지지 않니? 어디 한번 두고 보자꾸나."

물론 날씨는 대단히 무더웠고, 푄풍이 불 때처럼 하수구는 심한 냄새를 풍겼다. 나는 산을 기어오르고 뜨거운 열기를 들이마신 후유증인 듯 피로를 느껴 정원을 향한 베란다에 앉았다. 제대로 집중하지 못한 채 자주 깜빡깜빡 졸면서 나는 카르툼의 영웅인 고든 장군(역주: 1833~1885, 찰스 조지 고든은 영국의 군인으로 크림 전쟁과 태평천국의 난 등 여러 전쟁에 참가하여 공을 세움. 수단 총독으로 반란군을 토벌하던 중 카르툼에서 전사함)의 이야기를 읽었는데, 시간이 지날수록 곧 천둥번개가 치리라는 것이 내게도 점점 분명해졌다. 하늘은 아까처럼 여전히 구름 한 점 없이 파랬지만, 대기는 마치 잔뜩 달궈진 구름층이 저 높이 맑게 떠 있는 태양 앞에 놓인 듯 점점 무거워졌다. 나는 두 시에 집 안으로 들어가서 낚시도구를 챙기기 시작했다. 낚싯줄과 낚싯바늘을 점검하는 동안 나는 내면에서 벌써 사냥의 흥분을 느꼈고, 이처럼 열정적이며 깊은 만족감이 내게 그래도 남아 있다는 것을 감사하게 생각했다.

그날 오후의 유달리 무덥고 짓누르는 듯한 정적이 내게는 잊혀지지 않는다. 나는 물고기 담는 양동이를 들고 강 하류 쪽의 아래쪽 다리까지 갔는데, 높은 집들의 그림자가 이 다리를 이미 반쯤 덮고 있었다. 가까운 방직공장에서는 졸음을 몰고 오는 규칙적인 기계음이 벌이 나는 소리와 비슷하게 윙윙 댔고, 위쪽 방앗간에서는 일 분 간격으로 이가 빠진 톱니바퀴가 내는 기분 나쁜 날카로운 소리가 덜컹댔다. 그것만 빼면 나머지는 아주 조용했다. 수공업자들은 작업장의 그늘에 몸을 숨겼고, 골목길에는 인적이 없었다. 물레방아 섬에서는 조그만 남자아이가 벌거벗은 채 젖은 돌들 사이를 찰박거리며 돌아다녔다. 수레제조장인의 작업장 앞에는 거친 나무판자들이 벽에 기대 서 있었고, 햇빛으로 인해 코를 찌르는 냄새가 났는데, 그 말라가는 냄새가 나한테까지 전해졌고, 비릿하고 짙은 물 냄새를 뚫고 분명하게 느껴졌다.

물고기들도 평소 같지 않은 날씨를 감지하고는 변덕스러운 모습을 보였다. 처음 십오 분 동안엔 구릿빛 황어 몇 마리가 걸려 올라왔는데, 아름답고 빨간 배지느러미를 가진 묵직하고 넓적한 놈 한 마리가 막 손으로 잡으려는 순간 낚싯줄을 끊고 달아났다. 그리고 곧바로 물고기들 사이에 한바탕 소동이 일더니, 구릿빛 황어들은 진흙 속 깊이 숨어 미끼는 더 이상 거들떠보지도 않았다. 반면 수면 가까이로 어린 물고기 떼가 모습을 드러냈고, 계속 무리가 바뀌며 도주하듯이 강 아래쪽으로 움직여갔다. 모든 정황이 날씨가 변할 것이라는 점을 암시하고 있었는데, 대기는 마치 유리처럼 고요했고 하늘엔 구름 한 점 없었다.

내가 보기엔 더러운 하수가 물고기들을 쫓아버린 것 같았다. 아직 포기할 생각이 없던 나는, 새로운 장소로 어디가 좋을까 생각하다가 방직공장의 운하로 자리를 옮겼다. 내가 거기 헛간 옆에 자리를 잡고 낚시도구를 펼쳐놓자마자, 공장의 계단에 난 창에서 베르타가 나타나더니 이쪽을 보며 나에게 손짓을 했다. 하지만 나는 그걸 못 본 체하고는, 낚싯대 위로 몸을 숙였다.

짙은 색의 물이 운하 벽 사이로 흘러갔다. 나는 다리 사이에 머리를 집어넣고 앉아 있는 나의 모습이 물결 따라 흔들리며 물에 비치는 것을 보았다. 아직 저 위 창가에 서 있던 베르타는 내 이름을 불렀지만, 나는 요동도 하지 않고 물만 뚫어져라 보았고 고개도 돌리지 않았다.

낚시는 신통치 않았다. 여기서도 물고기들은 바삐 할 일이라도 있는 듯 급하게 돌아다녔다. 짓누르는 듯한 열기에 지친 나는, 더 이상 아무것도 기대하지 않은 채 야트막한 벽에 걸터앉아 있었고, 어서 저녁이 되었으면 하고 바랐다. 내 뒤에 있는 방직공장의 작업장에서는 기계 소음이 쉴 새 없이 웅웅거렸고, 운하의 물은 작게 쏴쏴 소리를 내며 초록 이끼가 끼어 있는 축축한 벽에 몸을 비볐다. 나는 졸음에 겨워 극도로 무관심한 상태로 그냥 앉아 있었는데, 낚싯줄을 거둬 올리는 것도 귀찮아서였다.

삼십 분이 지났을 때쯤에야 나는 갑자기 걱정과 깊은 불안감에 사로잡혀 게으르고 몽롱한 상태에서 깨어났다. 짓눌린 듯한 바람이 마지못해 불안하게 자기 주위를 맴돌았고, 대기는 무겁고 김빠진 맛이 났으며, 제비 몇 마리가 놀라서 물 위에 바짝 붙어 날아갔다. 현기증이 나서, 나는 더위를 먹었나 보다 생각했다. 물 냄새가 더 심해진 것 같았고, 뱃속에서 울렁거리기 시작한 것이 머리까지 올라가 땀이 나기 시작했다. 낚싯줄을 걷어 올리면서 떨어지는 물이 손을 시원하게 적셨다. 나는 낚시도구를 챙기기 시작했다.

자리에서 일어났을 때, 방직공장 앞 공터에서 작은 먼지구름들이 놀이하듯 빙글빙글 도는 것이 보였다. 이 먼지구름은 갑자기 솟아올라 하나의 구름으로 합쳐졌고, 저 높이 요동치는 공중에는 새들이 채찍질이라도 당하는 것처럼 날아갔다. 그러고 나서 곧장 나는 계곡 아래쪽에서 대기가 마치 짙은 눈보라가 칠 때처럼 하얘지는 것을 보았다. 기이하게 차가워진 바람이 마치 적군처럼 덮쳐왔다. 그 바람에 물속에 있는 낚싯줄이 끊어지고 모자가 날아갔다. 바람은 주먹질하듯 내 얼굴을 내리쳤다.

멀리 있는 지붕들 너머로 마치 눈으로 된 벽처럼 서 있던 하얀 대기가 갑자기 차갑고 고통스럽게 내 주위로 몰려왔다. 운하의 물은 빠르게 돌아가는 물레방아 아래의 물처럼 튀어 올랐으며, 낚싯줄은 사라져버렸고, 포효하는 하얀 야생의 짐승 같은 눈보라가 헐떡이며 집어삼킬 듯이 내 주위에서 날뛰었다. 호된 충격이 내 머리와 손에 가해졌다. 흙이 내게로 튀어 올랐고, 모래와 나뭇조각들이 공중에서 회오리쳤다.

이 모든 것이 내겐 불가사의였다. 뭔가 끔찍한 일이 일어나고 있으며 위험하다는 것만 느낄 수 있었다. 놀라움과 무서움에 사로잡혀 나는 정신없이 한달음에 창고 안으로 들어가 철제 기둥을 꼭 붙들었다. 아무것도 들리지 않는 몇 초 동안 숨도 못 쉬고 현기증을 느끼며 동물적인 공포에 사로잡혀 있었다. 비로소 정신을 차리고 보니 이제까지 본 적이 없는, 혹은 상상도 해본 적이 없는 그런 폭풍이 악마처럼 휩쓸고 지나가고 있었다. 공중에서는 두렵고 거친 쏴쏴 소리가 났으며, 내 위의 평평한 지붕과 입구 앞의 지면으로 엄청난 양의 거친 우박이 하얗게 쏟아져 내렸고, 커다란 얼음덩어리가 내 쪽으로 굴러 들어왔다. 우박과 바람은 끔찍한 소리를 냈고, 운하의 물은 채찍을 맞은 듯 거품을 일으키며, 불안하게 출렁이면서 벽을 따라 오르내렸다.

나는 판자와 지붕을 덮은 널빤지 그리고 나뭇가지들이 한순간에 공중으로 뜯겨나가는 것과, 돌덩이와 모르타르 조각이 떨어져 내리자마자 그 위로 엄청난 양의 우박덩어리들이 쏟아져 덮이는 것을 보았다. 나는 마치 엄청나게 빠른 망치질을 당한 듯 기와가 부서져 떨어지고 유리가 산산조각 나며 추녀의 물받이가 떨어지는 소리를 들었다.

그때 누군가 폭풍에 펄럭이는 옷자락을 뒤집어쓴 채 공장 쪽에서 얼음에 뒤덮인 마당을 가로질러 왔다. 그 사람은 소름 끼칠 정도로 엉망진창이 된 물바다 한가운데서 바람에 맞서 싸우며 비틀비틀 내 쪽으로 다가왔다. 그녀는 창고로 들어와 내게로 달려왔다. 사랑 가득한 커다란 눈에는 낯설면서도 친근한 평온한 얼굴이 고통에 찬 미소를 지으며 내 눈 바로 앞에서 어른거렸다. 따뜻한 입술이 말없이 내 입술을 찾아서 두 손으로 내 목을 얼싸안은 채 채워지지 않는 듯 숨도 쉬지 않고 오랫동안 키스했고, 비에 젖은 금발머리가 내 뺨을 눌렀다. 우리 주위로 우박폭풍이 세상을 뒤흔드는 동안, 고요하면서도 두려운 사랑의 폭풍이 그보다 더 깊숙하고 끔찍하게 나를 덮쳤다.

우리는 서로 껴안은 채 말없이 판자더미 위에 앉았다. 놀라움에 사로잡혀 수줍게 베르타의 머리카락을 쓰다듬으며 내 입술을 그녀의 두툼하고도 통통한 입술에 갖다 대자, 그녀의 온기가 나를 감미롭고도 고통스럽게 감쌌다. 나는 눈을 감았고, 그녀는 내 머리를 그녀의 두근거리는 가슴과 품에 안은 후 떨리는 손으로 가볍게 내 얼굴과 머리를 쓰다듬었다.

아뜩한 현기증에 빠져들다가 깨어나 눈을 뜨자, 그녀의 진지하고도 탄탄한 얼굴이 애틋한 아름다움을 간직한 채 나를 내려다보고 있었고, 그녀의 눈은 어쩔 줄 모르고 나를 바라보고 있었다. 흐트러진 머리카락 아래로는 그녀의 밝은 이마로부터 한 줄기 선홍빛 피가 얼굴을 타고 가늘게 목까지 흘러내렸다.

"어떻게 된 거야? 대체 무슨 일이 있었어?"

나는 두려움에 가득 차 소리쳤다.

그녀는 내 눈을 깊숙이 쳐다보고는 살며시 웃었다.

"세상이 끝나려는 거 같아."

그녀가 나직이 말했고, 요란한 바람 소리가 그녀의 말을 삼켜버렸다.

"너 피를 흘리고 있어."

내가 말했다.

"우박 때문이야. 그냥 둬! 너 무섭니?"

"아니. 너는?"

"나도 무섭지 않아. 아, 이제 온 도시가 무너지겠어. 그런데 넌 나를 전혀 좋아하지 않니?"

나는 아무 말도 하지 않은 채 홀린 듯 그녀의 커다랗고 맑은 눈을 바라보았는데, 그 눈엔 서글픈 사랑이 가득했다. 그리고 그녀가 내 위로 몸을 숙여 그녀의 입을 탐하듯이 아주 무겁게 내 입 위에 얹고 있는 동안, 나는 시선을 돌리지 않고 그녀의 진지한 두 눈을 쳐다보았는데, 그녀의 왼쪽 눈을 지나 하얗고 건강한 피부 위로 얇은 띠처럼 선홍색 피가 흘렀다. 내 모든 감각이 취한 채 몽롱한 상태였던 반면, 내 마음은 그 상태에서 벗어나려 애썼고, 그렇게 폭풍우 속에서 자신의 의지와 상관없이 휘말려가는 것에 절망적으로 저항했다. 나는 몸을 일으켰고, 그녀는 내 시선에서 내가 그녀를 동정하고 있다는 것을 알아차렸다.

그녀는 몸을 젖히고 화난 것처럼 나를 뚫어지게 쳐다보았는데, 내가 유감스러움과 걱정이 담긴 몸짓으로 그녀에게 손을 내밀자, 그녀는 자신의 두 손으로 내 손을 잡고는 얼굴을 거기 묻은 채 무릎을 꿇고 울기 시작했다. 그녀의 눈물이 떨리는 내 손 위로 뜨겁게 흘렀다. 나는 당황한 채 그녀를 내려다보았다. 그녀의 머리는 흐느끼면서 내 손 위에 얹혀 있었고, 그녀의 목덜미 위에선 부드러운 솜털이 그림자를 드리우며 나부꼈다. 만약 다른 여자라면, 내가 정말로 사랑하고 내 영혼을 바칠 수 있는 그런 여자라면, 난 이 귀여운 솜털을 사랑이 담긴 손가락으로 쓰다듬기를, 그리고 이 하얀 목덜미에 입 맞추기를 얼마나 원했을까! 하지만 내 피는 식어갔고, 나는 내가 나의 청춘과 나의 자부심을 희생할 생각이 없는 여자가 내 발치에 무릎 꿇고 있는 것을 보는 것에 대해 치욕스런 고통을 느꼈다.

마치 마법에 걸려 일 년 동안에 겪은 것 같은 이 모든 것 그리고 지금까지도 수백 가지 사소한 흥분과 몸짓과 더불어 긴 기간에 걸쳐 일어난 것처럼 기억 속에 남아 있는 이 모든 것은, 실제로는 단 몇 분 사이에 일어난 것이었다. 예기치 않게 밝은 빛이 비쳐 들어왔고, 구름 사이로 여기저기 파란 하늘이 화해 모드로 순진무구하게 촉촉한 얼굴을 드러냈다. 그리고 마치 칼로 날카롭게 자른 듯 요란스러운 폭풍우가 갑자기 멎었고, 놀랍고도 믿을 수 없는 정적이 우리를 둘러쌌다.

나는 창고가 마치 환상적인 꿈의 동굴인 것처럼, 내가 아직 살아 있는 것에 놀라워하며 다시 밝아진 낮으로 걸어 나왔다. 황량한 마당은 끔찍했다. 지면은 마치 말들이 짓밟아놓은 듯 여기저기 파여 있었고, 도처에 우박덩어리가 수북이 쌓여 있었으며, 내 낚시도구는 떠내려가 버렸고, 물고기 넣는 양동이도 사라져버렸다. 공장은 사람들의 웅성거림으로 가득했고, 나는 산산이 깨어진 창문 안으로 사람들이 붐비는 홀을 볼 수 있었다. 모든 문에서는 사람들이 밀려 나오고 있었다. 바닥에는 유리조각과 깨진 기왓장이 수북했다. 함석으로 된 긴 빗물 홈통은 떨어져 나와 구부러진 채 건물 중간쯤에 비스듬하게 걸려 있었다.

나는 방금 있었던 일을 모두 잊고, 대체 무슨 일이 일어났고 폭풍우가 얼마나 심각한 사태를 가져왔는지를 보려는, 통제할 수 없으면서도 두려움에 싸인 호기심 외에는 아무것도 느끼지 못했다. 공장의 깨진 창문과 기왓장들은 모두 언뜻 보기에 정말로 황폐하고 암담해 보였지만, 사이클론이 내게 남겨 놓은 끔찍한 인상과 비교할 때 결국은 그렇게 소름끼칠 정도는 아니었으며, 비할 바가 못 되었다. 나는 한편으로는 해방된 느낌으로, 그리고 반쯤은 기이한 실망감을 가지고 흥이 깨진 채 안도의 한숨을 내쉬었다. 집들은 예전처럼 서 있었고, 계곡 양쪽으로는 산들도 그대로였다. 그렇다, 세상은 끝나지 않았던 것이다.

내가 공장 마당을 떠나 다리를 건너 첫 번째 골목에 도착해서 보니, 피해는 공장 쪽보다 더 심한 상태였다. 작은 도로는 유리조각과 부서진 덧창으로 뒤덮여 있었다. 굴뚝은 무너져 내렸으며, 무너지면서 지붕의 일부도 함께 떨어져 나갔고, 문 앞마다 사람들이 나와 어리둥절한 표정으로 탄식하며 서 있었다. 그 모든 것은 마치 포위되어 정복된 도시를 그린 그림에서 보았던 그대로였다. 돌무더기와 나뭇가지들이 길을 가로막고 있었다. 깨진 유리파편 뒤로 창문에 난 구멍들이 도처에서 쳐다보고 있었다. 정원 울타리들은 바닥에 쓰러져 있거나, 담에 매달려 삐걱거리고 있었다. 없어진 아이들을 찾느라 야단이었고, 들판에 있던 사람들이 우박에 맞아 죽었다는 얘기가 들렸다. 사람들은 동전 크기 만하거나 그보다 더 큰 우박덩어리를 돌려 보았다.

난 아직 너무 흥분된 상태여서, 집으로 가서 우리 집과 정원의 피해를 살펴볼 엄두가 나지 않았다. 집에서 나를 찾고 있을 수도 있겠다는 생각도 떠오르지 않았다. 어쨌거나 나는 무사했으니 말이다. 계속 파편에 걸려 비틀대느니 다시 야외로 나가보기로 결심했다. 내가 가장 좋아하는 장소가 유혹하듯이 머릿속에 떠올랐다. 공동묘지 옆의 오래된 축제광장이 바로 그곳이었다. 나는 어린 시절에 큰 축제가 열릴 때면 언제나 그 옆 공동묘지의 그늘 밑에서 축제를 즐기곤 했었다. 기껏해야 너덧 시간 전에 바위산에서 내려와 집으로 가는 길에 거기를 지나갔었다는 것을 확인하고 나는 놀라움을 금치 못했다. 내겐 벌써 오랜 시간이 지난 것처럼 느껴졌던 것이다.

그렇게 나는 골목길을 되돌아 나와 아래쪽 다리를 건넜는데, 도중에 어떤 정원 사이로 사암으로 지어진 우리의 붉은 교회탑이 무사한 것을 보았고, 체육관도 약간의 피해만 있다는 것을 확인했다. 그 위쪽 먼 곳에는 오래된 술집이 홀로 서 있었는데, 그 지붕을 나는 멀리서도 알아볼 수 있었다. 그 술집은 예전 모습 그대로였다. 하지만 기이할 정도로 달라 보였고, 나는 그 이유를 금방 알아챌 수 없었다. 애써 곰곰이 생각해 보고 나서야, 그 술집 앞에 언제나 두 그루의 커다란 포플러가 서 있었다는 사실이 생각났다. 이 두 그루의 나무가 더 이상 그 자리에 없었던 것이다. 아주 오래전부터 익숙한 풍경이 파괴되었고, 정겨운 곳이 흉하게 변하고 말았다.

그때 나는 더 고귀한 것이 이보다 더 많이 망가졌을 수도 있겠다는 불길한 예감에 사로잡혔다. 갑자기 가슴이 옥죄어오며 처음으로 내가 고향을 얼마나 사랑하며, 내 마음과 나의 행복이 이 지붕과 탑들, 다리와 골목길 그리고 나무와 정원과 숲에 얼마나 깊이 결부되어 있는지 느꼈다. 새로운 흥분과 걱정에 사로잡힌 나는 발걸음을 재촉해 축제광장까지 달려갔다.

나는 거기 말없이 선 채로, 나의 가장 정겨운 추억의 장소가 이루 말할 수 없을 정도로 완전히 파괴된 채 황폐화되어 있는 걸 보았다. 그 그늘 아래서 축제를 즐기던, 초등학생 서넛이 팔을 벌려 겨우 감싸 안을까 말까 했던 오래된 밤나무들이 부러지고 쪼개진 채 뿌리째 뽑혀 넘어가 있었고, 집채만 한 구멍들이 바닥에 입을 벌리고 있었다. 한 그루도 제자리에 있는 것이 없었다. 그곳은 소름끼치는 전쟁터였다. 보리수와 단풍나무들도 겹겹이 쓰러져 있었다. 넓은 광장은, 가지들과 쪼개진 줄기 그리고 뿌리와 흙더미들로 엄청난 폐허의 산을 이루고 있었다. 밑동이 아직 땅에 박혀 있는 커다란 나무도 중간이 잘리거나 몸이 돌아간 채 하얀 속살이 수많은 파편으로 쪼개져 있었다.

더 이상 나아가는 것은 불가능했다. 광장과 도로는 어지럽게 내던져진 나무 줄기들과 밑동들이 집채만큼 높이 쌓여 가로막혔고, 내가 아주 어려서부터 성스럽게 깊은 그늘이 진 모습과 신전과 같은 높은 나무들 외에 다른 모습을 본 적이 없던 곳에는, 절멸된 것들 위로 텅 빈 하늘이 빤히 내려다보고 있었다.

내겐 마치 나 자신의 모든 비밀스런 뿌리들이 뽑힌 채 환한 대낮에 누군가 내게 침을 뱉은 것 같은 느낌이 들었다. 며칠 동안 돌아다녔지만, 숲길이나 친숙한 호두나무 그늘, 어렸을 때 기어오르곤 했던 떡갈나무들 중 그 어느 것도 다시 찾을 수 없었다. 도시 주변 멀리까지 도처에 폐허와 구멍들, 잔디 깎이듯 깎여나간 숲 경사면, 드러난 뿌리를 하늘로 향한 채 탄식하고 있는 듯한 나무의 사체들뿐이었다. 나와 내 유년 시절 사이에 심연이 생겨났고, 나의 고향은 더 이상 옛날의 그 고향이 아니었다. 지난 세월의 사랑스러움과 우둔함이 내게서 떨어져 나갔고, 곧이어 나는 고향을 떠났다. 한 남자가 되기 위해 그리고 이 시절 내게 첫 번째 그늘을 드리우며 스쳐지나갔던 저 삶과 맞서나가기 위해.

예전에 나는 스스로는 사랑하지 않으면서 사랑받는 것이 특별한 기쁨임에 틀림없다고 믿었다. 지금 나는 그처럼 자신을 바치는, 응대할 수 없는 사랑이 얼마나 괴로운 일인지 경험했다. 하지만 나는 어떤 낯선 여인이 나를 사랑했고 나를 남자로 원했다는 사실에 대해 약간의 자부심을 가졌다.

이러한 작은 허영심이 벌써 나에게 있어서는 약간의 치유를 의미했다. ……또한 나는 외적인 소망이 실현되는 것과 행복은 별 상관이 없으며, 사랑에 빠진 젊은이의 고통이 비록 괴롭긴 해도 전혀 비극적이진 않다는 점을 점차 깨닫게 되었다.

나는 여인들을 사랑한다 —

나는 여인들을 사랑한다, 수천 년 전
시인들이 사랑했고 노래했던 저 여인들을.

나는 도시들을 사랑한다, 그 텅 빈 벽들이
저 옛날의 왕가를 애도하는 그런 도시들을.

나는 도시들을 사랑한다, 지금 살아 있는 그 누구도
지상에 남아 있지 않을 때 생겨날 도시들을.

나는 여인들을 사랑한다 — 날씬하고 멋진,
아직 태어나지 않은 채 세월의 태(胎) 안에 쉬고 있는.

그녀들은 언젠가 별처럼 창백한 아름다움을 지니고
내가 꿈꾸는 아름다움과 닮게 될 것이다.

그 여름날 저녁에

나는 창문을 열어놓은 채 누워서 흘러가는 물을 바라보고 있었는데, 그 물은 마치 나의 황량했던 나날들이 달아나듯이 멈추지 않는 동시에 한결같이 그리고 단조롭고도 무심하게 밤을 향해, 저 먼 곳을 향해 흘러가고 있었다. 그 모든 날들은 사실 값지고 잃어버려서는 안 될 가치 있는 날들일 수도 있었고 그래야 했음에도, 하루는 다른 하루와 똑같이 가치도 없고 추억도 없이 사라져버렸다.

몇 주일 전부터 상황은 그와 같았고, 나는 언제 어떻게 사정이 달라질지 알 수 없었다. 나는 스물세 살이었고, 별 볼일 없는 사무실에서 하루하루를 보내고 있었는데, 여기서 나는 별로 중요하지 않은 일을 하면서, 작은 다락방을 세내고 최소한의 먹고 입는 것을 해결할 수 있을 정도의 돈을 벌었다. 저녁이나 밤, 이른 아침 시간 그리고 일요일이면 나는 내 조그만 방에 알을 품듯 앉아서 시간을 보냈는데, 내가 가지고 있는 몇 권의 책을 읽거나 때로 그림을 그리기도 했고, 어떤 발명에 대해 이리저리 골똘히 생각하기도 했는데, 그 발명이란 내가 이미 끝냈다고 믿었던 것이었지만 사실 그것을 실행하는 과정에서 다섯 번, 열 번, 스무 번 실패한 그런 발명이었다.⋯⋯

그 아름다운 여름날 저녁에 겔프케 감독관이 정원에서 열리는 가족 모임에 나를 초대했는데, 나는 이 초대에 응할지 결정을 내리지 못하고 있었다. 사람들 사이에서 말하고, 경청하고, 대답해야 하는 것이 내게는 탐탁지 않게 생각되었다. 그러기에 나는 너무 피곤했고 무관심했으며, 게다가 그 자리에 가면 다시금 나는 잘 지내고 있으며 별일 없다며 거짓말하고 행동해야 할 게 틀림없었다. 반면 그곳에는 뭔가 먹을 것과 좋은 술이 있을 것이며, 선선한 정원에는 꽃들과 관목들이 향기를 내뿜고, 장식용으로 심어놓은 덤불 사이와 오래된 나무들 아래로 고요한 길들이 나 있는 것을 생각하면 즐겁고도 위로가 되었다. 겔프케 감독관은, 작업장에서 함께 일하는 가난한 몇몇 동료를 빼면, 도시에서 내가 아는 유일한 사람이었다. 나의 아버지가 그에게, 아니 이미 그의 아버지에게도 일찍이 한번 어떤 일을 해준 적이 있었는데, 어머니의 권고에 따라 이 년 전에 나는 감독관을 방문했고, 이제 이 친절한 양반은 이따금 나를 집으로 초대하곤 했다. 하지만 그는 내 교육 정도나 옷차림으로는 따라갈 수 없는 사교 모임에 나를 부르진 않았다.

바람도 불고 선선한 감독관의 정원에 앉아 있을 걸 생각하니, 내 좁고 답답한 방이 정말 참을 수 없게 되어 나는 그리로 가기로 마음먹었다. 나는 괜찮은 재킷을 걸치고, 셔츠의 깃에 묻은 때를 지우개로 지운 후, 바지와 장화에 솔질을 했다. 그러고는 비록 집에 도둑이 훔쳐갈 만한 거라곤 하나도 없었지만 평소 습관대로 문을 잠갔다. 그 당시에 나는 항상 피곤에 절어 있었는데, 이날도 나는 약간 피곤해하며 이미 어두워지고 있는 좁은 골목길을 걸어 내려갔고, 사람의 왕래가 많은 다리를 건너 부유층이 사는 구역에 있는 조용한 거리를 지나 감독관의 집으로 갔다. 그의 집은 거의 시 외곽에 반쯤 시골풍이 나는 고풍의 검소한 저택으로, 담장이 둘러싸고 있는 정원 옆에 위치해 있었다. 벌써 여러 번 그랬던 것처럼 나는 나지막하고 폭이 넓게 지어진 집과 덩굴장미로 뒤덮인 문 그리고 넓은 장식띠를 두르고 안락해 보이는 창문들을 가슴 답답한 동경심을 가지고 올려다본 후 종을 살며시 당겼다. 하녀 옆을 지나 흥분과 수줍음을 동시에 느끼며 어슴푸레한 복도로 들어섰는데, 이러한 감정은 내가 낯선 사람 앞에 설 때면 항상 느끼는 것이었다. 마지막 순간까지도 나는 겔프케 씨가 아내나 자녀들하고만 있었으면 하는 희망을 버리지 못하고 있었다. 하지만 정원에서는 낯선 목소리들이 들려왔다. 나는 망설이며 작은 홀을 지나 정원에 나 있는 길로 다가갔는데, 종이로 만든 등 몇 개만이 그 길을 불안하게 비추고 있었다.

안주인이 내게 다가와 악수를 하고는 나를 키 큰 관목을 지나 원형 꽃밭 쪽으로 데리고 갔다. 그곳에는 램프 등을 켜놓고 두 개의 탁자에 사람들이 앉아 있었다. 감독관이 자신이 평소 하던 대로 친근하고 명랑하게 나한테 인사를 건넸고, 감독관과 친한 사람 여럿이 내게 고개를 끄덕였으며, 손님들 중 몇몇은 일어났다. 나는 그들이 자신의 이름을 말하는 것을 들었고, 인사말을 중얼댔으며, 몇몇 여성들에게는 고개를 숙여 인사했는데, 이들은 밝은 옷차림이어서 램프 빛에 환하게 빛났고 나를 잠깐 관찰했다. 그러고 나서 내게 의자가 건네졌는데, 그 자리는 탁자의 아래쪽 좁은 면으로 비교적 나이가 있는 여성과 날씬하고 젊은 아가씨 사이였다. 그 여성들은 오렌지 껍질을 까고 있었다. 내 앞에는 버터빵과 햄 그리고 포도주잔이 놓였다. 나이가 있는 쪽이 한동안 나를 바라보더니, 내가 어학 공부를 하는 학생은 아닌지, 혹시 어디어디서 이미 만난 적이 있는 건 아닌지 물었다. 나는 아니라고 대답하고는, 나는 상인이며 원래는 기술자라고 말했고, 그녀에게 내가 어떤 종류의 사람인지에 대해 설명하기 시작했다. 하지만 그녀가 금방 어딘가 다른 곳을 쳐다보았고 귀 기울여 듣지 않는 것이 분명했기 때문에, 잠자코 침묵한 채 잘 차려진 음식을 먹기 시작했다. 아무도 나를 방해하지 않았기 때문에 나는 먹으면서 십오 분을 잘 보낼 수 있었다. 그 이유는 저녁에 이처럼 잘 차린 좋은 음식을 먹는다는 것이 내게는 축제 때나 있는 예외적인 일이었기 때문이다. 식사를 마친 다음 나는 좋은 백포도주 한 잔을 천천히 마신 후, 하는 일 없이 무슨 일이 일어날까 기다리면서 앉아 있었다.

그때 아직 얘기를 나눠볼 기회가 없던 내 오른쪽의 젊은 쪽 아가씨가 갑자기 내 쪽으로 방향을 틀더니, 껍질을 벗긴 오렌지 반쪽을 날씬하고 나긋나긋한 손으로 내게 건넸다. 고마움을 표하고 과일을 받아들면서, 나는 전에 없이 기쁘고 편안한 느낌을 가졌다. 어떤 낯선 사람이 다른 사람에게 접근할 때, 이처럼 단순하고도 아름답게 무엇을 전해주는 것보다 더 사랑스러운 방식은 없을 것 같다는 생각이 들었다. 그제야 나는 주의 깊게 내 옆자리의 아가씨를 쳐다보았다. 내 눈에 띈 것은 섬세하고 호리호리한 아가씨로, 아마도 나 정도 키이거나 좀 더 큰 것 같았고, 부서질 것 같은 몸매에 예쁘고 갸름한 얼굴을 하고 있었다. 적어도 그 순간에는 내게 그녀가 그렇게 보였는데, 나중에 나는 그녀가 섬세하고 마른 체형이긴 하지만 튼튼하고 민첩하며 안정감이 있다는 것을 확인할 수 있었다. 그녀가 일어나 돌아다니자마자, 연약해 보호해줘야 할 것 같다는 생각이 사라져버렸다. 왜냐하면 그녀의 걸음걸이나 움직임에서는 침착함과 자부심 그리고 자립적인 모습이 보였기 때문이다.

　나는 신경을 쓰면서 오렌지 반쪽을 먹고는, 그녀에게 정중히 말을 건네며 내가 마치 꽤 예의 바른 남자인 것처럼 보이려고 애썼다. 왜냐하면 조금 전에 내가 조용히 밥을 먹을 때 그녀가 나를 관찰했을 것이라는 생각, 그리고 내가 밥을 먹을 때 옆에 누가 있는지 신경도 쓰지 않는 시골뜨기로 여기거나, 밥도 제대로 못 얻어먹는 사람으로 여기지는 않을까 하는 의심이 갑자기 들었기 때문이다. 그 가운데에서도 후자 쪽이 나한테는 더 부끄럽게 생각되었는데, 절망스럽게도 그쪽이 사실과 가까워 보였기 때문이다. 그렇게 생각하자 그녀의 예쁜 하사품이 단순한 의미를 잃어버렸고, 장난 혹은 조롱으로까지 생각되었다. 하지만 나의 의심은 근거가 없는 것처럼 보였다. 적어도 그 아가씨는 별다른 속셈 없이 편안하게 말하고 행동했고, 내 말에 정중한 관심을 표하며 응대했으며, 나를 무식한 대식가로 여기는 듯한 태도는 취하지 않았다.

　그럼에도 불구하고 그녀와 대화를 나누는 것은 내게 쉽지 않았다. 당시에 나는 내 또래인 대부분의 청년들보다 어떤 삶의 경험에 있어서는 훨씬 앞서 있었던 반면, 외적 교양이나 사교적 연습에 있어서는 그만큼 그들보다 뒤처져 있었다. 세심한 매너를 지닌 젊은 여성과 예의 바르게 대화를 나누는 것은, 나로선 어쨌거나 대단한 모험이었다. 게다가 나는 얼마쯤 지나고 나서, 그 아름다운 아가씨가 내가 자기보다 못하다는 사실을 알아차리고 나를 배려한다는 사실을 알게 되었다. 그 점이 나를 화나게 했지만, 그렇다고 해서 나의 답답한 소심함을 극복하는 데에 도움이 된 것은 아니었고, 오히려 나에게 혼란을 일으켜, 시작이 좋았음에도 불구하고 곧 주눅이 든 상태에서 고집을 피우는 불쾌한 기분에 빠지게 되었다. 그래서 조금 있다가 그 아가씨가 다른 탁자에 있는 사람과 대화를 나누게 되었을 때, 나는 그녀를 내게 붙잡아두려는 어떤 시도도 하지 않은 채 완고하고 우울하게 앉아 있었다. 반면 그녀는 이제 다른 사람들과 활기차고 재미있게 얘기를 나누었다. 누군가 내게 담배 상자를 내밀었고, 나는 한 대를 꺼내 불쾌한 기분으로 피우며 푸르스름한 저녁공기 속으로 말없이 연기를 내뿜었다. 곧 이어 손님 여럿이 일어나 떠들며 정원 산책을 나섰을 때, 나도 조용히 일어나서는 옆으로 피해 담배를 들고 나무 뒤에 몸을 숨겼다. 거기서 나는 누구에게도 방해받지 않으면서 멀리서 여흥을 지켜볼 수 있었다.

유감스럽게도 결코 고칠 수 없었던 나의 융통성 없는 태도에 대해 화를 내며, 나는 나의 바보같이 고집스런 행동에 대해 스스로를 비난했는데, 그렇다고 해서 나 자신을 극복할 수는 없었다. 아무도 내게 신경 쓰지 않았는데, 그렇다고 그냥 집으로 돌아갈 결정을 한 것은 아니었기 때문에, 나는 딱히 그럴 이유도 없이 숨어 있던 곳에 족히 삼십 분 동안 머물러 있다가, 집주인이 나를 부르는 소리를 듣고서야 망설이며 거기서 나왔다. 감독관은 나를 자기 탁자 쪽으로 끌고 가서는 내 생활과 형편에 대해 호의를 가지고 물어보았다. 나는 회피하는 대답을 하면서 천천히 다시금 평범한 사교적 태도로 돌아왔다. 물론 내가 너무 일찍 자리를 피한 것에 대한 일종의 사소한 처벌을 피할 수는 없었다. 저 날씬한 아가씨가 이제는 내 건너편에 앉았고, 오래 볼수록 그녀가 더 내 마음에 들었는데, 그러면 그럴수록 나는 내가 도망한 것을 더 후회했고, 다시 그녀와 끈을 이어보려고 거듭 애를 썼다. 하지만 이제 그녀는 젠 체하는 태도를 보였고, 새로운 대화를 시작해보려는 나의 소극적인 시도를 모른 체했다. 그녀의 시선이 나와 한번 마주쳤는데, 나는 그것이 무시하는 혹은 언짢은 시선일 것이라고 생각했지만, 실제로는 단지 냉담하고 무심했다.

비참함과 의심하는 버릇 그리고 공허함과 같은 음울하고 꺼림칙한 일상적 기분이 다시금 내게 덮쳐왔다. 나는 은은한 빛이 비치는 길과 아름답고 어두운 색의 낙엽 더미가 있는 정원을 보았고, 하얀 식탁보 위에 램프와 과일쟁반, 꽃과 배와 오렌지가 놓여 있는 식탁을 보았으며, 잘 차려 입은 신사숙녀들과 밝고 예쁜 블라우스를 입은 아가씨들을 보았고, 여인들의 하얀 손이 꽃을 희롱하는 것을 보았고, 과일향기와 질 좋은 담배의 푸른 연기를 들이마셨으며, 점잖고 세련된 사람들이 만족해하며 생기 있게 얘기하는 것을 들었다. — 이 모든 것이 내게는 한없이 낯설게 생각되었고, 내게 속하지 않은 것, 내가 도달할 수 없는 것, 아니 내게 허용되지 않은 것처럼 여겨졌다. 나는 일종의 침입자였으며, 정중하게 그리고 아마도 동정심에서 감내되고 있는 손님, 보잘것없고 궁색한 세계에서 온 손님이었다. 나는 이름없는 가난하고 신분이 낮은 노동자로서, 아마도 잠시 동안 세련되고 자유로운 삶으로 도약하는 꿈을 꿨지만, 이제 희망 없는 자기 존재의 질긴 고난으로 오래전에 다시 가라앉은 존재였다.

그 아름다운 여름 저녁과 명랑한 사교 모임은 위로할 길 없는 불만 속에 내게서 그렇게 사라져갔다. 이 불만은 안락한 분위기를 최소한 겸손하게 즐기지는 못할망정 내가 멍청하게 스스로를 괴롭히며 게다가 고집스럽게 극단으로 몰고 간 결과였다. 열한 시에 몇 명이 처음으로 자리를 뜰 때 나도 짧게 작별인사를 하고는, 잠자리에 들기 위해 지름길을 택해 집으로 향했다. 얼마 전부터 나른함과 졸린 증세가 지속적으로 나를 괴롭혀서, 일하는 동안에 자주 이런 증세와 싸워야 했고, 짬이 나면 항상 속절없이 그 증세에 굴복했기 때문이었다.

익숙한 평소 생활대로 며칠이 지나갔다. 처량한 예외적 상황 속에 살고 있다는 의식은 내게서 이미 사라진 상태였다. 나는 아무 생각 없이 몸을 내맡긴 무관심한 상태로 무감각하게 빈둥대며 살았고, 매 시간과 하루하루가 내 뒤로 미끄러져 가는 것을 유감없이 바라보았다. 그 모든 순간이 청춘과 생애의 돌이킬 수 없는 일부분을 의미했던 그 시간들을 말이다. 나는 마치 시계처럼 움직였다. 정확한 시간에 일어났고, 일터로 가는 길을 걸었으며, 약간은 기계적인 내 일을 했고, 점심거리로 빵과 계란 하나를 샀고, 다시 일하러 간 후, 저녁이면 내 다락방의 창가에 누웠다가 거기서 종종 잠이 들었다. 감독관 집의 정원에서 보낸 저녁을 나는 더 이상 생각하지 않았다. 하루하루가 도대체 아무런 기억을 남기지 않은 채 사라져갔다. 그리고 때때로 내가 밤에 꿈속에서 다른 시절을 떠올릴 때면, 그건 먼 옛날 어린 시절의 기억, 즉 잊혀진 채 꾸며낸 이야기처럼 되어버린 전생의 메아리처럼 여겨지는 그런 기억이었다.

운명이 다시 나를 기억해낸 건 뜨겁던 어느 날의 정오 무렵이었다. 하얀 옷을 입은 한 이탈리아 남자가 날카롭게 울리는 종을 손에 들고, 작은 수레를 덜컹거리며 골목길을 지나가면서 아이스크림을 팔고 있었다. 나는 마침 사무실에서 나오는 중이었고, 아마도 몇 달 만에 처음으로 갑작스런 식욕에 사로잡혔다. 지나칠 정도로 아끼는 내 규칙적인 생활을 잊어버린 채 나는 주머니에서 돈을 꺼냈고, 그 이탈리아 남자에게서 작은 종이접시에 불그스름한 과일아이스크림을 받아들어 집 현관에서 게걸스럽게 먹어치웠다. 몸이 떨릴 정도의 차가운 그 청량제는 너무 맛있어서, 나는 지금도 축축한 그 작은 접시를 내가 탐욕스럽게 깨끗이 핥아먹었던 것을 기억하고 있다. 이어서 나는 항상 하던 대로 집에서 빵을 먹고, 반수면 상태로 잠시 졸다가 사무실로 돌아갔다. 거기서 나는 몸에 이상을 느꼈는데, 곧 끔찍한 복통이 찾아왔다. 책상 모서리를 붙들고 몇 시간 동안 고통을 숨기며 버티다가 일과가 끝나고 나서 서둘러 의사에게 달려갔다. 그런데 나는 의료보험조합에 등록되어 있었기 때문에 다른 의사에게 넘겨졌다. 하지만 이 의사는 여름휴가 중이어서, 나는 다시 한 번 이 의사를 대신하는 의사에게 가야만 했다. 대리하는 의사는 병원에 있었다. 그는 젊고 친절한 남자로서, 나를 자신과 대등한 인간으로 격의 없이 대해주었다. 그의 사실 확인 질문에 내가 나의 상태와 매일매일의 생활방식을 아주 상세하게 설명하고 나자, 그는 나더러 내 보잘것없는 방에 있지 말고 더 잘 보살핌을 받을 수 있는 큰 병원으로 가보라고 했다. 내가 이를 악물고도 고통을 참지 못하는 걸 보자, 그는 웃으며 말했다. "많이 아파본 적이 없는 모양이군요?" 실제로 나는 열 살 혹은 열한 살 이후로 한 번도 아파본 적이 없었다. 의사는 마치 언짢은 듯 말했다. "당신처럼 살다가는 죽을 수도 있어요. 만약 당신이 그렇게 강인한 편이 아니었다면, 그런 영양 섭취로는 벌써 오래전에 병이 났을 거예요. 지금 당신은 그 벌을 받는 겁니다." 나는 금시계에 금테 안경을 쓴 그야 그렇게 쉽게 말할 수 있겠지라고 생각하긴 했지만, 지난 동안의 내 초라한 상태가 현실적인 원인을 가지고 있다는 것을 알게 되었고, 그와 동시에 도덕적인 부담감이 사라지는 것을 느꼈다. 하지만 격렬한 통증은 나로 하여금 생각하거나 숨 쉴 여유를 주지 않았다. 나는 의사가 전해준 쪽지를 받아들고 그에게 감사를 표한 후, 시급한 업무를 처리한 다음 큰 병원에 가기 위해 거기서 나왔다. 병원에서 나는 마지막 힘을 다해 초인종을 당기고는, 쓰러지지 않기 위해 계단에 주저앉아야만 했다.

병원에선 나를 아주 건성으로 맞았다. 하지만 내 상태가 위중한 것으로 보이자, 사람들은 나를 먼저 미지근한 욕조로 데리고 갔다가 침대에 눕혔는데, 눕자마자 낮은 신음소리를 내며 고통으로 비몽사몽을 헤매다가 모든 의식이 사라졌다. 사흘 동안 나는 내가 분명히 곧 죽을 거라는 느낌이 들었고, 죽는다는 것이 이렇게 힘들고 천천히 그리고 고통스럽게 진행된다는 사실에 매일 놀라움을 느꼈다. 왜냐하면 매 시간이 나한테는 한없이 길게 느껴졌기 때문이다. 그리고 사흘이 지났을 때, 나는 몇 주간 누워 있었던 것 같은 생각이 들었다. 마침내 나는 몇 시간 동안 잠을 잘 수 있었고, 일어났을 때 시간 감각과 내 상황에 대한 의식을 다시 되찾을 수 있었다. 하지만 그와 동시에, 내가 얼마나 허약해졌는지도 알아차렸다. 왜냐하면 모든 움직임이 매우 힘들었기 때문이다. 눈을 뜨고 감는 것조차도 약간은 노동처럼 생각되었다. 간호사가 와서 나를 살펴보았을 때, 나는 그녀에게 얘기하면서 평상시와 같은 크기로 얘기한다고 생각했는데, 그녀는 몸을 숙여야만 했고, 그래도 내 말을 거의 이해할 수 없었다. 그때 나는 다시 일어나는 것을 서둘러서는 안 되겠다는 것을 알게 되었고, 큰 고통은 없지만 얼마일지 모를 시간 동안 낯선 손에 어린애처럼 몸을 맡기는 상황을 참고 견뎠다. 내 기력이 다시 깨어나기 시작하는 데만 해도 비교적 긴 시간이 걸렸다. 왜냐하면 아주 적은 양의 음식만 입에 들어가도 항상 힘들고 고통스러웠기 때문이다. 그것이 비록 한 숟가락의 환자식 스프라고 하더라도 말이다.

이 기이한 시기에 나는, 나 스스로도 놀랄 정도로 슬프지도 않고 화가 나지도 않았다. 무기력하게 되는 대로 살았던 지난 몇 달 간 내 삶의 공허한 무의미함이 점점 분명해졌다. 나는 내가 하마터면 되어버렸을 모습을 떠올리며 경악을 금치 못했다. 그리고 다시 되찾은 의식에 대해 속으로 기뻐했다. 오랫동안 잠을 잔 것과 비슷한 느낌이 들었다. 마침내 깨어난 나는, 새로운 의욕을 가지고 내 눈과 생각을 밖으로 향하게 했다. 그때, 암울할 정도로 어두운 이 시기의 아련한 인상들과 체험들 가운데 내가 거의 잊어버렸다고 생각했던 몇 가지 기억이, 불타오르는 듯한 색채를 띠며 놀라울 정도로 생생하게 내 눈앞에 떠올랐다. 당시에 내가 낯선 입원실에서 혼자 만족감을 느꼈던 이미지들 가운데 가장 높이 자리했던 것은, 젤프케 감독관의 정원에서 내 옆에 앉아 내게 오렌지를 건넸던 저 날씬한 아가씨의 이미지였다. 나는 그녀의 이름도 몰랐지만, 한가할 때면 나는 마치 오래 알고 지내던 사람의 경우에나 가능할 정도로 친숙하고 분명하게, 그녀의 전체 모습과 섬세한 얼굴을, 그녀의 움직이는 모습과 말 그리고 목소리와 더불어 떠올릴 수 있었다. 그리고 이 모든 것은 함께 어떤 이미지를 만들어냈는데, 이 이미지의 부드러운 아름다움 앞에서 나는 마치 아이가 어머니와 함께 있을 때처럼 편안하고 안온한 느낌을 가졌다. 내 느낌으로는, 내가 그녀를 이미 오래전에 보았고 알던 사이였음에 틀림없는 것 같았고, 그녀의 우아함이 넘치는 모습은, 모순 따위와는 상관없이 곧 시간의 법칙을 벗어나 내 모든 기억 속, 심지어 유년기의 기억에서까지 나와 함께 등장했다. 나는 그처럼 뜻밖에 나와 가깝고 가치 있게 된 그녀의 고상한 모습을, 반복해서 새로운 만족감을 가지고 관찰했다. 그리고 내 상상의 세계 속에 있는 그녀의 조용한 현존을, 당연한 듯 태평하게 받아들였다. 하지만 그렇다고 해서 몰염치할 정도로 당연시한 것은 아니었다. 그것은 말하자면 우리가 봄철의 벚꽃과 여름철의 건초 냄새를, 놀라거나 흥분하지 않으면서도 내면적으로는 만족하면서 받아들이곤 하는 것과 같은 것이었다.

하지만 나의 아름다운 꿈 이미지에 대한 이처럼 단순하면서 까다롭지 않은 관계는, 내가 완전히 허약해져서 삶으로부터 단절되어 누워 있던 동안만 지속되었다. 내가 다시 어느 정도 기운을 차리게 되어 약간의 음식을 섭취할 수 있게 되고, 필요한 경우 침대에서 큰 무리 없이 몸을 돌릴 수 있게 되자자, 그 아가씨의 이미지는 마치 수줍은 듯 내게서 멀찍이 물러났다. 그리고 열정이라곤 없이 순수하게 좋아하는 관계의 자리에, 동경에 가득 찬 욕망이 들어섰다. 이제 나는 갑자기 그 날씬한 아가씨의 이름을 소리 내어 말하거나 부드럽게 속삭이거나 나지막이 노래 부르듯 부르고 싶은 생생한 욕구를 점점 자주 느끼게 되었는데, 그런 탓에 내가 그녀의 이름을 모른다는 사실은 내게 정말로 고통을 안겨주었다.

엘리자베트

그대 이마와 입과 손에 놓여 있구나
밝은 봄이 섬세하고도 온화하게,
플로렌스의 오래된 그림에서
내가 보았던 사랑스런 마법이.

그대 언젠가 세상에 살았었지,
그대 놀랍도록 날씬한 오월의 형상이여,
꽃무늬 옷을 입은 봄과 꽃의 여신으로
보티첼리가 그대를 그렸지.

또한 그대는 그대의 인사로
젊은 단테를 사로잡는 여인,
그대의 발길은 무의식적으로
낙원으로 가는 길을 알고 있지.

마치 하얀 구름 한 점이
높은 하늘에 걸려 있는 것처럼,
하얗고 아름답게 저 멀리

있구나, 그대 엘리자베트여.

구름은 흘러가는데,
그대는 아랑곳하지 않는구나,
그런데 캄캄한 밤 그 구름이
그대의 꿈속을 거닌다.

거닐며 은빛으로 너무도 빛나,
이제부턴 쉼 없이
그대 그 하얀 구름에 대한
감미로운 향수에 젖는다.

"그것이 아름다우면 아름다울수록
내겐 더욱 낯설게 느껴졌다"

　　　　　　　　　　　사랑에 대해 얘기하자면 ― 그것에
있어서 나는 일생 동안 아이로 머물러 있었다. 내게 있어서 여
자에 대한 사랑은 언제나 마음을 정화시켜주는 경배였고, 내
슬픔이 활활 타오르는 가파른 불꽃이었으며, 푸른 하늘로 뻗
은 기도하는 손이었다. 어머니로부터 물려받았기도 했거니와
나 자신의 분명치 않은 감정에 따라, 나는 모든 여성을 낯설고
아름다우며 수수께끼 같은 종족으로서, 그 타고난 아름다움
이나 존재의 통일성으로 인해 우리보다 뛰어나며, 별이나 푸
른 산 정상처럼 우리와 멀리 떨어져 있고 신과 한층 가까이 있
는 것처럼 보이기 때문에 우리가 성스럽게 붙들고 있어야 할
존재로 숭배했다. 거친 삶이 내 여자 관계에 부단히 참견한 탓
에, 여성에 대한 사랑은 내게 감미로움만큼이나 큰 쓰디씀을
안겨주었다. 여자들은 높은 대좌 위에 그대로 머물러 있었지

만, 내 경우에는 기도하는 수도사의 엄숙한 역할이 너무나도 쉽게, 우롱당한 바보의 고통스럽고 우스꽝스런 역할로 바뀌었다.

뢰지 기르타너는 내가 식탁으로 갈 때면 거의 매일 나와 마주쳤다. 그녀는 열일곱 살 먹은 아가씨로서, 야무지면서도 유연한 몸매를 지녔다. 갈색을 띤 풋풋하고 갸름한 얼굴에서는 고요하고 생기 있는 아름다움이 내비쳤는데, 이러한 아름다움은 그녀의 어머니가 지금도 여전히 지니고 있는 아름다움이었고, 그녀에 앞서 그녀의 어머니와 어머니의 어머니가 지니고 있던 아름다움이었다. 이처럼 오래되었고 고상하며 축복받은 가문으로부터 대를 이어 많은 수의 아름다운 여인들이 배출되었는데, 모두가 온화하며 고상하고, 모두가 순수하고 귀족적이며 흠잡을 데 없이 아름다웠다. 이름 없는 대가가 푸거 가문의 아가씨를 그린 초상화가 있는데, 이 그림은 십육 세기에 그려진 것으로 내가 본 가장 훌륭한 그림 중 하나이다. 기르타너 가문의 여인들은 그런 모습을 하고 있었고, 뢰지 역시 그러했다.

당시의 내가 이 모든 것을 알고 있었던 것은 물론 아니었다. 나는 단지 그녀가 온화하고 명랑한 품위를 지니고 걷는 것을 보았을 뿐이고, 그녀의 수수한 모습에 담긴 귀족적인 면모를 느꼈다. 그 무렵 나는 저녁이면 어스름 속에서 생각에 잠겨, 그녀의 모습을 눈앞에 선명하게 그리는 것이 성공할 때까지 앉아 있곤 했는데, 그러고 나면 내 어린아이 같은 영혼에 달콤하고도 은밀한 전율 같은 것이 덮쳐왔다. 하지만 머지않아 이 즐거움의 순간들이 암울해지고 내게 쓰디쓴 고통을 안겨주는 일이 벌어졌다. 갑자기 나는 그녀가 내게 얼마나 낯선 존재이며, 그녀가 나를 알지도 못할 뿐 아니라 나를 안중에 두지도 않고 있다는 것을 느꼈고, 내가 꿈꾸는 그녀의 아름다운 모습이 그녀의 축복받은 존재에서 훔쳐온 것이라고 느꼈던 것이다. 그리고 내가 그러한 것을 날카롭고도 고통스럽게 느끼는 바로 그때, 그녀의 이미지를 언제나 순간적으로 너무나도 진실되게 그리고 숨 쉬는 존재처럼 생생하게 눈앞에 떠올린 탓에, 내 마음에는 어두운 빛깔의 따뜻한 파도가 흘러넘쳤고 말단기관의 맥박까지도 기이한 아픔을 내게 안겨주었다.

낮이면 수업시간 중간이나 격렬하게 싸움을 하는 도중에 그러한 파도가 찾아오는 일이 벌어졌다. 그러면 나는 눈을 감고 손을 내린 채, 미지근한 심연 속으로 미끄러져 가는 것처럼 느꼈는데, 이러한 상태는 선생이 소리쳐 부르거나 동료가 주먹으로 때려 정신을 차리게 할 때까지 지속되었다. 나는 자리를 벗어나 밖으로 나가서는 기이한 꿈을 꾸며 세상을 놀란 눈으로 쳐다보았다. 그제서야 나는 갑자기, 모든 것이 얼마나 아름다우며 다채로운지, 빛과 숨결이 모든 사물을 어떻게 관통해 흘러가는지, 강물이 얼마나 맑은 녹색을 띠는지 그리고 지붕이 얼마나 붉으며 산들이 얼마나 파란지 보게 되었다. 하지만 나를 둘러싼 이 모든 아름다움은 나를 산만하게 만든 것이 아니라, 오히려 나로 하여금 그것을 조용히 그리고 슬프게 향유하도록 했다. 모든 것이 아름다우면 아름다울수록, 그것과 아무 상관도 없고 그 외부에 서 있던 내게 그것들은 그만큼 더 낯설어 보였다. 이 와중에 내 우울한 생각은 뢰지와 다시 연결되었다. 내가 지금 죽는다 해도 그녀는 그 사실을 모를 테고, 나에 대하여 묻거나 나의 죽음을 슬퍼하지도 않을 테지!

그럼에도 불구하고 나는 그녀의 눈에 띄고 싶어 안달하진 않았다. 그녀를 위해 뭔가 듣도 보도 못한 것을 기꺼이 하거나 그녀에게 선물을 하고 싶긴 했지만, 누가 했는지 그녀가 알기를 원하진 않았던 것이다.

실제로 나는 그녀를 위해 많은 것을 했다. 때마침 짧은 방학이 다가왔고, 나는 집으로 가야 했다. 여기서 나는 매일 여러 가지 허세에 가까운 일을 했는데, 그 모든 것이 내 딴에는 뢰지를 위한 것이었다.

험한 산 정상을 나는 가장 가파른 쪽에서 올랐다. 호수에서는 작은 배를 타고 먼 거리를 짧은 시간에 주파하는 무모한 짓을 했다. 그렇게 배를 젓고 난 후 완전히 녹초가 된 채 허기가 져 돌아와서는, 저녁때까지 음식을 먹을 생각을 하지 않았다.

그 모든 것이 뢰지 기르타너를 위한 것이었다. 나는 그녀의 이름과 그녀를 찬미하는 글을 외딴 산마루들과 누구도 찾은 적 없는 계곡 여기저기에 써 넣었다. …… 내 어깨는 떡 벌어졌고, 얼굴과 목덜미는 갈색으로 탔으며, 근육은 부풀어 올랐다.

방학이 끝나기 하루 전날 나는 고생고생해서 손에 넣은 꽃을 내 사랑에게 제물로 바쳤다. 비록 나는 여러 곳의 유혹하는 듯한 비탈 위의, 흙이 얇은 띠처럼 얹힌 곳에 에델바이스가 자란다는 것을 알고 있긴 했지만, 향기도 없고 화려하지도 않으며 병든 것 같은 이 은빛 꽃은 언제나 별로 아름답지도 않고 영혼도 없는 것처럼 내게 생각되었다. 그 대신 나는 험한 낭떠러지의 틈새에 흩어져 외로이 자라고 있는 몇 그루의 알프스들장미 덤불을 알고 있었는데, 이 꽃은 느지막이 꽃을 피우고 유혹적이면서 다가가기 힘들었다. 하지만 가야만 했다. 젊음과 사랑에는 불가능한 것이란 없는 법이므로, 나는 살갗이 벗겨진 손과 경련이 이는 허벅지를 이끌고 마침내 목적지에 도달했다. …… 내가 질긴 가지를 조심스럽게 잘라서 그 노획물을 손에 넣었을 때, 내 심장은 기쁨에 겨워 두방망이질 치며 쿵쾅거렸다. 꽃을 입에 문 채 나는 뒷걸음질 쳐 기어 내려와야 했다. 이 무모한 젊은이가 어떻게 절벽 아래에 도달했는지는 신만이 아실 것이다. 온 산에 알프스들장미 꽃은 오래전에 다 지고 없었는데, 꽃봉오리가 맺혀 있고 나긋나긋하게 피어나는 그 해의 마지막 꽃가지를 내가 손에 들고 있었다.

다음 날 나는 다섯 시간을 여행하는 동안 내내 꽃을 손에 들고 있었다. 처음엔 아름다운 뢰지가 사는 도시를 향해 내 심장이 주체할 수 없이 뛰었다. 하지만 높은 산이 멀어지면 멀어질수록, 고향에 대한 사랑이 나를 더욱 강력하게 뒤로 끌어당겼다. 나는 그 기차여행을 아직도 잘 기억하고 있다! 알프스 산지는 이미 오래전에 보이지 않았고, 이젠 높은 산 앞에 있는 톱니 모양의 산들도 하나둘씩 차례차례 가라앉고 있었다. 그렇게 각각의 산들이 순수한 비애감과 더불어 내 마음에서 떠나갔다. 결국 고향의 모든 산들이 가라앉았고, 넓고 낮은 연둣빛 풍경이 모습을 드러냈다. 내가 처음 이곳으로 떠나왔을 때 그것은 전혀 내 마음을 움직이지 못했었다. 하지만 이번에는 불안과 두려움 그리고 슬픔이 나를 사로잡았다. 마치 내가 점점 더 평평해지는 땅들로 계속해서 여행하도록, 그리고 산들과 고향의 시민권을 다시 되찾을 길 없이 잃어버리도록 판결이라도 받은 것처럼 말이다. 동시에 뢰지의 아름답고 갸름한 얼굴이 항상 내 눈앞에 아른거렸는데, 너무도 섬세하며 낯설고 차갑고 나 같은 건 신경도 쓰지 않는 듯해서, 증오와 고통이 내 숨을 멎게 할 정도였다. 차창 밖으로는 늘씬한 탑들과 하얀 박공들이 있는 화려하고 깨끗한 마을들이 차례로 미끄러져 지나갔고, 사람들은 타고 내렸으며, 담소를 나누며, 인사하고, 웃고, 담배를 피우거나, 농담을 했다 — 모두 명랑한 저지(低地)인들이었고, 재치 있고, 솔직하며, 세련된 사람들이었다. — 그런데 고지대 출신의 진지한 청년인 나는, 말없이 슬픈 기분으로 언짢게 그 사이에 앉아 있었다. 나는 내가 더 이상 고향에 있지 않다는 것을 느꼈다. 나는 내가 고향 산들로부터 영원히 추방당했으며, 그렇다고 해서 마치 저지인들처럼 그렇게 즐겁고, 재치가 넘치며, 매끈하고, 확신에 찬 태도를 보일 수는 절대 없을 것 같다는 느낌이 들었다. 이 사람들과 같은 누군가는 언제나 나를 우스꽝스럽게 만들 것이고, 그런 누군가가 언젠가 기르타너와 결혼할 것이며, 그런 누군가는 언제나 내 길을 가로막고 나보다 한 발짝 앞서 가 있을 것이다.

나는 이런 생각을 안고 도시로 돌아왔다. 숙소에서 인사를 나누자마자 나는 다락방에 올라가, 트렁크를 열어 큰 전지 한 장을 꺼냈다. 그건 최상급의 종이는 아니었다. 게다가 내가 나의 알프스들장미를 그 안에다 싼 후 집에서 특별히 가져온 끈으로 묶자, 그것은 전혀 사랑의 선물처럼 보이지 않았다. 나는 진지하게 그것을 들고 기르타너 변호사가 살고 있는 거리로 갔다. 괜찮다 싶은 순간을 포착해 열린 문을 통해 들어가 저녁 무렵이라 어두침침한 복도를 약간 둘러보다가, 내가 가져온 볼품없는 꽃다발을 널찍하고 고급스런 계단 위에 내려놓았다.

아무도 나를 보지 못했고, 뢰지가 나의 이러한 인사를 보게 될 기회가 있었는지 나는 듣지 못했다. 하지만 나는 한 줄기의 장미를 그녀 집의 계단에 놓기 위해 낭떠러지들을 기어올랐고 목숨을 걸었다. 그리고 거기에는, 내게 기쁨을 주며 오늘도 여전히 느끼고 있는, 뭔가 감미로운 것, 애틋한 기쁨과 같은 것 그리고 시적인 것이 담겨 있었다.

그렇게 별들은 움직여간다

그렇게 별들은 자신들의 궤도를 움직여간다,
변함없이 그리고 이해할 길 없이!
우리는 수많은 굴레에 감겨 있는데,
그대는 빛에서 다른 빛으로 솟아오르는구나.

그대의 삶은 오로지 빛이다!
나는 내 어둠 속에서
그대를 향해 동경의 팔을 뻗어야만 하는데,
그대는 웃으며 나를 이해하지 못하는구나.

그거 아세요?

당신께선 이미 사랑에 **빠져봤겠지**
요, 그렇지 않나요? 몇 번 정도는요, 그렇죠? 물론 그렇겠지요.
하지만 당신은 사랑한다는 게 뭔지 아직 모르실 거예요. 감히
말하지만, 당신은 그게 뭔지 모를 겁니다. 아마도 당신은 한
번쯤 온 밤을 지새워 울어봤겠지요? 그리고 한 달 내내 잠을
제대로 못 자본 적도 있겠지요? 게다가 아마도 당신은 시를 써
봤거나, 한 번쯤 자살할 생각도 해봤겠지요? 그래요, 그런 건
나도 이미 알고 있답니다. 하지만 여보세요, 그건 사랑이 아니
에요. 사랑은 그런 거랑 다르답니다.

바로 십 년 전쯤 나는 존경받는 사람이었고, 상류계급에 속
해 있었어요. 나는 행정관이었으며 예비역 장교인 데다가, 재
산도 있고 독립해 있었지요. 난 승마용 말을 키웠고 하인도 한
명 두었으며, 편안한 삶을 누리며 잘 살았답니다. 극장에선 특
별석을 이용했고, 여름휴가여행을 즐겼으며, 많진 않지만 예

술품도 수집했고, 승마와 요트를 즐겼고, 보르도 산 백포도주와 적포도주로 총각파티를 즐기고, 샴페인과 셰리주(酒)를 곁들여 아침을 먹었어요.

이 모든 것에 나는 여러 해 동안 젖어 있었지만, 그것들로부터 아주 쉽게 벗어났습니다. 먹고 마시는 것, 말 타는 것과 운전하는 것이 결국 뭐가 중요하겠어요, 그렇지 않습니까? 약간의 철학이 있으면, 모든 것이 불필요하고 우스꽝스러워지지요. 사교 모임과 명성 그리고 사람들이 앞에서 모자를 벗어 인사하는 것도, 아주 기분 좋은 일이긴 하지만 결국은 본질적인 것이 아니니까요.……

오늘날 사람들이 사랑하는 여인을 위해 죽는 일은 드문 일입니다. 물론 그렇게 한다면 그건 가장 아름다운 일이겠지요. ― 아, 내 말에 끼어들지 마세요! 나는 두 사람 사이의 사랑이나 키스하는 것, 함께 자는 것 그리고 결혼하는 것을 말하는 것이 아닙니다. 나는 어떤 삶에 있어서 유일한 감정이 되어버린 그런 사랑을 말하는 거예요. 그런 사랑은, 비록 사람들이 얘기하듯이 그 사랑이 '응답'된다 하더라도 고독한 법이지요. 그런 사랑이 존재하는 방식은, 한 사람의 모든 의지와 능력이 열정적으로 하나의 목표만을 향해 나아가고, 모든 희생이 즐거움이 되는 그런 방식입니다. 이런 종류의 사랑은 행복해지는 것이 목표가 아니고, 불태우고, 고통당하고, 파괴하려 하며, 일종의 불꽃과 같아서 최종적으로 도달할 수 있는 어떤 것을 집어삼키기 전에는 사그라드는 것이 불가능합니다.

내가 사랑했던 여인에 관해 당신이 아실 필요는 없습니다. 아마도 그녀는 놀랄 정도로 아름다웠거나, 아니면 그냥 예쁜 정도였을 수도 있습니다. 아마 천재였을 수도 있고, 아닐 수도 있습니다. 하느님 맙소사, 그게 뭐 중요하겠어요! 그녀는 내가 그 속으로 가라앉고야 말 심연이었고, 그녀는 언젠가 내 보잘것없는 삶을 움켜쥘 신의 손이었습니다. 그리고 그 순간부터 이 보잘것없는 삶은 위대하고 품위 있어졌습니다, 아시겠어요, 내 삶은 갑자기 더 이상 사회적 지위가 있는 한 남자의 삶이 아니라, 신이나 어린아이의 삶이 되었고, 광포하며 사려가 없어졌으며, 불이 붙어 활활 타올랐습니다.

예전에 내게 중요했던 모든 것이 그때부터 쓸모없고 지루해졌습니다. 내가 절대 소홀히 하지 않던 것들을 나는 소홀하게 취급했고, 단지 그 여자가 웃는 모습을 한순간이라도 보기 위해서 거짓말을 꾸며대거나 여행을 했습니다. 그녀를 위해서라면, 나는 그녀가 당장 기뻐할 만한 모든 존재가 되었고, 그녀를 위해 나는 즐거워하거나 진지했으며, 말이 많아지거나 침묵했으며, 모범적이거나 미치거나, 부유하거나 가난했습니다. 내 상태가 어떠한지 그녀가 알아차렸을 때, 그녀는 나를 수도 없이 시험했습니다. 그녀에게 봉사하는 것은 내겐 일종의 기쁨이었습니다. 그녀가 생각해내는 어떤 것이나 고안해내는 어떠한 소망도, 나는 별 것 아닌 것처럼 완수해낼 수 있었습니다.

그러자 그녀는 내가 자신을 다른 누구보다 더 사랑한다는 것을 알게 되었고, 그녀가 나를 이해하고 나의 사랑을 받아들이는 평온한 시간이 오게 되었습니다. 우리는 수도 없이 만났고, 함께 여행을 했으며, 함께 있기 위해 그리고 세상을 속이기 위해 별의별 짓을 다 했습니다.

그때 나는 행복했었을지도 모릅니다. 그녀가 나를 사랑했으니까요. 그리고 한동안 나는 실제로 행복하기는 했습니다. 아마도요.

하지만 내 사명은 이 여인을 정복하는 것이 아니었습니다. 내가 한동안 저 행복을 누리고 어떠한 희생도 바칠 필요가 없게 되었을 때, 내가 힘을 들이지 않고도 그녀의 미소와 입맞춤을 얻고 그녀와 사랑의 밤을 보내게 되었을 때, 나는 불안해지기 시작했습니다. 나는 내게 뭐가 부족한지 알 수 없었습니다. 나의 가장 대담한 소원이 일찍이 바랐던 것보다 더 많은 것을 얻은 상태였으니까요. 하지만 나는 불안했습니다. 이미 말했듯이, 내 사명은 이 여인을 정복하는 것이 아니었습니다. 그런데 그러한 일이 내게 일어난 것은 순전히 우연이었습니다. 나의 사명은 사랑으로 인해 고통받는 것이었는데, 애인을 소유하는 것이 이 고통을 치유하고 식히기 시작하자 불안감이 나를 덮쳤습니다. 얼마간 나는 그것을 참고 견뎠는데, 그러고 나자 그것이 갑자기 나를 먼 곳으로 몰아갔습니다. 나는 그 여인을 떠난 것입니다. 나는 휴가를 얻어서 긴 여행을 떠났습니다. 당시에 내 재산은 이미 심각하게 줄어 있었지만, 그게 뭐가 중요했겠습니까? 나는 여행을 떠났고, 일 년 후에 돌아왔습니다. 아주 특이한 여행이었어요! 여행을 떠나자마자, 예전의 불길이 다시 타오르기 시작했습니다. 먼 곳으로 가면 갈수록, 그리고 떠나 있는 기간이 길면 길수록, 더욱 고통스럽게 나의 열정이 돌아왔습니다. 나는 눈여겨보았고, 기뻐하며 계속 여행했습니다. 불꽃이 참을 수 없을 정도가 될 때까지 그리고 그 불꽃이 나를 다시 내 애인의 곁으로 억지로 데려갈 때까지 일 년 동안이나 말입니다.

그런 후에 내가 다시 집으로 돌아와 그녀의 곁에 섰을 때, 나는 그녀가 화를 내며 대단히 마음이 상해 있는 것을 보게 되었습니다. 그렇지 않겠습니까. 그녀는 자신을 나에게 바쳤고, 나를 행복하게 해주었는데, 나는 그녀를 떠나버렸으니 말입니다! 그녀에겐 새로운 애인이 있었지만, 내가 보기에 그녀는 그를 사랑하지 않았습니다. 그녀는 내게 복수하기 위해 그를 받아들였던 겁니다.

나를 그녀에게서 떠나게 만들고 다시 그녀에게로 돌아오

게 만든 것이 무엇인지, 나는 그녀에게 말할 수도, 글로 쓸 수도 없었습니다. 나 자신은 그게 뭔지 알았을까요? 어쨌거나 나는 그녀의 마음을 얻고 그녀를 차지하기 위해 다시 싸우기 시작했습니다. 나는 다시 먼 길을 마다 않고 다녔고, 중요한 것을 소홀히 했으며, 큰 금액을 지출했습니다. 그녀의 한마디 말을 듣거나 그녀가 웃음 짓는 것을 보기 위해 말이지요. 그녀는 애인을 떠나보냈지만, 곧 다른 애인을 얻었습니다. 그녀가 나를 더 이상 신뢰하지 않았기 때문입니다. 그럼에도 불구하고 그녀는 이따금 기꺼이 나를 만났습니다. 때로 식탁사교모임이나 극장에서 그녀는 자신의 주변 사람들 너머로, 기묘하게 부드럽고 묻는 듯한 시선으로 갑자기 내 쪽을 쳐다보곤 했습니다.

그녀는 언제나 내가 아주 대단한 부자라고 생각했습니다. 그녀가 이러한 믿음을 가지도록 한 것은 나였습니다. 나는 여전히 그녀가 그렇게 믿도록 했는데, 그것은 오로지 그녀가 가난한 사람에게는 허락할 법하지 않은 어떤 것을 그녀를 위해 거듭해서 할 수 있기 위해서였습니다. 전에 나는 그녀에게 선물을 하곤 했는데, 이제 그런 건 과거가 되었습니다. 나는 그녀를 기쁘게 하고 희생제물을 바치기 위해 새로운 방법을 찾아야만 했습니다. 나는 콘서트를 개최해, 그녀가 높이 평가하는 음악가들이 그녀가 좋아하는 곡을 연주하고 노래하게 했습니다. 나는 그녀에게 초연(初演)의 입장권을 건네기 위해 칸

막이가 있는 특별석의 표를 다 사기도 했습니다. 그녀는 내가 수많은 일을 처리하도록 시키는 데에 다시 익숙해졌습니다.

나는 끊임없이 다양한 일에 휘말렸습니다. 그녀를 위해서 였지요. 나는 모든 재산을 탕진했고, 이제 돈 빌리는 일과 재정적인 변통이 시작되었습니다. 나는 내 그림들과 오래된 도자기 그리고 말을 팔아, 그 돈으로 그녀가 사용할 수 있도록 자동차를 샀습니다.

그러고 나자 마침내 나의 종말이 눈앞에 보이는 때가 왔습니다. 내가 그녀를 다시 얻을 수 있다는 희망을 가지게 된 동시에, 나는 나의 마지막 재원이 바닥나는 것을 눈앞에서 보았습니다. 하지만 나는 그만두고 싶지 않았습니다. 나는 아직 직장이 있었고, 영향력이 있었으며, 명망 있는 지위를 가지고 있었습니다. 그 모든 것이 그녀에게 봉사하지 못하는 것이라면 대체 무슨 소용이 있었겠습니까? 그렇게 해서 나는 거짓말을 하고 횡령을 하게 되었으며, 법 집행관 같은 건 두려워하지 않게 되었습니다. 왜냐하면 더 심각한 것을 두려워해야 할 판이었으니 말입니다. 하지만 그 모든 것이 헛된 것은 아니었습니다. 그녀는 두 번째 애인과도 헤어졌던 거지요. 그렇게 해서 나는 그녀가 이제 더 이상 애인이 없다는 사실과, 나를 받아들일 것이라는 사실을 알게 되었습니다.

그렇습니다, 그녀가 나를 받아들였습니다. 무슨 말인가 하면, 그녀는 스위스로 가면서 내가 그녀를 뒤따라와도 좋다고 했던 것입니다. 다음 날 아침 나는 휴가신청서를 제출했습니다. 하지만 신청서에 대한 답변을 듣는 대신 나는 체포되었습니다. 공문서 위조와 공금횡령이란 죄목으로 말이지요. 아무 말도 하지 마세요. 그럴 필요 없습니다. 나도 이미 알고 있습니다. 하지만 당신도 아시나요, 창피를 당하고 벌을 받는 것이나 걸치고 있는 마지막 옷 한 벌을 잃는 것도, 불꽃이자 열정이며 사랑의 대가라는 사실을? 당신도 이해하시나요, 사랑에 빠진 젊은이여?

불꽃

그대가 추레한 헌 옷을 입고 춤추러 가건,
그대의 심장이 상처 입은 채 근심하며 애쓰건,
매일 그대는 새로이 기적을 경험한다,
삶의 불꽃이 그대 안에 타오르는 기적을.

어떤 이는 그 불꽃을 태우고 탕진한다,
황홀한 순간에 취한 채,
다른 이는 조심스럽고 침착하게 전해준다
자신들의 운명을 자녀와 손자들에게.

허나 자신의 길을 희미한 어스름 속으로 이끄는 자,
그날의 근심으로 가득 차
삶의 불꽃을 한 번도 느끼지 못하는 자,
그런 자의 하루하루만이 상실된 것인 법.

어떤 사람이 자신이 사랑하는 사람을 얻지 못하거나 혼자서만 독차지할 수 없는 상황은, 모든 사람들의 운명 가운데 가장자주 나타나는 것입니다. 이러한 상황을 해결하는 방법은, 자신의 사랑의 대상에게 가지는 정열과 헌신의 과한 부분을 그 대상으로부터 떼어내서, 그것을 다른 목적, 즉 일이나 사회적인 사안에서의 협력, 예술에 향하도록 하는 것입니다. 이것이 바로 당신의 사랑이 풍요롭고 의미가 충만하게 할 수 있도록 하는 길입니다. 당신이 지금 오직 스스로의 심장만을 태우고 있는 불꽃은 당신 자신의 재산일 뿐만 아니라, 세상과 인류에 속한 것이기도 합니다. 그리고 당신이 그 불꽃을 풍요롭게 만들 경우 고통은 기쁨이 될 것입니다.

사랑받는 것은 행복이 아니다. 누구나 자기 자신을 사랑하는데, 사랑한다는 것 그것이야말로 행복인 것이다.

"내가 열여섯 살이었을 때"

내가 열여섯 살이었을 때, 나는 특
이하면서도 아마 조숙하다고 할 수 있는 우수에 차서 유년기
의 즐거움들이 내게 낯설게 되면서 사라져가는 것을 보았다.
나는 내 남동생이 모래로 운하를 설치하는 것이나 창을 던지
는 것 그리고 나비를 잡는 것을 보면서, 그가 그때 느끼는 즐
거움 때문에 그리고 그것의 열정적인 진정성을 내가 아직도
잘 기억하고 있는 그 즐거움 때문에 그를 부러워했다. 그러한
즐거움이 내게서 사라져버렸는데, 나는 그것이 언제였는지,
왜 그렇게 됐는지도 알지 못했다. 그리고 그 자리에, 내가 어
른의 즐거움이 뭔지 아직 제대로 알 수 없었던 그 시기에, 불
만과 동경이 들어섰다.

나는 격렬하다고 할 수 있을 정도의 열의를 가지고, 하지만
끈기라곤 없이 때로는 역사에, 때로는 자연과학에 몰두했고,
일주일 동안 매일 밤늦게까지 식물표본을 만들었으며, 그 다

음 십사 일 동안은 오로지 괴테만 읽었다. 나는 외로움을 느꼈고, 내 의지와는 달리 삶의 모든 관계로부터 분리되어 있다고 느꼈는데, 삶과 나 사이의 이러한 간극을 나는 본능적으로 배움과 지식 그리고 인식을 통해 넘어서려고 애썼다. 처음으로 나는 우리의 정원을 도시와 계곡의 한 부분으로 이해했고, 계곡을 산의 한 단면으로, 산을 지구 표면의 매우 한정된 한 조각으로 이해했다.

처음으로 나는 별들을 천체로서 관찰했고, 산의 형태를 지구의 힘들에 의해 필연적으로 만들어진 산물로서 보게 되었으며, 당시에 처음으로 나는 여러 민족의 역사를 지질학의 일부분으로 파악했다. 나는 당시에 아직 그러한 점을 표현하거나 정확히 이름붙일 수는 없었지만, 그것은 내 내면에 존재했고 살아 있었다.

간단히 말해, 나는 그 당시에 사고하기 시작했다. 그러니까 나는 나의 삶이 조건 지어진 것이며 제한된 것이라고 인지했던 것이다. 그리고 그로 인해 내 내면에서는, 어린아이는 아직 모르는 소망, 즉 내 삶을 가능한 한 선하고 아름답게 만들고자 하는 소망이 깨어났다. 아마도 모든 청소년들이 대충 그와 똑같은 것을 경험할 것이다. 하지만 나는 그것이 마치 아주 개인적인 체험이었던 것처럼 설명할 텐데, 내게는 실제로 그렇기도 했다.

불만에 찬 채 그리고 도달할 수 없는 것에 대한 동경으로 소진된 채 나는 몇 달을 그냥 살았는데, 열심을 보이긴 했지만 내내 그런 건 아니었고, 불타오르면서도 오히려 따뜻한 온기를 바랐다. 그러는 사이에 자연이 나보다 더 똑똑해져서는 내 상태의 고통스런 수수께끼를 풀어냈다. 어느 날 나는 사랑에 빠졌고, 예기치 않게 삶과의 모든 관계를 과거 그 어느 때보다 더 강력하고 다양한 방식으로 다시 회복했다.

그 이후로 내가 더 위대하고 멋진 시간과 짧은 나날들을 보낸 적이 있긴 하지만, 그처럼 따뜻하고 그처럼 끊임없이 솟아나오는 감정으로 충만한 몇 주 혹은 몇 달 간의 긴 시간은 이제 더 이상 찾아오지 않았다. 내 첫사랑에 관한 얘기를 나는 여러분께 털어놓고 싶지는 않다. 중요한 건 그게 아니다. 그리고 외적 정황들은 완전히 다를 수도 있었을 것이다. 하지만 그 시절 내가 살았던 삶을 조금이나마 묘사해보려는 시도를 나는 하고 싶다. 비록 내가 그 일에 성공하지 못할 거라는 사실을 알고 있긴 하지만 말이다. 조급하게 무언가를 찾으려는 시도는 끝이 났다. 나는 갑자기 생기 있는 세상 한가운데 서 있었고, 뿌리를 내리고 있는 수천의 실을 통해 대지와 사람에게 연결되었다. 나의 감각들은 더 민감하고 더 활발하게 변한 것처럼 보였다. 특히 눈이 그랬다. 나는 이전과 아주 다른 식으로 보았다. 마치 예술가처럼 더 밝고 더 색채감 있게 보았고,

단지 관조하는 데에서 기쁨을 느꼈다.

아버지의 정원은 여름철의 화려함을 뽐내고 있었다. 그곳에는 꽃을 피운 관목들과 나무들이 두터워진 여름 잎사귀들을 가지고 짙은 하늘을 향해 서 있었고, 담쟁이덩굴은 높은 옹벽 위로 자라고 있었으며, 그 위로는 불그스름한 바위와 짙푸른 전나무숲이 있는 산이 고요히 자리잡고 있었다. 그리고 나는 선 채로 그것들을 유심히 바라보았고, 그들 각자가 그처럼 기묘하게 아름답고 생생하며, 다채롭고 빛이 난다는 사실에 감동을 받았다. 많은 꽃들은 줄기 위에서 너무도 부드럽게 몸을 흔들고 있었고, 다채로운 꽃받침 위에서 가슴을 뒤흔들 정도로 우아하고 친밀하게 바라보고 있어서, 나는 그 꽃들을 사랑하게 되었고 마치 어떤 시인의 노래인 것처럼 그 꽃들을 향유했다. 이전에 한 번도 관심을 가지지 않았던 많은 소리들도 이제 내 귀에 들리기 시작했고, 내게 말을 걸었으며, 내 생각을 앗아갔다. 전나무와 풀잎을 스치는 바람 소리, 들판에서 들리는 귀뚜라미 울음소리, 멀리 떨어진 곳에서 울리는 뇌우의 천둥소리, 제방을 지나는 강물의 쏴쏴거리는 소리 그리고 새들의 다양한 노랫소리가 그것이었다. 저녁이면 나는 황금빛 나는 석양의 대기 속에 파리 떼가 나는 것을 보았고, 그 소리를 들었으며, 연못에서 개구리들이 내는 소리를 들었다. 수없이 많은 보잘것없는 것들이 갑자기 내게 사랑스럽고 중요해졌고, 중요한 체험이기라도 한 것처럼 나의 심금을 울렸다. 예를 들어 아침 소일거리로 정원에 있는 화단 몇 개에 물을 줄 때 땅과 식물의 뿌리가 너무나도 고마워하며 열심히 그 물을 빨아들일 때가 그러했다. 또는 정오의 햇볕을 받으며 파란색의 작은 나비가 술 취한 듯 비틀거리며 나는 것을 볼 때 그러했고, 또는 어린 장미 한 송이가 피어나는 것을 바라볼 때 그러했다. 혹은 저녁에 작은 배 위에서 손을 물에 담그고 강물이 손가락 사이로 부드럽고 기분 좋게 흘러가는 것을 느낄 때면 그랬다.

어쩔 줄 모르던 첫사랑의 고통이 나를 괴롭혔고, 이해받지 못한 곤경과 매일매일의 동경과 희망과 실망이 내 마음에 동요를 가져온 반면, 우수와 사랑에 대한 두려움에도 불구하고 나는 마음 깊숙한 곳에서는 매 순간 행복을 느꼈다. 내 주위에 있는 모든 것이 내겐 사랑스러웠고, 내게 무언가를 속삭였다. 세상에 죽은 것이라고는 없었고, 공허함도 없었다. 이 모든 것이 내게서 완전히 사라져버린 적은 결코 없지만, 그렇다고 그 시절처럼 그렇게 강렬하고 연속적인 형태로 다시 찾아오지도 않았다. 그리고 그것을 이제 다시 한 번 경험하는 것, 그것을 내 것으로 만들고 꼭 붙들어두는 것, 그것이야말로 지금 내가 생각하는 행복이다.

더 듣고 싶으신가? 그 이후로 오늘날까지 사실 나는 항상 사랑에 빠져 있다. 내 생각엔, 내가 알게 된 모든 것 가운데 여성에 대한 사랑만큼 고귀하고 열렬하며 매혹적인 것은 없다. 내가 항상 어떤 여성이나 아가씨와 관계를 맺은 건 아니며, 항상 의식적으로 특정한 어떤 여성 개인을 사랑했던 것은 아니지만, 어찌 되었건 내 생각은 사랑에 몰두해 있었다. 그리고 아름다움에 대한 나의 숭배는 사실은 여성에 대한 영속적인 경배이다.

나는 여러분께 사랑에 대한 이야기를 늘어놓고 싶지 않다. 나는 한때 몇 달 간 어떤 여자를 사랑한 적이 있고, 지나가다가 반쯤은 뜻하지 않게 때때로 키스를 받기도 하고 그녀의 시선을 받기도 했으며 사랑의 밤을 보내기도 했다. 하지만 내가 정말로 사랑할 때면 언제나 불행했다. 그런데 잘 생각해보면, 희망 없는 사랑의 고통과 두려움 그리고 소심함과 잠 못 이루는 밤들이, 사실은 사소한 행운이나 성공보다 훨씬 더 아름다웠다.

추운 봄날 연인에게 바치는 노래

추운 대기실에서 시계가 울려요
여덟, 아홉 아니면 열 번.
나는 세지 않아요, 다만 귀 기울일 뿐이지요,
모든 시간이 얼마나 조용히 흘러가는지.

시간은 날아가버려요 눈 속의 바람처럼,
겨울철새들이 날아가는 것처럼.
그 시간들은 기쁘게 하지도 않고,
그 시간들은 슬프게 하지도 않아요,
하지만 그건 그대가 없는 시간들이지요.

기억들

널따란 바위가 강풍으로부터 나를 막아주는 조용한 구석에서 나는 점심거리로 준비한 빵을 먹었다. 햄과 치즈를 넣은 흑빵이었다. — 거센 바람이 부는 날씨에 몇 시간 동안 산을 오른 후에, 속을 채워 넣은 빵을 한 입 베어 무는 것, 그것은 하나의 즐거움이며, 어린 시절의 진정한 기쁨 가운데 아직도 사무치도록 맛있고 흡족할 정도로 행복하게 해주는 거의 유일한 즐거움이다.

내일이면 아마도 나는 율리에로부터 첫 키스를 받았던 장소, 너도밤나무 숲에 있는 그 장소를 지나게 될 것이다. 키스를 받은 건, 율리에 때문에 가입하게 된 시민단체인 콘코르디아에서 개최한 소풍에서였다. 그 소풍 다음 날 나는 그 단체에서 탈퇴했다.

그리고 운이 좋으면 모레쯤엔 아마도 그녀 자신을 다시 보게 될 것이다. 그녀는 헤르쉘이라는 부유한 상인과 결혼했는데, 아이가 셋이라고 했다. 그중 한 아이는 눈에 띄게 그녀와 닮았고 이름도 똑같이 율리에라고 한다. 그 이상은 나도 모르고, 그것으로 충분하고도 남았다.

하지만 내가 고향을 떠난 지 일 년 후에 외지에서 그녀에게 어떤 내용의 편지를 썼는지는 아직도 잘 알고 있다. 나는 그녀에게, 내가 일자리를 얻거나 돈을 벌 전망이 없으며 그녀가 나를 기다리지 않아도 좋다고 썼던 것이다. 그녀는, 내가 나와 그녀의 마음을 불필요하게 힘들게 만들어서는 안 된다는 내용의 답장을 보냈다. 이르든 늦든 내가 돌아올 때 자신은 그 자리에 있겠다고도 했다. 하지만 그녀는 반 년이 지나 다시 내게 편지를 써서는, 저 헤르셸이란 자와 결혼하게 됐으니 자기를 놓아달라고 했다. 편지를 받자마자 느낀 고통과 분노 속에서, 나는 편지를 쓰는 대신 내 수중에 있던 마지막 돈으로 네다섯 마디 사무적인 내용의 전보를 그녀에게 보냈다. 전보 내용은 바다를 건너갔고, 취소하는 건 불가능했다.

인생이란 참 우습게 흘러가는 법이다! 우연이든 아니면 운명의 조롱이든, 그것도 아니면 절망이 주는 용기 때문이든, 사랑의 행복이 산산이 깨지고 나자마자, 성공과 이익과 돈이 마법을 부린 듯 굴러들어왔고, 게임에서 전혀 바라지도 않았던 것을 얻게 되었는데, 하지만 그것은 가치가 없었다. 나는 운명이 변덕스럽다고 생각했고, 이틀 밤낮에 걸쳐 동료들과 안주머니 가득 든 지폐를 술 마시는 데 다 써버렸다.

하지만 나는 식사 후에 햄을 쌌던 빈 종이를 바람에 날리고 외투에 몸을 감싼 채 한낮의 휴식을 취하게 되었을 때, 이 지나간 이야기에 대해 더 이상 생각하지 않았다. 오히려 나는 당시 내가 했던 사랑과 율리에의 용모와 얼굴을 생각했다. 고상한 눈썹과 커다란 검은 눈을 가진 그녀의 갸름한 얼굴을 말이다. 그리고 차라리 너도밤나무 숲에 있던 그날을 생각했다. 그녀가 천천히 그리고 뻗대면서 내 의도에 몸을 맡긴 것, 내 키스에 몸을 떨었던 것 그리고 마침내 내 키스에 응답했던 것, 그리고 마치 꿈속에서처럼 아주 희미하게 웃음 짓던 것, 그와 동시에 그녀의 속눈썹에 눈물이 반짝이던 것을.

지나간 것들! 하지만 그것들 가운데 가장 좋았던 것은 키스도 아니고, 저녁 무렵 함께했던 산보나 밀회도 아니었다. 가장 좋았던 것은 그 사랑에서 흘러나온 힘, 그녀를 위해 살고 싸우며 물불을 가리지 않고 나아갈 수 있는 기분 좋은 힘이었다. 한순간을 위해 자신을 던질 수 있는 것, 한 여인의 웃음을 위해 몇 년을 희생할 수 있는 것, 그것은 행복이다. 그리고 그것을 나는 아직 간직하고 있다.

하루하루가 얼마나……

하루하루가 얼마나 힘겨운지!
따뜻한 불을 쬐도 내 몸은 따뜻해지지 않고,
태양은 더 이상 내게 미소 짓지 않으며,
모든 것이 공허하고,
모든 것이 차갑고 자비라곤 없으며,
사랑스럽고 밝은 별들도
삭막하게 나를 쳐다보네,
사랑이 죽을 수 있다는 것을
내 마음이 알게 된 후로.

사랑

내 친구인 토마스 회프너 씨는, 의심의 여지없이 내가 아는 사람 가운데 사랑에 있어서 가장 많은 경험을 해본 사람이다. 최소한 그는 많은 여성들과 사랑을 나눴고, 오랜 훈련으로 인해 구애의 기술들을 알고 있으며, 아주 많은 여성들을 정복했노라고 자랑할 수 있는 사람이다. 그가 나에게 이러한 사실을 설명할 때면, 나는 내가 어린 학생 같다는 생각이 든다. 물론 때때로 내가 혼자만 있을 때는, 그 역시 우리와 마찬가지로 더 이상 진정한 사랑의 본질에 대해 이해하지 못한다고 생각하곤 한다. 나는 그가 살아가면서 때때로 사랑하는 여인 때문에 며칠 밤을 지새우거나 내내 울었으리라고 생각하지 않는다. 어쨌거나 그가 그럴 필요는 거의 없었고, 나는 그렇기를 빌고 싶다. 왜냐하면 자신이 거둔 성공에도 불구하고 그는 쾌활한 사람이 아니었기 때문이다. 쾌활하기는커녕 나는 그가 가벼운 우울증에 사로잡혀 있는 것을 드물지 않게 보곤 한다. 그리고 그의 전체 거동에서는 뭔가 체념 섞인 고요함과 억눌린 분위기가 느껴지는데, 그것은 포만감에서 오는 것과는 다른 어떤 것이다.

그런데, 이 모든 것은 추측일 뿐이고, 어쩌면 착각일 수도 있다. 심리학을 가지고 우리는 여러 권의 책을 쓸 수는 있지만, 사람의 본질을 규명할 수는 없는 법이다. 게다가 나는 심리학자 축에도 끼지 못한다. 어쨌거나 때때로 내 생각엔 내 친구인 토마스가 오직 다음과 같은 이유, 즉 유희가 아닌 사랑을 하는 데에 있어서 그에게 무언가 부족하기 때문에 유희로서의 사랑에 있어 대가가 아닌가 한다. 그리고 그가 그 부족함 자체에 대해 스스로 알고 있고 그 사실을 유감스러워하고 있기 때문에, 우울병자인 것은 아닌가 하는 생각이 드는 것이다. ― 순전히 추측일 뿐이고, 착각일 수도 있다.

그가 최근에 푀르스터 부인에 대해 내게 얘기해준 것은, 그것이 어떤 진정한 체험이거나 혹은 모험이라기보다 단지 일종의 분위기나 시적인 일화였음에도, 내게는 기이하게 생각되었다.

나는 회프너가 '푸른 별' 주점을 막 떠나려고 할 때 그를 만났고, 그에게 포도주나 한잔 더 하자고 꼬드겼다. 그가 더 좋은 술을 주문하도록 하기 위해, 나는 일부러 내가 평소에 마시지도 않는 평범한 모젤 와인 한 병을 주문했다. 내키지 않는 태도로 그는 웨이터를 다시 불렀다.

"잠깐만요! 모젤 말고."

그리고 그는 고급 와인을 내오게 했다. 나는 기분이 좋아졌고, 우리는 좋은 와인을 마시며 곧 대화를 나누었다. 나는 조심스럽게 푀르스터 부인에 관한 쪽으로 대화를 끌고 갔다. 그녀는 서른이 약간 넘은 아름다운 여성이었고, 이 도시에 온 지는 오래되지 않았으며, 풍부한 연애 경험이 있는 것으로 유명했다.

그녀의 남편은 없는 거나 마찬가지였다. 최근에 나는 내 친구가 그녀와 왕래하고 있다는 사실을 알았다.

"그러니까 푀르스터 부인은 그녀가 정말 그렇게 당신의 관심을 끈다면. 내 뭐라고 말해야 할지? 나와 그녀 사이엔 아무 일도 없었어요."

마침내 그가 못 이긴 척 말했다.

"전혀요?"

"그러니까, 말하자면 그렇단 얘기죠. 내가 정말로 얘기할 만한 건 아무것도 없다는 말입니다. 시인이라면 그럴 수 있겠죠."

나는 웃었다.

"당신은 평소엔 시인들을 대단하게 생각하지 않잖아요."

"대단하게 생각할 이유가 뭐죠? 시인들이란 대개는 아무것도 체험하지 못하는 사람들인데. 당신에게 말할 수 있는 건, 내가 이제까지 살면서 기록되어야 마땅할 수없이 많은 일을 겪었다는 거요. 난 항상 생각했어요. 그런 경험이 사라져가지 않도록, 도대체 왜 시인은 그런 일을 한 번이라도 경험하지 않는가 하고 말이죠. 당신들은 언제나 당연한 일을 가지고 야단법석을 떨어요. 시시한 일 하나면 소설 하나가 뚝딱 나오죠……."

"푀르스터 부인의 경우도 그런가요? 그것도 소설 감인가요?"

"아니에요. 그냥 스케치나 시 한 편 정도죠. 어떤 분위기 같은 거요, 아시겠어요."

"그렇군요, 어디 한번 들려주시죠."

"그러니까, 그 여자는 내 흥미를 끌었소. 사람들이 그녀에 대해 뭐라고 하는지는 당신도 알 거요. 내가 먼발치에서 관찰한 바에 따르면, 그녀는 과거사가 많은 사람임에 틀림없어요. 내가 보기에 그녀는 모든 종류의 남자들을 사랑했고 알고 지낸 것 같은데, 누구와도 오래 지내진 않은 것 같아요. 게다가 그녀는 아름답지요."

"아름답다니, 무슨 뜻입니까?"

"아주 간단해요. 그녀에겐 넘치는 것이나 너무 과한 것이 없어요. 그녀의 몸은 완성되어 있고, 절제되어 있으며, 그녀의 의지에 충실히 따르지요. 그녀의 몸에서 절도가 없는 것은 없

188

고, 그녀의 뜻을 벗어나거나 나태한 부분이 없어요. 어떤 상황이든 그녀가 가능한 가장 아름다운 것을 얻어내지 못하는 그런 상황을 나는 생각할 수 없어요. 바로 그러한 점이 나를 끌어당겼어요. 왜냐하면 내겐 단순한 건 대부분 지루하거든요. 내가 찾는 건 의식적인 아름다움, 교육된 행실과 교양이랍니다. 됐고, 이론은 집어치웁시다!"

"그러시죠."

"그러니까 나는 내 존재를 알렸고, 몇 번 갔었어요. 당시에 그녀는 애인이 없었는데, 그 점은 쉽게 알아챌 수 있었지요. 남편은 도자기인형이나 다름없어요. 나는 가까이 다가가기 시작했어요. 식탁 위로 몇 번 시선을 마주쳤고, 포도주잔을 부딪힐 때 가벼운 말을 나누고는, 통상 그런 것보다 오래 손등에 입을 맞췄죠. 그녀는 그걸 받아들였어요. 그 다음에 무슨 일이 일어날지 기다리면서 말이죠. 그래서 나는 그녀가 혼자 있을 것이 틀림없는 시간에 그녀를 방문했고, 그녀는 나를 들어오게 했어요.

내가 그녀와 마주 앉았을 때, 나는 어떤 술수가 먹힐 자리가 아니라는 걸 금방 알아차렸지요. 그래서 나는 이판사판이라는 심정으로 단도직입적으로 말했어요. 내가 사랑에 **빠졌으**며 그녀가 나를 어떻게 해도 좋다고 말이지요. 그 다음엔 대략 다음과 같은 대화가 이어졌어요.

'우리 좀 더 흥미 있는 얘기를 하지요.'

'부인, 제겐 당신보다 더 흥미로운 것은 없습니다. 제가 여기 온 건 당신에게 그 얘길 하기 위해서였습니다. 그게 지루하시다면, 전 가겠습니다.'

'그러시다면, 당신은 내게서 뭘 원하시는 거지요?'

'사랑이지요, 부인!'

'사랑이라! 난 당신을 모르고 사랑하지도 않아요.'

'제가 농담하는 게 아니라는 걸 아시게 될 겁니다. 나라는 존재와 내가 할 수 있는 모든 것을 당신에게 바치겠습니다. 당신을 위한 것이라면, 저는 많은 것을 할 수 있을 것입니다.'

'그래요, 누구나 다 그렇게 얘기하지요. 당신의 사랑 고백은 새로운 게 아니에요. 당신은 도대체 뭘로 나를 매혹시키겠다는 건가요? 당신이 정말로 사랑한다면, 이미 뭔가를 했을 텐데요.'

'예를 들면 뭘 말이지요?'

'그거야 당신이 알아야지요. 팔 일 동안 굶는다든가, 자살한다든가, 아니면 적어도 시를 쓴다든가.'

'전 시인이 아닌데요.'

'왜 그런 거죠? 오로지 사랑만 하는 것처럼 그렇게 사랑하는 사람은, 자신이 사랑하는 여자에게서 한 번의 미소와 한 번의 눈짓 혹은 한마디를 듣기 위해 시인이나 영웅이 되는 법이지

요. 그의 시가 훌륭하지 않더라도, 그녀는 뜨거워지고 사랑에 빠지게 된답니다 ―'

'부인, 그 말이 맞습니다. 저는 시인도 아니고 영웅도 아닐 뿐더러, 자살할 위인도 아니죠. 혹 제가 그러한 일을 하게 된다면, 그건 제 사랑이 당신이 요구하는 것처럼 그렇게 강렬하고 불타오르지 못하는 것을 고통스럽게 여긴 탓일 것입니다. 하지만 그 모든 것 대신에 저는 오직 한 가지 사소한 점에 있어서 저 이상적인 연인보다 나은 점이 있습니다. 저는 당신을 이해합니다.'

'뭘 이해하신다는 건가요?'

'당신이 저처럼 동경을 가지고 있다는 사실을요. 당신은 애인을 원하는 것이 아니라, 사랑을, 온전하고도 제정신을 잃을 정도로 사랑하는 것을 원하고 계십니다. 그런데 당신은 그걸 못하고 있지요.'

'그렇게 생각하세요?'

'그렇습니다. 당신은 제가 찾고 있는 그러한 사랑을 찾고 있어요. 그렇지 않나요?'

'그럴지도 모르지요.'

'그렇기 때문에 당신은 저 역시도 필요하지 않을 수 있습니다. 그리고 저는 당신을 더 이상 괴롭히지 않겠습니다. 하지만 제가 가기 전에 말씀해주실 수 있겠어요? 당신이 언젠가 진짜

사랑을 만나본 적이 있는지 말이에요.'

'아마, 한 번쯤은요. 이 정도까지 얘기했으니, 당신이 아셔도 좋겠지요. 삼 년쯤 되었을 거예요. 그때 나는 처음으로 정말 사랑받고 있다는 느낌을 받았었죠.'

'계속 물어봐도 될까요?'

'상관없어요. 그때 한 남자가 다가와서 나와 알게 되었고, 나를 사랑했어요. 그런데 내가 결혼한 상태였기 때문에, 그는 사랑한다는 말을 하지 않았죠. 그런 후에 내가 내 남편을 사랑하지 않으며 총애하는 남자가 있다는 사실을 알게 되었을 때, 그는 내게 와서 내 결혼생활을 청산하라고 제안했어요. 그건 불가능했는데, 그때부터 이 남자는 나에 대해 걱정하기 시작했고, 우리를 지켜봤고, 내게 경고했어요. 그렇게 그는 나의 훌륭한 조력자이자 친구가 되었지요. 그런데 그 사람 때문에 내가 총애하던 남자를 떠나보내고 그를 받아들일 준비가 되었을 때, 그는 경멸하며 떠난 후 다시는 돌아오지 않았어요. 그 남자가 바로 나를 사랑했던 사람이고, 그밖에는 없었어요.'

'그렇군요.'

'그건 그렇고 이제 가실 때가 되지 않았나요? 이미 우리는 서로 너무 많은 대화를 나눴네요.'

'안녕히 계세요. 제가 다시는 오지 않는 것이 좋겠군요.'"

나의 친구는 입을 다물었고, 잠깐 있다 웨이터를 불러 계산을 하고는 가버렸다. 무엇보다 이러한 얘기에서 나는 그에게 진정한 사랑을 할 능력이 부족하다는 결론을 내렸다. 그것은 그가 직접 얘기한 사실이기도 하다. 하지만 누군가 자신의 결함에 대해 얘기하는 경우 적어도 우리는 그를 믿어야 한다. 많은 사람들이 스스로를 완벽하다고 생각하는 경향이 있는데, 그것은 스스로에 대해 대단치 않은 것만을 요구하기 때문이다. 내 친구는 그런 사람은 아니다. 그리고 바로 진정한 사랑에 대한 그의 이상이, 그를 지금과 같은 모습으로 만들었을 것이다. 아마도 그 영리한 남자는 나를 놀렸던 것일 수도 있다. 그리고 아마도 푀르스터 부인에 관한 저 대화는 단순히 그가 지어낸 것일 수도 있다. 왜냐하면, 그가 비록 절대로 그럴 리 없다고 말하긴 해도, 남모르는 시인이기 때문이다.

순전히 추측일 뿐이고, 어쩌면 착각일지도 모르지만 말이다.

장난삼아

내 노래들이 서 있답니다
그대 문 앞에,
그들은 문을 두드리고 몸을 숙입니다:
그대 내게 문 열어주겠어요?

내 노래들은 지니고 있답니다
비단처럼 고운 소리를
마치 층계를 오를 때
그대 옷이 사각대는 소리처럼.

내 노래들엔 배어 있답니다
은은한 향기가,
그대 좋아하는 화단의
꼭 그 히아신스처럼.

내 노래들은 입고 있답니다
진한 붉은색 옷을,
그대의 비단옷처럼

바스락거리며 활활 타오르는.
내 가장 아름다운 노래들은
꼭 그대와 닮았어요.
그 노래들이 문가에 서서 몸을 숙입니다:
그대 내게 문 열어주겠어요?

삶에 있어서 기쁨이나 슬픔에 어떤 근거를 주는 것은 이성이나 논리가 아닙니다. 그런데 만약 우리가 우리의 '마음'의 가치와 삶 그리고 그 의미를 이성의 지배 하에 두려 하게 되면, 우리는 그 모든 것을 심하게 망쳐버리게 될 것입니다. 우리는 그러한 경우를 사랑의 예에서 가장 잘 볼 수 있습니다. 지금까지 누가 이성으로 판단하거나 의지로 사랑한 적이 있었나요? 없습니다. 우리는 사랑을 잃는 법입니다. 하지만 우리가 몸 바쳐 사랑의 고통을 감내하면 할수록, 사랑은 우리를 강하게 만듭니다.

매일의 개인적인 체험에서 우리 각자는 다음과 같은 오래된 경험을 하게 된다. 어떤 관계나 어떤 우정 그리고 어떤 감정도, 우리가 그것을 위해 우리 자신의 피를 흘리지 않은 것, 우리가 사랑을 바치고 함께 살아보지 않은 것, 희생하거나 그것을 위해 싸워보지 않은 것은 변함없이 성실하게 남아 있지 않으며 믿을 만하지 않다는 사실을 말이다. 사랑에 빠지는 것이 얼마나 쉬운지, 그리고 정말로 사랑하는 것이 얼마나 어렵고 아름다운지는, 누구나 알고 있고 몸소 경험하기도 한다. 사랑은, 정말로 가치 있는 모든 것처럼 돈 주고 살 수 없다. 돈 주고 살 수 있는 즐거움이 있기는 하지만, 돈으로 살 수 있는 사랑은 없다.

나는 내가 청년 시절에 그 앞에 무릎 꿇었던 모든 여성들의 모습을 생각했다. ─ 나는 그들에게 내가 가장 사랑하는 것과 가장 좋은 것을 선사할 준비가 되어 있었다. 오로지 삶의 내면에 조금 더 접근하기 위해, 오로지 내 내면에서 어둡게 묻고 있는 음성에 대한 대답을 찾기 위해서 말이다.

우리는 나이를 먹어가고, 성인이 되며, 머리에 쓴 화관을 내려놓고, 평안을 얻게 된다. 하지만 저 여인들, 저 소녀들은 어떨까? 한때 우리가 그들의 관심을 사기 위해 그처럼 동경에 가득차 헤맸고, 우리에게 사랑의 서광을 선사했던 그들 말이다. 우리가 그들을 떠나갈 때 그들은 어떤 느낌을 갖는 걸까? 그리고 원대한 꿈으로 가득한 젊은 시절의 끝자락에 마지막 남자에게 스스로를 허락하고 손을 맡길 때, 그 여인들은 무엇을 느낄까? 우리 남자들은 오만 가지 일을 행한다. 우리는 무언가를 성취하고 연구하고 일하며, 우리는 어떤 직책이나 직업을 가지고, 많은 소소한 즐거움을 누리고 작은 악행들을 저지른다. ─ 그런데 오로지 사랑 속에서 살며, 오직 사랑을 바랄 수밖에 없는 저 여인들은 무엇을 가지게 되는가? 저 마지막 남성은 그들에게, 어린 시절에 처음으로 수줍으면서도 대담하게 그들에게 구애하던 경배자들이 약속하고 시를 읊으며 허풍을 떨던 것보다 훨씬 적은 것을 준다. 그리고 그마저도 얼마나 드문지 모른다! ……나는 우리 모두가 한때 소년으로서, 대담하고 건방진 소년으로서 무엇을 우리의 당연한 권리라고 인생으로부터 기대했었는지, 그리고 그중에 얼마나 절망적으로 조금밖에 실현되지 않았는지에 대해 생각했다. 하지만 그래도 삶은 멋지며 아름답고, 그 신성한 힘들로 매일 우리의 마음에 감동을 준다. 아마 저 가련한 여인들에게도 사랑이 그러한 역할을 할 것이다. 그들은 동화 같은 숲과 달빛 비치는 정원에 대한 얘기를 듣는다. 그런데 이들은 나중에 장미 대신 약간의 잡풀이 자라고 있는 거친 땅 한 조각을 발견한다. 이들은 이 잡풀로 꽃다발을 만들어 창가에 세워놓고, 저녁 어둠이 그 색깔을 다 지워버리고 노래하는 바람이 멀리서 불어올 때면, 자신들이 만든 꽃다발을 쓰다듬으며 미소 짓는다. 그러면 그것은 장미 같고 바깥에 있는 밭은 동화 속 정원인 것 같은 생각이 드는 것이다.

덧붙여 말하자면, 자기가 사랑하는 사람에 대해 이모저모로 생각하는 것보다 더 보람 없는 일은 세상에 없다.

삶의 염증

나는 마치 얼어붙은 호수가 내 주위를 둘러싸고 있는 것과 같은 고독을 느끼고 있고, 이 삶의 치욕과 어리석음을 느끼고 있으며, 잃어버린 어린 시절에 대한 고통이 격렬히 불타오르는 것을 느끼고 있다. 당연히 아프지만, 그것은 고통이자, 수치이며, 아픔일 뿐 아니라, 삶이며, 생각이며, 의식이다. ……

대답 대신에, 물론 대답을 기대하고 있는 건 아니지만, 나는 새로운 질문을 찾아낸다. 예를 들면 이렇다. 네가 젊었던 시절은 얼마나 오래전인가? 그 시절이 끝난 건 언제였나?

나는 곰곰이 생각해본다. 그러면 얼어붙었던 기억이 서서히 녹기 시작하고, 움직이며, 불안한 눈을 뜨고는, 뜻밖에도 사라지지 않은 채 죽음의 이불 밑에 잠들어 있던 자신의 선명한 영상들을 비춘다.

처음에 그 영상들은 내겐 엄청 오래된 것, 적어도 십 년은

된 것처럼 보인다. 하지만 마비된 시간 감각이 순식간에 깨어나면서, 잊고 있던 자를 꺼내 펼치고는, 고개를 끄덕이며 잰다. 나는 모든 것들이 훨씬 가까이 있다는 것을 알게 된다. 그러자 이제 잠이 깬 자기의식이 거만한 눈을 뜨고는, 도저히 믿을 수 없는 것들에 대해 수긍하며 건방진 태도로 고개를 끄덕인다. 그 의식은 하나의 이미지에서 다른 이미지로 옮겨가며 말한다. "그래, 그게 나였지." 그리고 이로써 모든 이미지는, 곧바로 차가운 명상적 상태에서 깨쳐 나와 한 조각의 삶, 한 조각 나의 삶이 된다. 자기 자신에 대한 의식은, 즐겁게 바라볼 수도 있고 동시에 섬뜩하기도 한 기이한 것이다. 우리는 그것을 가지고 있지만, 그것 없이도 살 수 있고, 대부분은 아니더라도 그러한 의식 없이 사는 것에 자주 만족한다. 자기의식은 멋지다. 왜냐하면 그것은 시간을 제거해버리기 때문이다. 반면 그것은 끔찍하기도 하다. 왜냐하면 그것은 진보를 부정하기 때문이다.

깨어난 기능들이 작동하기 시작한다. 그리고 그것들은, 내가 어느 날 저녁 한순간 내 청춘을 충만하게 체험했던 것, 그리고 그것이 겨우 일 년 전이었다는 사실을 확인한다. 그것은 대수롭지 않은 경험이었다. 그것은 내가 지금까지 그 그늘에 가려 그렇게 오래 어둡게 살아왔다고 하기에는 너무나도 사소했다. 하지만 그것은 하나의 체험이었고, 내가 몇 주 전부터, 아니 몇 달 전부터 어떤 체험도 하지 못했기 때문에, 그 체험은 내게 기적 같은 일로 생각되고, 마치 작은 낙원처럼 나를 주시하며, 필요 이상으로 훨씬 중요하게 작용하고 있다. 그것은 오직 내게만 사랑스럽고, 그 때문에 나는 한없는 고마움을 느낀다. 나는 행복한 시간을 보내고 있다. 일련의 책들, 방, 난로, 비, 침실, 고독, 이 모든 것들이 용해되고 분해되어 녹아 없어진다. 나는 자유로워진 나의 사지를 한 시간 가량 움직인다.

그건 일 년 전, 그러니까 십일월 말이었고, 지금과 비슷한 날씨였는데, 다만 상쾌했고 하나의 의미를 가지고 있었다. 비가 많이 내렸지만, 멜로디가 있는 것처럼 아름다웠다. 나는 책상에 앉아서 그 소리에 귀 기울인 것이 아니라, 비옷을 입고 소리가 나지 않는 신축성 있는 고무장화를 신은 채 밖을 돌아다니면서 도시를 관찰했다. 내리는 비와 마찬가지로 내 발걸음과 몸의 움직임 그리고 호흡도 기계적이 아니라 아름답고 자발적이었으며, 의미가 가득했다. 하루하루의 시간 역시 사산(死産)한 것처럼 사라져버리는 것이 아니라, 강약에 따라 박자를 맞추며 흘러갔고, 밤은 우스꽝스러울 정도로 짧았지만 원기를 부여하는, 두 개의 낮 사이에 끼어 있는 잠시의 휴지기일 뿐이었으며, 단지 시계로만 헤아려지는 숫자에 불과했다. 자신의 밤 시간, 자기 인생의 삼분의 일을, 그냥 누운 채 하등의 가치도 없는 시간을 세고 있느니, 좋은 기분으로 사용하는 것은 얼마나 멋진 일인가.

그 도시는 뮌헨이었다. 나는 사업상의 일을 처리하러 거기로 여행을 갔는데, 나는 그 일을 나중에 편지로 처리하게 되었다. 왜냐하면 나는 많은 친구들을 만났고, 너무도 많은 아름다운 것을 보고 듣는 통에, 일은 생각도 나지 않았기 때문이다. 어느 날 저녁 나는 기가 막힌 조명이 비추는 아름다운 홀에 앉아서, 라몽(역주: 프레더릭 라몽[1868~1948], 스코틀랜드의 피아니스트를 헤세가 프랑스 국적으로 잘못 안 듯)이라는 이름의 넓은 어깨를 가진 작은 프랑스 남자가 베토벤의 곡을 연주하는 것을 들었다. 조명은 빛나고, 여인들의 아름다운 옷들은 기쁨에 찬 듯 번쩍였다. 그리고 높은 홀의 천장에는 커다랗고 하얀 천사들이 날아다니면서 최후의 심판과 기쁜 소식을 전했으며, 쾌락이 담긴 풍요의 뿔(역주: 꽃과 과일을 담은 염소의 뿔을 가리키는데, 어린 제우스에게 젖을 먹여 키운 염소인 아말테이아의 뿔에서 부[富]가 무한정 솟아난다고 하는 그리스 신화에서 유래하며, 이 소재는 벽화나 천장화 등에 자주 묘사된다)을 기울여 쏟았고, 펼쳐진 손가락으로 얼굴을 가린 채 흐느끼며 울었다.

술로 밤을 지새운 어느 날 아침 나는 친구들과 함께 영국정원을 거닐면서 노래를 불렀고, 아우마이스터(역주: 영국정원의 북쪽 끝에 있는, 사냥오두막을 개조한 레스토랑)에서 커피를 마셨다. 어느 날 오후에는 초상화나 숲속의 풀밭, 바닷가를 그린 그림들에 온통 둘러싸여 있기도 했는데, 그 가운데 많은 그림들이 마치 흠 없는 하나의 새로운 피조물처럼 고양된 채 낙원에라도 있는 듯 숨을 쉬었다. 저녁이면 나는 시골 사람에겐 한없이 아름답고 동시에 위험한 쇼윈도의 찬란한 불빛을 바라보았다. 나는 전시된 사진과 책들, 이국적인 꽃들이 가득한 쟁반과 은박지로 감싸인 비싼 담배들 그리고 고상하게 미소 짓는 듯한 고급 가죽제품들을 보았던 것이다. 나는 축축한 거리에 전등불빛이 반사되면서 빛나는 모습과, 오래된 교회탑의 투구 모양 지붕들이 어둑어둑한 구름 속으로 사라지는 것을 보았다.

이 모든 것과 더불어, 시간은 마치 가득 차 있던 잔이 한 모금 마실 때마다 만족감을 주며 비어가는 것처럼 빠르고도 가볍게 지나갔다. 어느 날 저녁 나는 가방을 꾸렸고, 아침이면 떠나야 했는데, 그렇다고 그것이 유감스럽지는 않았다. 기차를 타고 마을들과 숲, 이미 눈이 덮인 산들을 지나갈 생각과 고향 생각을 하니 벌써 기분이 좋았다.

그날 저녁 나는 고급주택가인 슈바빙 거리에 있는 새로 지어진 아름다운 집에 초대를 받았는데, 거기서 생기 있는 대화와 고급 음식을 즐기며 기분 좋은 시간을 보냈다. 거기엔 여성들도 몇 명 있었다. 여성들과 대화를 나누는 것을 부끄러워하고 소질도 없던 나는, 남자들 옆에 머무는 쪽을 택했다. 우리는 날씬한 와인잔으로 백포도주를 마셨고, 질 좋은 담배를 피우면서 그 재를 안쪽면이 금도금된 은제 재떨이에 털었다. 우리는 때론 큰 소리로 때론 부드럽게, 때론 열정적으로 때론 아이러니한 태도로 진지하면서도 위트 있게 대화를 나누었고, 깊은 이해심을 가지고 생기 있게 서로의 눈을 바라보았다.

저녁이 거의 끝나갈 무렵 남자들의 대화 주제가, 내가 잘 이해하지 못하는 정치로 바뀌었을 때에야 비로소 나는 초대된 여성들을 쳐다보았다. 그녀들의 이야기 상대는 몇몇 젊은 화가와 조각가였다. 이들은 비록 별볼일없는 작자들이긴 했지만, 모두 대단히 고상하게 차려입은 덕분인지 나는 그들에 대해 연민을 느끼기는커녕, 오히려 경의와 존경을 느껴야만 했다. 하지만 그들 역시 호의를 가지고 나를 참아주었다. 아니 그렇다기보다는 시골에서 여행 온 손님으로 친절하게 나를 격려해주어, 나는 수줍음을 내려놓고 그들과도 정말 형제처럼 대화를 나눌 수 있게 되었다. 그러면서 나는 호기심 어린 시선을 젊은 여성들에게 던졌다.

그들 가운데서 열아홉 살 쯤으로 아주 젊고 밝은 금발에 어린애 같은 머리모양을 한, 동화 속에 나올 법한 푸른 눈의 갸름한 얼굴을 발견했다. 그녀는 파란 장식을 한 밝은 옷을 입고 있었고, 귀를 기울이며 만족한 모습으로 의자에 앉아 있었다. 그녀를 보자마자 벌써 그녀의 본성이 별처럼 내 마음속에 떠올라서, 나는 그녀의 고상한 모습과 순결한 내면의 아름다움을 내면에 담았고, 그녀의 움직임에 동반된 멜로디를 느꼈다. 남모르는 기쁨과 감동으로 내 심장이 가볍고 빠르게 뛰었다. 나는 내심 그녀에게 말을 걸고 싶었지만, 그럴듯한 말이 떠오르지 않았다. 그녀 자신이 별로 말이 없었고, 그냥 웃거나 고개를 끄덕였으며, 예쁘고 경쾌한 들뜬 목소리로 노래 부르듯 짧게 대답했다. 그녀의 얇은 손목 위로는 레이스로 된 소맷부리가 내려앉아 있었고, 그 밖으로 섬세한 손가락을 가진 손이 천진난만하고 생기 있게 내다보고 있었다. 그녀가 놀이하듯 흔들대고 있는 발은, 갈색 가죽으로 만든 고급스런 긴 부츠로 감싸여 있었는데, 그 형태와 크기가 그녀의 손과 마찬가지로 전체 몸매와 보기 좋게 잘 균형을 이루고 있었다.

'아 그대여!' 나는 이렇게 속으로 생각하며 그녀를 바라보았다. '아이 같은 그대, 아름다운 새와 같은 그대여! 그대 인생의 봄날에 내가 그대를 볼 수 있다니 행복하구나.'

거기엔 성숙한 화려함을 지니고 더 빛나며 접근을 더 쉽게 허락할 것 같은 여인이나, 꿰뚫어 보는 듯한 눈을 가진 총명한 다른 여인들도 있었다. 하지만 그 누구도 저 아가씨와 같은 향기를 가지고 있지 않았고, 그처럼 부드러운 음악에 휩싸여 있지 않았다. 이들은 대화하고 웃으며 다양한 색깔의 눈으로 시선의 전쟁을 치르고 있었다. 이들은 나 역시도 호의적인 태도로 희롱하듯 대화에 끌어들였고, 친근한 태도를 보여주었다. 하지만 나는 단지 잠결인 듯 대답했고, 마음은 저 금발의 아가씨에게 가 있었다. 그녀의 모습을 내 마음에 담고 만개한 그녀의 존재를 내 영혼에서 잃어버리지 않기 위해서 말이다.

나도 모르는 사이에 밤늦은 시간이 되었다. 갑자기 모든 사람들이 자리에서 일어나 웅성대더니, 왔다 갔다 하면서 작별 인사를 했다. 나도 재빨리 일어나 같은 행동을 취했다. 밖에서 우리는 외투를 입고 옷깃을 세웠다. 그때 나는 화가 중의 한 명이 저 아름다운 아가씨에게 말하는 것을 들었다.

"제가 데려다 드릴까요?"

그러자 그녀가 말했다.

"저야 좋지만, 당신이 너무 멀리 돌아가셔야 해요. 전 마차를 타고 가도 돼요."

그때 내가 재빨리 다가서며 말했다.

"저랑 같이 가시죠. 저도 같은 방향이니까요."

그녀는 웃으며 말했다.

"좋아요, 고맙습니다."

그러자 화가는 공손히 인사하며, 놀란 눈으로 나를 쳐다보고는 멀어져 갔다.

그렇게 나는 그 사랑스런 여인 옆에서 밤길을 걸어 내려갔다. 어떤 길모퉁이에 야간 운행 마차가 서서 피곤한 듯한 불빛을 비추며 우리를 바라보았다.

그녀가 말했다.

"제가 마차를 타는 게 좋지 않을까요? 여기서 삼십 분 거리인데요."

하지만 나는 그녀에게 그러지 말라고 요청했다. 그러자 그녀가 갑자기 물었다.

"제가 어디 사는지 어떻게 아셨어요?"

"아, 그건 아무 상관없어요. 사실 전 당신이 어디 사는지 전혀 모릅니다."

"하지만, 같은 방향이라고 하셨잖아요?"

"그럼요, 같은 방향이지요. 어쨌든 전 삼십 분간 산책을 했을 겁니다."

우리는 하늘을 쳐다보았다. 하늘은 맑았고 별이 가득했다. 그리고 넓고 고요한 거리를 신선하고 차가운 바람이 훑고 지나갔다.

처음에 나는 그녀와 무슨 얘기를 해야 좋을지 몰라 당황했다. 하지만 그녀는 자유롭고 자연스럽게 걸어가며, 맑은 밤공기를 즐겁게 들이마셨다. 그리고 생각날 때마다 그저 여기저기서 소리를 지르거나 질문을 했고, 나는 거기에 재깍 대답을 했다. 그래서 나도 역시 다시 자유롭고 편한 마음이 되었고, 우리는 보조에 맞춰 편안한 수다를 떨었는데, 지금은 무슨 말을 했는지 하나도 기억이 나지 않는다.

하지만 그녀의 목소리가 어땠는지는 아직도 잘 기억하고 있다. 그녀의 목소리는 청아하고, 새소리처럼 가벼웠으며, 그럼에도 따뜻한 울림을 가졌다. 그리고 그녀의 웃음은 편안하고 확신에 차 있었다. 그녀는 나와 발걸음을 맞춰 걸었고, 나는 그처럼 즐겁고 가볍게 걸어본 적이 없었다. 잠든 도시의 궁전과 성문, 정원과 기념비들이 그림자처럼 조용히 우리를 스쳐 지나갔다.

우리는 도중에 걸음이 편치 않은 누추한 행색의 노인을 만났다. 그는 우리를 비켜 지나가려고 했다. 하지만 우리는 그가 그렇게 하도록 하지 않고 양쪽으로 비켜서 길을 터주었다. 그러자 그는 천천히 몸을 돌려 우리 쪽을 쳐다보았다. "그래요, 실컷 보세요!"라고 나는 말했다. 그러자 금발의 아가씨는 만족스럽게 웃었다.

높은 탑들에서는 시간을 알리는 종소리가 울리며 신선한 겨울바람을 타고 기뻐 뛰듯 맑게 도시 위를 날아갔고, 먼 곳의 대기 속에서 점점 사라지는 윙윙거리는 소리와 섞였다. 마차 한 대가 광장 위로 지나갔는데, 포석(鋪石) 위에서 말발굽이 달가닥거리는 소리를 냈지만, 바퀴 굴러가는 소리는 들리지 않았다. 고무로 된 바퀴였던 것이다.

내 곁에서 그 아름답고 젊은 아가씨는 명랑하고 생기 있게 걸어갔는데, 그 존재가 지닌 음악성이 나까지도 휘감았고, 내 심장은 그녀의 심장과 같은 박자로 뛰었으며, 내 눈은 그녀의 눈이 보는 모든 것을 똑같이 보았다. 그녀는 나라는 사람을 몰랐고 나도 그녀의 이름조차 몰랐지만, 우리 둘은 젊었고 근심이라곤 없었으며, 우리는 두 개의 별 혹은 두 개의 구름처럼 같은 길을 걷고 같은 공기를 마시며 말없이 아무것도 바라지 않으면서도 행복함을 느끼는 동료였다. 나의 마음은 다시 열아홉 살이 되었으며 상처라곤 찾아볼 수 없었다.

내겐 우리 둘이 목적지도 없이 지칠 줄 모르고 계속 걸어야 할 것 같았다. 내겐 우리가 이미 생각할 수도 없을 만큼 오래 나란히 걸었으며, 이 행진이 결코 끝나지 않을 것처럼 생각되었다. 시간을 알리는 종이 치긴 했지만, 시간은 이미 사라지고 없었다.

하지만 그녀는 예기치 않게 멈추어 서더니, 내게 손을 내밀고는 문 안으로 사라져버렸다.

……나는 낯선 아가씨와 함께했던 저 아름다운 저녁산책 다음 날 여행길에 올라 고향으로 돌아왔다. 나는 객실에 거의 혼자 앉아 있었고, 훌륭한 급행열차에 대해 그리고 잠시 동안 선명하게 빛나는 모습을 볼 수 있었던 멀리 있는 알프스에 대해 기뻐했다. 켐프텐에 있는 역 간이식당에서 소시지 하나를

먹었고, 차장에게서 담배 한 개비를 사며 대화를 나누었다. 조금 지나자 날씨가 흐려졌고, 나는 마치 바다처럼 큰 보덴 호수가 안개와 눈이 사각이며 내리는 소리에 둘러싸인 채 회색빛으로 누워 있는 것을 보았다.

집에 도착한 나는 지금 내가 앉아 있는 이 방에서, 난로에 불을 넉넉히 피우고는 열심히 일을 하기 시작했다. 편지와 책 소포들이 도착해 있었고, 내게 할 일을 만들어주었다. 한 주에 한 번 나는 소도시로 나가 장을 보고, 포도주 한 잔을 마시고 당구 한 판을 쳤다.

하지만 그러면서 나는 차츰, 내가 얼마 전까지 뮌헨에서 돌아다닐 때 가졌던 즐거운 명랑함과 만족스런 삶의 기쁨이 사라지려 하고 있고, 어떤 사소하고도 멍청한 불화로 인해 소멸되어가기 시작해서, 내가 점차로 어둡고 꿈꾸는 것 같은 상태로 빠져들어가고 있다는 사실을 알게 되었다. 처음에 나는 사소한 불쾌감이 생겨나기 시작한다고 생각해, 도시로 나가 사우나를 했지만 아무 도움이 되지 못했다. 나는 이 불쾌감의 원인이 몸속에 있는 것이 아니라는 사실을 곧 알게 되었다. 왜냐하면 나는 철저히 내 의지에 반하여, 혹은 아무런 의지 없이, 하루 온종일 일종의 고집스런 욕망을 가지고 뮌헨을 생각하기 시작했기 때문이다. 마치 그 안락한 도시에서 무언가 본질적인 것을 잃어버리기라도 한 것처럼 말이다. 그리고 내 의식에 본질적인 그것이 아주 천천히 형체를 띠기 시작했다. 그것은 바로 저 열아홉 살 난 금발의 사랑스럽고 날씬한 아가씨였다. 나는 그녀의 생김새와, 감사하게도 그녀 곁에서 했던 저 즐거운 저녁산책이 내 내면에서 고요한 추억이 된 것이 아니라, 나 자신의 일부가 되었다는 것을 알게 되었다. 바로 그 부분이 지금 아프고 고통을 주기 시작했던 것이다.

벌써 소리없이 봄이 찾아왔고, 상황은 무르익고 화급해져서 어떤 방법을 써도 더 이상 숨길 수가 없게 되었다. 나는 이제 내가 그 사랑스런 아가씨를 다시 만나기 전까진 다른 일은 생각도 할 수 없다는 것을 알게 되었다. 그 모든 것이 맞다면, 나는 내 조용한 삶에 작별을 고하고 내 별볼일없는 운명을 강물 한가운데로 이끌고 가려는 생각을 두려워해서는 안 될 터였다. 지금까지 중립적인 관객으로서 홀로 나의 길을 가는 것이 내 의도였다면, 지금은 진지한 요구가 그것을 바꾸려는 것처럼 보였다.

그래서 나는 필요한 모든 것을 성실하게 고민해본 후에 다음과 같은 결론에 도달했다. 만약 그런 상황이 혹시 오게 된다면, 내가 젊은 아가씨에게 청혼하는 것이 불가능한 일도 아니고 허용될 법하다고 말이다. 나는 서른을 약간 넘겼고, 건강하며 온순하고, 어떤 여자가 심하게 사치스럽지 않다면 걱정 없이 자신을 내게 맡길 수 있을 만한 재산도 가지고 있었다. 삼월 말경에 나는 다시 뮌헨으로 갔다. 그런데 이번에는 기차를 타고 가는 긴 시간 동안 생각할 일이 정말 많았다. 나는 우선 그 아가씨와 좀 더 친밀한 관계를 가지기 위한 계획을 세웠다. 그러고 나면 아마도 나의 욕구가 조금 덜 격렬해지고, 그것을 극복하는 것도 전혀 불가능할 것 같지는 않았다. 내 생각엔 아마도 단순히 그녀를 다시 보기만 해도 내 동경이 충족될 것 같았고, 그러면 내 마음이 스스로 다시 평정을 되찾을 것 같았다.

물론 그것은 실제로는 무경험자의 멍청한 추측에 지나지 않았다. 지금도 나는 잘 기억하고 있다. 내가 얼마나 만족해하며 머리를 써 이 여행 계획을 고안했으며, 내가 뮌헨과 그 금발의 아가씨에게 가까워졌다는 사실을 알게 되었을 때 마음속으로 이미 얼마나 기뻐했는지 말이다.

익숙한 포도(鋪道)를 다시 밟게 되자마자, 여러 주 동안 그리워했던 그 기쁨도 다시 모습을 드러냈다. 그 기쁨은 동경과 은폐된 불안으로부터 자유롭지 못했지만, 내가 그렇게 행복한 것이 얼마나 오랜만이었는지 몰랐다. 내가 보는 모든 것이 다시금 나에게 즐거움을 주었고, 멋진 광채를 띠었다. 익숙한 거리와 탑들, 시가 전차에 탄 사람들의 말투, 커다란 건축물들과 말없는 기념물들이 말이다. 나는 만나는 모든 차장들에게 팁으로 5페니히를 주었고, 고급 쇼윈도에 시선을 빼앗겼으며, 나 자신을 위해 고급 우산을 샀고, 시가를 파는 가게에서는 내 수준과 능력에 어울리는 것보다 더 고급스런 담배를 샀을 뿐 아니라, 삼월의 신선한 대기 속에서 뭔가를 기꺼이 도모하고 싶은 욕구를 느꼈다.

이틀이 지나고 나서 벌써 나는 남몰래 그 아가씨에 대한 정보를 캐기 시작했는데, 내가 알아낸 것은 이미 대충 예상하고 있던 것과 그다지 다르지 않았다. 그녀의 부모님은 돌아가셨으며, 좋은 집안 출신이었지만 가난했고, 공예학교를 다니고 있었다. 내가 지난번에 그녀를 만났던 건 레오폴트 거리에 있는 내 지인의 집이었는데, 그와 그녀는 먼 친척 간이었다.

이번에도 나는 거기서 그녀를 다시 만났다. 적은 인원이 모인 저녁 사교 모임에서였는데, 당시에 보았던 거의 모든 사람들이 다시 나타났고, 많은 사람들이 나를 알아보고는 친절하게 손을 내밀었다. 하지만 나는 그녀가 다른 손님들과 함께 마침내 나타날 때까지 어찌할 바를 모른 채 흥분해 있었다. 그녀가 나타나고 나서야 나는 침착해졌고 편안해졌다. 그리고 그녀가 나를 알아보고 고개를 까닥인 후 곧바로 저 겨울 저녁을 화제에 올렸을 때, 내게는 그때의 신뢰감이 다시 찾아들었다. 나는 마치 그 이후로 전혀 시간이 흐르지 않은 것처럼, 그리고 우리 주위로 여전히 같은 겨울밤바람이 불고 있는 것처럼, 그녀와 대화를 나누고 그녀의 눈을 쳐다볼 수 있었다. 하지만 우리는 서로에게 할 얘기가 많지 않았다. 그녀는 그저 그 이후로 내가 어떻게 지냈는지, 내내 시골에서 살았는지 물어보았다. 그런 대화가 끝나자 그녀는 잠시 침묵했고, 웃으면서 나를 바라본 후 자기 친구들에게로 갔는데, 그래서 나는 이제 좀 거리를 둔 채 그녀를 마음 내키는 대로 관찰할 수 있었다. 내 눈엔 그녀가 약간 바뀐 것처럼 보였는데, 어디가 얼마나 바뀌었는지는 잘 알지 못했다. 나중에 그녀가 가고 그녀의 두 가지 모습이 내 안에서 서로 경쟁하는 것처럼 느낄 때에야 비로소, 나는 그녀가 오늘은 머리를 다른 모양으로 묶어 올렸고 볼이 통통해졌다는 사실을 알게 되었다. 나는 그녀를 조용히 관찰하면서 기쁜 감정과 놀라운 감정을 동시에 가졌다. 그처럼 아름다우며 내적으로 젊은 어떤 존재가 있다는 사실에 대해, 그리고 봄을 맞은 이러한 인간존재를 만나서 그 밝은 눈을 들여다보는 것이 내게 허락되어 있다는 사실에 대해 말이다.

저녁을 먹을 때와 나중에 모젤 포도주를 마실 때 난 남자들의 대화에 끼어 있었는데, 지난번 여기 있었을 때와 다른 얘기가 오갔음에도 그 당시의 대화가 계속 이어지고 있다는 생각이 들었다. 그리고 나는 이 생기 있고 세련된 도시사람들에게 볼거리도 많고 새로움이 넘쳐남에도 불구하고, 그들의 정신과 삶에 일종의 한계 같은 것이 존재한다는 사실, 그리고 그 모든 다양성과 변화에도 불구하고 여기도 그 세계는 엄격하고 비교적 좁다는 사실을 알아차리고 약간의 만족감을 느꼈다. 이들 사이에서 나는 정말로 편안하게 느꼈지만, 그럼에도 내가 오랫동안 이 자리에 없었다는 사실 때문에 아무것도 잃은 것이 없다는 생각이 들었고, 이 모임의 사람들이 모두 당시부터 이 자리에 머물러 여전히 당시와 같은 대화를 계속 이어가고 있다는 생각을 억누를 수 없었다. 이러한 생각은 물론 부당한 것이었고, 내 주의력과 관심이 이번엔 자주 대화에서 벗어나서 생긴 일이었을 뿐이다.

나는 기회가 있을 때마다, 여인들과 젊은 사람들이 대화를 나누고 있는 옆방에도 관심을 기울였다. 젊은 예술가들이 그 아가씨의 아름다움에 이끌려서 그녀와 때론 친한 동료처럼, 때론 경의를 표하는 태도로 교제하고 있다는 것을 나는 놓치지 않고 포착했다. 오직 한 사람, 취델이라는 초상화가만이 무심한 듯 비교적 나이 든 여성들 곁에 머무르며, 나와 같은 숭배자들을 온화하면서도 무시하는 태도로 바라보았다. 그는 갈색 눈을 지닌 아름다운 어떤 여인과 무심한 듯 대화를 나누었는데, 말을 하기보다는 듣는 쪽이었다. 내가 듣기로, 그녀는 대단히 위험하며, 많은 사랑의 모험을 경험했고 아직도 그 모험을 하고 있다고 명성이 자자했다.

하지만 나는 정신이 반쯤 나간 상태에서 그 모든 것을 대충 인지했다. 그 아가씨가 내 관심을 온통 사로잡았던 것이다. 하지만 나는 그녀와 많은 사람이 어울려 하는 대화에는 끼어들지 않았다. 나는 그녀가 사랑스러운 음악에 얼마나 사로잡혀 살아가고 있는지와 어떻게 움직이는지를 느꼈다. 그리고 그녀라는 존재가 지닌 온화하며 내적인 매력이 마치 꽃향기처럼 강렬하고도 달콤하게 그리고 가까이 나를 둘러쌌다. 그것이 나를 너무나도 기쁘게 했지만, 그런 만큼 그녀를 바라보는 것이 나를 진정시키거나 만족감을 줄 수 없다는 사실, 그리고 내가 이제 다시 그녀로부터 멀어지게 되면 내 고통이 더 심해질 것임에 틀림없다는 사실을 의심의 여지없이 느낄 수 있었다. 그녀의 우아한 자태 속에서 나 자신의 행복과 내 인생의 피어나는 봄이 나를 바라보고 있는 듯한 생각이 들었고, 붙잡지 않으면 다시 오지 않을 이 봄을 내 것으로 만들어야 할 것 같았다. 이미 많은 아름다운 여자들이 짧은 시간 동안 내 내부에서 입맞춤과 사랑의 밤을 향한 피 끓는 욕망을 일깨웠고, 그로 인해 열에 들뜨게 하거나 고통스럽게 했지만, 이 경우는 그런 욕망이 아니었다. 오히려 그것은 이 사랑스러운 모습에서 나의 행복이 나를 만나고자 한다는 기쁜 신뢰, 그녀의 영혼이 나와 닮았고 친근하며 나의 행복이 그녀의 행복임에도 틀림없다는 신뢰였다.

그래서 나는 그녀 가까이 머무르며 적당한 순간에 그녀에게 질문을 하기로 마음먹었다.

한번은 얘기가 되어야 할 듯하니, 계속해보겠다!

그녀와 다음번에 만났을 때 나는 그녀를 약간이나마 더 즐겁게 해주는 데에 성공했고, 우리는 아주 친숙하게 수다를 떨었으며, 나는 그녀의 삶에 관해 많은 것을 알게 되었다. 나는 그녀를 집에까지 바래다줘도 좋다는 허락도 받아냈는데, 다시 그녀와 같은 길을 지나 고요한 거리를 걷는 것이 내겐 꿈결 같았다. 내가 자주 지난번에 집으로 가던 길을 생각했으며, 그 길을 다시 한 번 걷고 싶었다는 사실을 그녀에게 털어놓았다. 그녀는 만족스럽게 웃었고, 내게 이것저것 물어보았다. 그리고 마침내 고백의 순간이 왔을 때, 나는 그녀를 바라보며 말했다.

"전 오직 당신 때문에 뮌헨에 왔습니다, 마리아 양."

나는 내가 너무 뻔뻔하게 얘기한 것은 아닌지 곧바로 두려움을 느꼈고, 당황해했다. 하지만 그녀는 이에 대해 아무 말도 하지 않은 채, 약간은 호기심 어린 눈초리로 나를 조용히 바라보기만 했다. 잠시 후에 그녀는 이렇게 말했다.

"목요일에 내 동료 한 사람이 아틀리에 파티를 열어요. 당신도 같이 가시겠어요? 그러실 거면 여덟 시에 여기서 나와 함께 가세요."

우리는 그녀의 집 앞에 서 있었다. 나는 고맙다고 말하고 작별인사를 했다.

그렇게 나는 마리아로부터 파티에 초대를 받았다. 커다란 기쁨이 몰려왔다. 이 파티에 큰 기대를 건 것은 아니었지만, 그래도 그녀가 그런 제안을 했다는 생각과 약간이라도 그녀에게 감사를 표해야겠다는 생각만으로 너무 달콤했다. 이 초대에 대해 그녀에게 어떻게 감사를 표할 수 있을지 곰곰이 생각해본 후 목요일에 그녀를 위해 아름다운 꽃다발을 가져가기로 결심했다.

기다리는 삼 일 동안 나는 그 이전에 가졌던 명랑하고 만족스러운 기분을 잃어버렸다. 내가 그녀 때문에 여기 왔다는 말을 그녀에게 한 후, 나의 평온함과 자연스러움이 사라져버리고 말았던 것이다. 그래도 그건 사실상 고백이나 다름없었기 때문에, 나는 그녀가 나의 상태를 알고 있을 거라는 생각, 그리고 아마도 내게 무슨 대답을 해야 할지 고민할 거라는 생각을 끊임없이 해야만 했다. 나는 그 기간을 대개 시외, 즉 님펜부르크와 슐라이스하임의 대규모 공원과 숲속에 위치한 이자르 강 계곡으로 소풍을 다니며 보냈다.

마침내 목요일이 되어 저녁시간이 다가왔을 때, 나는 옷을 차려입고 가게에서 붉은 장미로 만든 커다란 꽃다발을 사서는 전세 마차를 타고 마리아네 집으로 갔다. 그녀는 곧 내려왔고, 나는 그녀가 마차에 오르는 것을 도와준 후 그녀에게 꽃을 건넸다. 그녀는 흥분한 상태였고 어쩔 줄 몰라 했는데, 나 역시 당황한 상태였음에도 불구하고 그러한 점을 잘 알 수 있었다. 나는 그녀를 그 상태로 가만히 두었다. 그녀가 파티 때문에 즐거움에 몸이 달떠 소녀처럼 흥분해 있는 것을 보는 것은 내겐 즐거움이었다. 지붕이 없는 마차를 타고 시내를 통과해 갈 때, 비록 한 시간 동안일 뿐이지만 이로써 마리아가 마치 나와의 우정과 의견일치를 고백하는 것이라는 생각이 들면서, 내게도 커다란 기쁨이 차츰 밀려왔다. 이 날 밤 그녀를 내 보호 아래 동행하는 것은 내겐 엄숙한 명예로운 임무였다. 왜냐하면 이런 역할을 하겠다고 나서는 남자친구들이 없을 리 없었기 때문이다.

마차는 장식 없는 커다란 임대가옥 앞에 멈췄고, 우리는 그집의 복도와 안마당을 통과해 들어갔다. 뒤채의 끝없이 이어진 계단을 올라가자, 꼭대기 층에 있는 복도에서 조명과 목소리가 쏟아져 나와 우리를 맞았다. 우리는 옆방에 겉옷을 벗어 놓았는데, 이곳에 있는 철제 침대 하나와 몇 개의 상자에는 이미 외투와 모자가 걸쳐져 있었다. 그러고 나서 우리는 아틀리에로 들어섰다. 그곳은 밝은 조명이 비추고 있었고 사람들로 가득 차 있었다. 서너 명은 안면이 있는 사람이었지만, 집주인을 포함해 나머지는 모두 모르는 사람이었다.

마리아는 집주인에게 나를 소개하고는 덧붙여 말했다.

"제 친구예요. 함께 와도 괜찮은 거겠지요?"

그녀의 말은 내게 약간의 놀라움을 안겨주었다. 왜냐하면 나는 그녀가, 내가 함께 온다는 사실을 미리 알렸다고 생각했기 때문이다. 하지만 집주인인 화가는 망설이지 않고 손을 내밀고는 대수롭지 않게 말했다.

"당연히 괜찮지요."

아틀리에의 분위기는 정말로 생기 있고 자유로웠다. 누구나 마음에 드는 곳에 자리를 잡았고, 서로 모르는 사람인데도 옆자리에 앉았다. 누구나 여기저기 놓여 있는, 조리가 필요 없는 요리와 포도주 혹은 맥주를 원하는 대로 먹고 마셨다. 누군가는 이제야 도착하거나 저녁을 먹는 반면, 어떤 사람은 이미 담배를 피우고 있었고, 그 연기는 파티 초반이라 아주 높은 천장으로 가볍게 사라지고 있었다.

우리 쪽을 보는 사람은 아무도 없었기 때문에, 나는 먼저 마리아에게 음식을 챙겨주고 내 음식도 챙겨서는 아무런 방해도 받지 않은 채 작고 낮은 제도용 탁자에 앉아 먹었다. 그 자리에는 붉은 수염을 기른 쾌활한 남자도 한 명 있었는데, 우리 둘 다 모르는 사람이었지만 그는 명랑하고 격렬하게 고개를 끄덕여 인사했다. 늦게 온 사람들의 경우 빈 탁자가 없는 경우도 있었는데, 그들 중 누군가는 여기저기서 우리 어깨너머로 손을 뻗어 햄을 넣은 빵을 집었다. 준비한 음식이 바닥났는데도 아직 많은 사람들이 배고프다는 호소를 하자, 손님 중 두 명이 먹을 것을 사러 나갔는데, 그중 한 명은 자신의 동료들에게 약간씩 돈을 추렴했다.

집주인은 이처럼 명랑하고 약간은 시끄러운 손님들을 무심하게 바라보면서 선 채로 버터 바른 빵을 먹으며 다른 손에는 포도주 잔을 들고 손님들 곁에서 수다를 떨며 왔다 갔다 했다. 나 역시 그러한 거리낌 없는 행동을 싫어한 것은 아니었지만, 마리아가 이곳에서 자기 집처럼 편안하게 느끼는 것처럼 보여 속으로는 마음이 불편했다. 이 젊은 예술가들이 그녀의 동료이며, 개중에 어떤 이들은 아주 존경할 만한 사람들이라는 것을 나도 알고 있었고, 뭔가 다른 것을 요구할 만한 권리가 내겐 전혀 없었다. 그럼에도 불구하고 그녀가 어쨌거나 이러한 격식 없는 교제를 만족해하며 받아들이는 모습을 보는 것은, 내게 가벼운 고통과 약간의 실망감을 안겨주었다. 그녀가 식사를 금방 끝내고 일어나 남자친구들과 인사를 나누는 통에, 나는 곧 혼자 있게 되었다. 그녀는 처음 만난 두 사람에게 나를 소개하면서 나를 자신들의 대화에 끌어들이려 했지만, 그건 당연히 불발로 끝났다. 그런 다음에 그녀는 여기저기 아는 사람들에게 다가갔다. 그녀가 나를 신경 쓰지 않는 것 같았기 때문에 구석으로 물러나 벽에 기댄 채 생기 넘치는 무리를 조용히 바라보았다. 나는 마리아가 저녁 내내 내 가까이에 있을 거라고 기대하진 않았었다. 나는 그녀를 보는 것으로, 그리고 한 번 정도 그녀와 수다를 떠는 것으로, 그런 다음에는 다시 그녀를 집에까지 데려다주는 것으로 만족했다. 그럼에도 불구하고 점차 불만이 몰려왔고, 다른 사람들이 명랑한 기분이 되면 될 수록, 점점 무가치하고 낯설게 느끼며 어정쩡하게 서 있었다. 아주 드물게 누군가 지나가듯이 말을 걸 뿐이었다.

나는 손님들 가운데 지난번에 봤던 초상화가 췬델과, 위험 하며 평판이 안 좋다고 누군가 내게 알려주었던 갈색 눈을 지 닌 아름다운 여인도 와 있다는 것을 알아차렸다. 그녀는 이 그 룹 내에서 잘 알려져 있는 것처럼 보였고, 대부분의 사람들은 웃음을 띤 채 일종의 친밀감을 가지고 그녀를 바라보았다. 하 지만 그녀의 아름다움 때문에 솔직하게 놀라는 표정을 짓기 도 했다. 췬델 역시 잘생긴 사람이었고, 크고 건장했으며, 검 고 날카로운 눈을 가졌고, 세련되고 자신의 인상을 믿는 사람 에게서 흔히 볼 수 있는 것처럼 확신에 차 있고 자부심이 있으 며 태도가 당당했다. 나는 그를 주의 깊게 관찰했다. 왜냐하면 나는 태생적으로 그런 남성들에 대해 유머와 부러움이 섞인 기이한 관심을 가졌기 때문이다. 그는 접대가 시원찮다는 이 유로 집주인에게 야유를 보내고 있었다.

"의자조차도 충분치가 않군 그래"라고 그는 경멸투로 말했 다. 하지만 집주인은 별로 신경 쓰지 않았다. 그는 어깨를 으 쓱하고는 말했다. "내가 초상화를 그린다면 말이지, 훨씬 그럴 싸하게 그릴 텐데." 그러자 췬델이 잔에 대해 불평을 늘어놓았다. "양동이에다 포도주를 마시는 법은 없지. 포도주엔 좋은 잔이 필요하다는 얘길 자넨 못 들어봤나?" 집주인이 지지 않고 대답했다. "자넨 잔에 대해서는 뭔가 알지 모르겠지만, 포도주에 대해선 아는 게 없어. 내겐 늘 좋은 잔보다는 좋은 포도주가 우선이지."

예의 그 아름다운 여인은 웃으며 이 얘기에 귀를 기울였다. 그녀의 얼굴은 기이하게도 만족스럽고 지극히 행복한 것처럼 보였는데, 그것은 이들의 우스갯소리 때문이라고 할 수는 없었다. 왜냐하면 내가 곧 알아차린 바에 의하면, 그녀는 탁자 아래에서 그녀의 손을 화가의 상의 왼쪽 소매 속에 집어넣은 채였고, 화가의 발은 그녀의 발을 가볍게 설렁설렁 희롱하고 있었기 때문이다. 그렇기는 해도 그는 부드럽다기보다는 공손한 것처럼 보였는데, 그와 반대로 그녀는 불쾌할 정도로 열렬히 그에게 매달렸고, 그녀의 시선은 곧 내게 참을 수 없을 지경이 되었다.

그건 그렇고 췬델 역시 이제 그녀에게서 벗어나 몸을 일으켰다. 아틀리에에는 연기가 자욱했는데, 여성들과 아가씨들도 담배를 피우고 있었다. 웃음소리와 대화를 나누는 커다란 소리가 어지럽게 울렸으며, 모두가 이리저리 돌아다녔고, 의자나 상자 위, 석탄 보관통 혹은 바닥에 앉아 있었다. 누군가 작은 피리를 불었고, 웃고 있는 한 무리에 속해 있던 약간 취한 청년이 이처럼 시끌벅적한 가운데 진지한 시 한 편을 낭독했다.

나는, 너무나 말짱한 상태로 태연하게 일정한 걸음걸이로 이리저리 왔다 갔다 하고 있는 췬델을 관찰했다. 그 사이사이에 나는 계속해서 마리아 쪽을 건너다보았는데, 그녀는 다른 두 명의 아가씨와 안락의자에 앉아, 포도주잔을 들고 자신들 주위에 둘러선 젊은 신사들의 말상대가 되어주고 있었다. 여흥이 길어지고 시끄러워질수록 내게는 우수와 답답함이 더 몰려왔다. 나는 마치 내 동화 속 아이와 함께 불결한 장소에 빠져든 것 같았고, 그녀가 떠날 마음이 생겨 내게 신호해주기를 기다리기 시작했다.

화가 췬델은 이제 옆으로 물러나 담배에 불을 붙였다. 그는 사람들 얼굴을 둘러보았는데, 안락의자 쪽도 주의 깊게 바라보았다. 그때 마리아가 시선을 들었는데, 나는 그것을 분명히 보았다. 그녀는 잠깐 그의 눈을 쳐다보았다. 췬델은 웃음을 지었지만, 그녀는 긴장한 채 흔들림 없이 그를 바라보았다. 그러고 나서 나는 그가 한쪽 눈을 감고 묻는 듯 머리를 들어 올리는 것과 그녀가 가볍게 고개를 끄덕이는 것을 보았다.

그때 내 마음이 답답하고 어두워졌다. 나야 아무것도 아는 것이 없었다. 그것은 농담 혹은 우연이거나, 전혀 의도하지 않은 몸짓일 수도 있었다. 하지만 이러한 생각으로 나를 위로할 수는 없었다. 저녁 내내 한마디도 나누지 않았고 거의 눈에 띌 정도로 서로 멀리 떨어져 있던 이 두 사람 사이에, 일종의 묵계 같은 것이 있다는 것을 나는 보았던 것이다.

그 순간 나의 행복과 유치한 희망은 부서져버렸고, 그 가운데 희미한 숨결이나 한 조각의 빛도 남아 있지 않았다. 내가 기꺼이 짊어졌을, 진심에서 우러나온 순수한 슬픔조차도 남아 있지 않았고, 단지 수치와 실망, 역겨운 맛과 구역질만이 남았다. 만약 마리아가 쾌활한 신랑감이나 연인과 같이 있는 것을 보았다면, 나는 그를 부러워하면서도 기뻐했을 것이다. 하지만 그녀의 남자는 호색한이자 여성들의 우상이었고, 삼십 분 전만 해도 그의 발이 갈색 눈의 여자와 희롱했던 남자였다.

그럼에도 불구하고 나는 마음을 다잡았다. 그건 착각일 수도 있었고, 나는 마리아가 나의 못된 의심을 반박할 기회를 줘야 했다.

나는 그녀에게 다가가, 봄기운이 도는 사랑스런 얼굴을 슬픈 표정으로 바라보았다. 그리고 이렇게 물었다.

"마리아 양, 시간이 늦었군요. 집에까지 바래다 드리지 않아도 될까요?"

아, 그때 나는 처음으로 부자연스럽게 꾸미는 듯한 그녀의 모습을 보았다. 그녀의 얼굴은 신의 숨결과 같은 고상함을 잃었고, 그녀의 목소리 역시 뭔가 감춘 듯 진실되지 않게 들렸다. 그녀는 웃으며 큰 소리로 말했다.

"아, 죄송해요. 제가 그 생각을 전혀 못했네요. 누가 데리러 오기로 했어요. 벌써 가시게요?"

"네, 가야겠습니다. 안녕히 계세요, 마리아 양."

나는 아무와도 작별인사를 나누지 않았고, 누구도 나를 붙잡지 않았다. 나는 긴 계단을 천천히 내려왔고, 안뜰을 건너 길가에 면한 집을 통과해 나왔다. 밖에서 나는 이제 어떡해야 할지 생각했다. 그리고 다시 몸을 돌려 안뜰에 있는 빈 마차 뒤에 몸을 숨겼다. 거기서 나는 오랫동안, 거의 한 시간 동안을 기다렸다. 마침내 췬델이 나왔다. 그는 담배꽁초를 던지고는 외투의 단추를 채운 후 진입로를 통해 나갔다. 하지만 곧 다시 되돌아와 입구 쪽에 서 있었다.

오 분, 혹은 십 분쯤이 지나갔다. 나는 모습을 드러내 그를 불러 세운 후 개새끼라고 욕을 하면서 멱살을 잡고 싶은 마음을 주체할 수 없었다. 하지만 나는 그렇게 하지 않았고, 숨어 있는 곳에서 조용히 기다렸다. 그리고 얼마 지나지 않아 다시 계단에서 발걸음 소리가 나는 것을 들었다. 문이 열리고 마리아가 나와서 주위를 둘러보더니, 입구 쪽으로 걸어가 말없이 화가의 팔에 팔짱을 꼈다. 그들은 함께 서둘러 떠났다. ……이전에 세상에 존재하던 그 무언가가, 일종의 순결한 향기와 사랑스러운 매력이 사라져버렸다. 그리고 나는 지금도 그것이 다시 찾아오게 될지 모르겠다.

사랑 노래

오 그대여, 나는 모르겠습니다,
그대가 내게 무슨 짓을 했는지.
나는 환한 낮을 피해
오로지 밤을 찾습니다.

밤은 내게 금과 같이 빛납니다
어떠한 낮도 그런 적이 없던 만큼,
밤이면 나는 꿈꾼답니다
금발의 정숙한 여인의 꿈을.

밤이면 나는 꿈꾼답니다,
그대의 시선이 내게 약속했던 복된 것들을,
그때 나는 노랫소리를 듣습니다
저 멀리 낙원에서 들려오는.

밤이면 나는 구름이 흘러가는 것을 봅니다
그리고 오랫동안 밤하늘을 바라봅니다 ―
오 그대여, 나는 모르겠습니다,
그대가 내게 무슨 짓을 했는지를.

아이리스

동화

　　　　　어린 시절 안젤름은 봄이 되면 푸른 정원을 뛰어 돌아다녔다. 어머니가 심어놓은 꽃 중에 자주 아이리스라는 꽃이 있었는데, 그는 이 꽃을 특히 좋아했다. 그는 높이 자라 있는 이 꽃의 연두색 잎사귀에 자신의 뺨을 갖다 대거나, 꽃의 뾰족한 끄트머리를 손가락으로 어루만지며 눌러보았고, 숨 쉴 때 경이로운 커다란 꽃의 향기를 맡으며 오래 들여다보았다. 그 안에는 창백한 푸른색의 꽃받침으로부터 노란 손가락들이 열을 지어 솟아올라 있었고, 그 사이로 밝은 길 하나가 저 멀리 아래 꽃받침 쪽, 푸르고도 먼 꽃의 비밀 속으로 뻗어 있었다. 그는 그 노란 손가락 모양을 너무 사랑해서 오래 들여다보았는데, 그 섬세한 노란 손가락들은 때론 왕의 정원에 서 있는 황금빛 울타리처럼 보였고, 때론 어떤 바람에도 흔들리지 않는 아름다운 꿈의 나무들이 2열로 늘어서 있는 것처럼 보였다. 그 사이로 유리처럼 섬세하고 생생한 잎맥들이 지나고 있는, 밝고 비밀에 가득한 길이 내부로 뻗어 있었다. 아치가 거대하게 펼쳐져 있었고, 황금나무들 사이로 난 오솔길은 상상할 수 없을 만큼 깊은 심연 속 저 뒤쪽으로 한없이 사라져갔다. 그 길 위로는 제왕 같은 보라색 아치가 휘어져 있었고, 고요히 기다리고 있는 기적 위로 마법 같은 옅은 그림자를 드리우고 있었다. 안젤름은 이것이 꽃의 입이라는 것과, 화려하고 노란 꽃잎 뒤 푸른 심연에 꽃의 마음과 생각이 자리잡고 있고, 이 귀엽고 유리관처럼 생긴 밝은 길을 통해 꽃의 숨결과 꿈이 드나든다는 것을 알고 있었다.

그리고 커다란 꽃 옆에는 그보다 작고 아직 피지 않은 꽃들이 서 있었다. 이 녀석들은 물이 오른 단단한 꽃자루 위에 갈색이 도는 초록색 표피의 작은 꽃받침 속에 들어 있었다. 이 꽃자루에서 어린 꽃이 조용하고도 힘차게 솟아오르고 있었는데, 아직 연한 초록과 연보랏빛으로 단단하게 몸을 감싸고 있었지만, 위쪽에는 막 피어난 짙은 보라색의 부드러운 끝부분이 팽팽하고도 부드럽게 말린 채 얼굴을 내밀고 있었다. 단단하게 말린 이 어린 꽃잎 위로도 벌써 잎맥과 수많은 무늬들을 볼 수 있었다.

아침에 그가 집에서 나오거나 잠과 꿈에서 그리고 낯선 세계들로부터 다시 돌아올 때면, 정원은 사라지지 않고 항상 새로운 모습으로 거기 있으면서 그를 기다렸다. 그리고 어제 푸른색의 단단한 꽃봉오리 끝이 촘촘히 말린 채 초록색 껍질 속에서 밖을 응시하던 곳에, 지금은 대기처럼 얇고 푸른 어린잎이 마치 혀나 입술처럼 달려 있었고, 자신이 오랫동안 꿈꿔오던 형태와 흰 아치형의 모습을 더듬듯 찾아가고 있었다. 어린잎이 자기를 둘러싼 껍질과 아직 조용히 투쟁하고 있는 맨 아래쪽에서는, 벌써 노란색의 섬세한 꽃잎 부분과 연한 관 모양의 잎맥 그리고 멀리서 향기를 내고 있는 영혼의 심연이 준비되고 있는 기미가 보였다. 아마도 정오경이면 이미, 혹은 저녁 때쯤이면 그것은 열려 있을 것이고, 꿈같은 금빛 숲 위로 푸르른 비단 천막을 아치처럼 드리울 것이다. 그리고 그들의 첫 번째 꿈과 생각과 노래가 매혹적인 심연으로부터 숨 쉬듯 조용히 흘러나올 것이다.

어떤 날은 파란 초롱꽃만이 풀 위에 무성했다. 어떤 날은 갑자기 정원에 새로운 울림과 향기가 퍼졌고, 불그스름하게 햇볕을 쪼인 잎사귀 위로 적황색의 부드러운 월계꽃이 처음으로 달려 있기도 했다. 어떤 날은 자주아이리스가 하나도 없는 때도 있었다. 그것들은 모두 사라져버렸고, 금빛 울타리로 둘러싸인 오솔길은 더 이상 향기 나는 비밀들 저 아래쪽으로 부드럽게 인도하지 않았으며, 뻣뻣한 잎사귀들만이 낯선 모습으로 뾰족하고 차갑게 서 있었다. 하지만 덤불 속에서는 빨간 산딸기가 익어갔고, 별 모양의 꽃들 위로는 들어보지 못한 새로운 나비들이 놀이하듯 자유롭게 날아다녔으며, 진줏빛의 등을 가진 적갈색의 박각시나방과 투명한 날개를 가지고 붕붕거리는 박각시나방도 보였다.

안젤름은 나비들이나 조약돌과 이야기를 나눴고, 딱정벌레와 도마뱀을 친구로 삼았다. 새들은 그에게 자신들의 이야기를 들려주었고, 양치식물들은 지붕처럼 드리워진 커다란 잎새 아래 모아놓은 갈색의 씨앗을 그에게 은밀히 보여주었으며, 녹색과 수정 빛이 나는 유리조각들은 햇살을 붙들어놓아, 그곳은 그에게 궁전과 정원과 번쩍이는 보물창고가 되었다. 아이리스가 지면 금련화가 피었고, 월계꽃이 시들면 나무딸기가 갈색이 되었다. 모든 것이 자리를 옮겼고, 항상 거기 있는가 하면 항상 떠나갔고, 사라졌다가 때가 되면 다시 돌아왔다. 바람이 전나무에서 차갑게 윙윙거리고 온 정원에 시든 잎이 죽은 채 빛이 바래 떨며 부스럭거리는 두렵고 변덕스런 날에도, 아직은 노래가 있었고 어떤 종류의 체험과 이야기가 있었다. 그리고 다시 모든 것이 소멸했고, 눈이 창가에 내려앉았으며, 유리창엔 야자나무 숲처럼 생긴 성에가 자랐고, 은빛 종을 든 천사들이 저녁공기를 가르며 날아다녔으며, 복도와 바닥에서는 마른 과일향기가 풍겼다. 이 선한 세계에서는 우정과 신뢰가 사라지는 일은 절대로 없었다. 그리고 언젠가 예기치 않게 검은 담쟁이덩굴 잎사귀 옆에서 눈풀꽃이 다시 환하게 빛나고, 처음으로 새들이 푸른 창공 높이 다시 날기 시작하면, 마치 모든 것이 내내 그대로 있었던 것 같았다. 그러면 언젠가, 기대하지 않았지만 그래야만 한다는 듯이 언제나 정확히, 그리고 항상 바라던 그대로, 자주아이리스 줄기에서 푸르스름한 첫 번째 꽃송이가 내다보았다.

모든 것이 아름다웠고, 안젤름에겐 모든 것이 반가웠으며, 모두가 그의 친구였고 익숙한 존재였다. 하지만 해마다 소년 안젤름에게 가장 위대했던 마법과 은총의 순간은 자주아이리스가 처음 꽃을 피우는 때였다. 언젠가 아주 어린 시절의 꿈에서 처음으로 그는, 그 꽃받침 속, 즉 기적의 책 속을 들여다보았다. 그 꽃의 향기와 바람에 흔들리는 다채로운 푸른색은 그에게 창조의 부름이자 창조의 열쇠였다. 자주아이리스는 그렇게 그와 더불어 그의 순결한 시절을 함께 보냈고, 여름이 올 때마다 새롭고 더 풍성한 비밀을 지녔으며 더 감동적이 되었다. 다른 꽃들도 입을 지녔고, 다른 꽃들도 향기와 생각을 발산했으며, 다른 꽃들도 벌과 딱정벌레를 자신들의 작고 달콤한 방으로 유혹했다. 하지만 파란 자주아이리스는 소년 안젤름에게 어떤 다른 꽃보다 더 사랑스럽고 중요하게 생각되었으며, 그 꽃은 명상할 가치가 있는 것과 모든 기적적인 것의 비유이자 예시가 되었다. 그가 그 꽃의 꽃받침을 들여다보고,

생각에 잠긴 채 이 밝고 꿈결같은 오솔길을 따라 기이한 노란 나무들 사이로 어둑해져 가는 꽃 내부로 다가갈 때, 그의 영혼은 하나의 문을 보았다. 그곳에서는 보이는 것이 수수께끼가 되고, 보는 것은 예감이 되었다. 밤에도 그는 때때로 이 꽃받침에 관한 꿈을 꾸었는데, 그는 어마어마하게 큰 이 꽃받침이 마치 천상에 있는 궁전의 문처럼 열리는 것을 보았고, 말을 타고 들어가거나 백조들을 타고 그리 날아 들어갔고, 그와 함께 온 세상이 마법에 이끌려 말을 타거나 날아서, 모든 기대가 실현될 것임이 분명하고 모든 예감은 진실이 될 것임에 틀림없는 우아한 심연 속 저 아래로 조용히 미끄러져 들어갔다.

지상에 있는 모든 형상은 일종의 비유이다. 그리고 모든 비유는 열린 문이다. 만약 영혼이 준비되어 있다면, 그 문을 통해 세상의 내부로 들어갈 수 있다. 그곳에서는 너와 나 그리고 밤과 낮은 모두 하나이다. 모든 사람은 살아가는 동안 그 길로 들어가는 열린 문을 여기저기서 만나게 된다. 누구에게나 언젠가는, 눈에 보이는 모든 것이 하나의 비유이며 그 비유 뒤에는 정신과 영원한 삶이 살고 있다는 생각이 떠오르게 된다. 물론 소수의 사람만이 그 문을 통해 들어가며, 예감된 내부의 실제를 위해 아름다운 가상을 포기한다.

소년 안젤름에게 그의 꽃받침은 그렇게 고요한 열린 질문처럼 보였고, 그의 영혼은 지극히 행복한 대답에 대한 솟구치는 예감 속에서 그 질문에 다가갔다. 그러면 다시 사랑스런 다양한 것들이, 대화하고 유희하면서 풀과 돌들, 뿌리와 수풀, 동물들 그리고 그 세계가 지닌 모든 다정함 쪽으로 그를 데리고 갔다. 자주 그는 깊이 침잠해 스스로를 관찰했고, 자기 몸의 기이함에 몰두한 채 앉아 있었으며, 무엇을 삼키거나 노래할 때 그리고 숨 쉴 때 입과 목에서 생기는 독특한 움직임과 감각 그리고 드는 생각을 눈을 감은 채 느껴보았다. 그리고 거기에서 영혼이 영혼에게로 갈 수 있는 길과 문을 감지하려고 애썼다. 눈을 감으면 자주색 어둠 속에서 자주 그에게 나타나곤 하는 의미심장한 색채의 형상들과, 파랑과 진홍의 얼룩들과 반원, 그리고 그 사이에 있는 투명하고 밝은 선들을 그는 경탄하며 관찰했다. 때로 안젤름은 기쁨에 겨워 놀라는 몸짓으로, 눈과 귀 그리고 냄새와 촉각이 섬세하면서도 수없이 다양하게 얽혀 있는 것을 느꼈고, 아름다운 잠깐의 순간에 음향과 음성 그리고 철자가 빨강과 파랑 그리고 단단함이나 부드러움과 유사해지거나 같아지는 것을 느꼈다. 또는 풀이나 벗겨진 초록색 나무껍질의 냄새를 맡으면서, 냄새와 맛이 얼마나 기이하게 가까이 존재하며 자주 서로 옮겨가 하나가 되는지 놀라워했다.

똑같이 강렬하고 섬세하진 않더라도, 모든 아이들은 그러한 것을 느낀다. 그리고 많은 경우 이 모든 것은 그들이 처음

글씨 읽는 법을 배우기 전에, 마치 존재하지 않았던 것처럼 이미 사라져버린다. 어떤 아이들의 경우 유년기의 비밀은 오랫동안 가까이 머물러 있는데, 그들은 그 잔재와 여운을 백발이 될 때까지 그리고 힘든 노년까지 함께 가져간다. 모든 아이들은 그들이 아직 비밀에 싸여 있는 동안에는, 영혼 속에서 끊임없이, 유일하게 중요한 것, 즉 자기 자신 그리고 자신을 둘러싼 세계와 자신의 고유한 인격이 갖는 수수께끼 같은 관계에 몰두한다. 구도자와 현자는 성숙해지면서 이처럼 예전에 몰두했던 것으로 돌아가지만, 대부분의 사람들은 진정으로 중요한 이 내면의 세계를 일찌감치 그리고 영원히 잊어버리거나 떠나버린다. 그리고 일생 동안 많은 근심과 소망들, 목표들이 섞인 화려한 미로 속에서 헤매 다니는데, 그것들 가운데 어느 것도 그들의 가장 깊숙한 내면에 존재하지 않으며, 그 어느 것도 그들을 다시 그들의 내면 깊숙한 곳, 즉 고향으로 데려가지 못한다.

안젤름의 어린 시절 여름과 가을은 살며시 왔다가 소리없이 가버렸고, 눈물꽃과 제비꽃, 계란풀, 백합, 빙카(역주: 유럽 원산의 협죽도과 식물) 그리고 장미가 변함없이 아름답고 풍부하게 거듭해서 피고 졌다. 그는 이 꽃들과 함께 살았고, 꽃과 새들이 그에게 말을 걸었으며, 나무와 샘물이 그의 말에 귀를 기울였다. 그리고 그는 자신이 처음으로 글씨를 썼을 때와 처음으로 친구로 인해 근심하게 되었을 때, 예전처럼 이것을 들고 정원으로, 어머니에게로, 화단에 있는 색색의 돌들에게로 갔다.

하지만 언젠가 그 이전의 봄과 다른 울림과 향기가 있는 봄이 찾아왔다. 지빠귀가 노래했지만 그것은 옛날에 부르던 노래가 아니었고, 푸른 아이리스가 활짝 피었지만 금빛 울타리가 둘러진 꽃받침의 오솔길로 더 이상 어떤 꿈이나 동화 속 형상들이 드나들지 않았다. 딸기가 자신들의 초록 그림자 속에 숨은 채 웃었고, 나비들이 키 큰 산형화(散形花) 위에서 반짝이며 취한 듯 날았지만, 모든 것이 더 이상 예전과 같지 않았다. 다른 것들이 소년의 관심을 끌었고, 그는 어머니와 다투는 일이 잦아졌다. 그는 그것이 무엇인지, 왜 어떤 것이 그에게 고통을 주며 계속 그를 방해하는지 스스로도 알지 못했다. 그가 아는 유일한 것은, 세계가 변했으며 이제까지 친하던 것들이 그에게서 멀어졌고, 그를 홀로 남겨두었다는 것이었다.

그렇게 일 년이 지나갔고, 또 일 년이 지났을 때, 안젤름은 더 이상 어린애가 아니었다. 화단 주변에 있는 색색의 돌들은 지루했고, 꽃들은 침묵했으며, 그는 딱정벌레들을 바늘에 꽂아 상자에 채집했다. 그리고 그의 영혼은 길고도 험한 우회로에 들어섰고, 예전의 즐거움들은 고갈되어 바싹 말라버렸다.

젊은 청년은 그에게 이제 막 시작된 것처럼 보이는 삶 속으로 거칠게 밀고 들어갔다. 비유의 세계는 사라졌고 잊혀졌으며, 새로운 소망과 길들이 그를 유혹해 낚아챘다. 푸른 눈동자와 부드러운 머리카락에는 마치 잔향처럼 유년기가 남아 있었지만, 누군가 그걸 상기시키는 걸 그는 좋아하지 않았다. 그는 머리를 짧게 잘랐고, 할 수 있는 한 대담하고 많이 아는 듯한 눈빛을 했다. 그는 다가오는 두려운 날들 가운데로 변덕스럽게 돌진해 나갔으며, 때로는 좋은 학생이자 친구였다가, 때로는 고독했고 소심했다. 언젠가 처음으로 또래들과 어울려 술을 마시는 자리에서는 거칠고 시끄럽고 굴었다. 그는 고향을 떠나야만 했는데, 성숙하고 변화된 모습으로 옷을 잘 차려입은 채 고향으로 어머니를 찾아왔을 때도 대개 짧은 방문에 그쳤고, 그마저도 드물었다. 그는 때로 친구들을 데려왔고, 때로는 책을, 다음 번엔 다른 것을 가져왔다. 그가 옛 정원을 거닐 때면 그 정원은 작게 느껴졌고, 그의 산만한 시선 앞에서 침묵했다. 그는 더 이상 돌들이나 꽃잎의 화려한 그물무늬에서 이야기를 읽어내지 못했고, 파란 아이리스 꽃의 비밀 속에 살고 있는 신과 영원을 보지 못했다.

안젤름은 학생이 되었고, 다시 대학생이 되었다. 그는 처음에는 빨간 모자, 다음에는 노란 모자를 쓰고 고향에 돌아왔다. 입술 위에는 솜털수염과 앳된 턱수염을 길렀다. 그는 외국어로 된 책들을 가져오기도 했고, 언젠가는 개를 한 마리 데려오기도 했다. 그리고 가슴 쪽에 들고 있는 가죽 서류가방에, 때로는 비밀스럽게 시를 담아오기도 했고, 때로는 아주 오래된 지혜의 글귀를 필사한 것이나 아름다운 아가씨의 그림 혹은 편지를 넣어 오기도 했다. 그는 먼 타국 땅에서 살거나, 큰 배를 타고 바다를 떠돌아다니다가 돌아오기도 했다. 그리고 언젠가는 젊은 학자가 되어 돌아왔는데, 검은 모자와 짙은 색의 장갑을 끼고 있었다. 그러자 옛 이웃들은 그의 앞에서 모자를 벗어 경의를 표했고, 그가 아직 교수가 아닌데도 그를 그렇게 불렀다. 다음에 다시 왔을 때 그는 검은 옷을 입고 있었고, 여윈 모습의 그는 천천히 움직이는 마차 뒤를 따라 엄숙하게 걸었다. 그 안엔 그의 늙은 어머니가 장식된 관 속에 누워 있었다. 그 뒤로는 그가 고향을 찾는 일은 점점 더 드물어졌다.

그가 지금 대학생을 가르치고 있고 사람들이 유명한 학자로 여기고 있는 대도시에서, 안젤름은 세상의 다른 사람들과 똑같이 걷고 산책하고 앉고 서곤 했으며, 고급스런 상의와 모자를 걸쳤고, 진지하거나 친절했으며, 열정적이거나 때로 약간은 피곤한 눈을 했고, 그가 되고 싶어 했던 신사이자 학자가 되어 있었다. 이제 그에게 유년기의 마지막에 일어났던 것과 비슷한 상황이 연출되었다. 그는 갑자기 몇 년이 훌쩍 미끄러져 가버린 것처럼 느꼈고, 그가 늘상 바라왔던 세상 한가운데 기이하게 외롭고 불만족스러워하며 서 있었다. 교수가 되는 것은 진정한 행복이 아니었으며, 시민과 학생들로부터 깊이 허리 숙인 인사를 받는 것은 충만한 기쁨이 아니었다. 그 모든 것은 시들고 먼지가 쌓인 것 같았고, 행복은 다시금 먼 미래에 놓여 있었다. 그리고 그리로 가는 길은 뜨겁고 먼지투성이인 데다가 평범해 보였다.

이 시기에 안젤름은 어떤 친구의 집에 자주 들렀는데, 그 친구의 누이가 그의 관심을 끌었다. 이제 그는 더 이상 가벼운 마음으로 예쁜 얼굴이나 뒤쫓지는 않았다. 이러한 점 역시 달라진 모습이었다. 그리고 그는 그를 위한 행복은 특별한 방식으로 올 것임에 틀림없고, 그 행복이 어느 창문 뒤에나 다 있을 리는 없다고 느꼈다. 친구의 누이는 그의 마음에 쏙 들었고, 그는 자주 자신이 그녀를 진정으로 사랑한다고 믿었다. 하지만 그녀는 특별한 아가씨였다. 그녀의 모든 발걸음과 말씨는 독특한 색채를 띠었고 인상적이었다. 그리고 그녀와 함께 걸으며 보조를 맞추는 일은 항상 어려웠다. 안젤름이 저녁이면 때때로 자신의 쓸쓸한 방을 이리저리 오가며 생각에 잠긴 채 자기 자신의 발걸음이 텅 빈 방에 울리는 소리를 들을 때면, 그는 그 여자친구 때문에 자기 자신과 많이 다퉜다. 그녀는 그가 자신의 아내가 그랬으면 했던 것보다는 나이가 많았다. 그녀는 너무나 독특해서, 그녀의 곁에서 살아가며 자신의 학자적 명예욕을 좇는 것은 어려울 것 같았다. 그녀는 그러한 것을 전혀 듣고 싶어 하지 않았기 때문이다. 또한 그녀는 아주 튼튼하거나 건강하지 못했다. 그리고 소위 사교 모임이라든가 파티 같은 것을 참을 수 없어 했다. 그녀가 가장 좋아하는 것은, 꽃과 음악 혹은 책 같은 것에 둘러싸여 조용히 고독하게 살면서, 누군가 그녀를 찾아주기를 기다리는 것 그리고 세상은 제 갈 길로 가도록 놓아두는 것이었다. 때때로 그녀는 너무도 섬세하고 민감해서, 그 어떤 낯선 것도 그녀에게 고통을 주었으며 그녀를 울리기 십상이었다. 그런 후에는 그녀는 다시 고독한 행복 속에서 고요하고도 섬세하게 빛을 발했다. 그러한 것을 본 사람은, 이 아름답고 기이한 여인에게 무언가를 준다는 것과 그녀에게 무엇인가를 암시한다는 것이 얼마나 어려운가 하는 것을 느꼈다. 안젤름은 자주 그녀가 그를 사랑한다고 믿었지만, 그녀가 아무도 사랑하지 않으며 그냥 모두에게 부드럽고 친절할 뿐이고, 그녀가 세상에 바라는 것은 오직 아무도 그녀를 건드리지 않고 조용히 놓아두는 것은 아닌가 생각할 때도 많았다. 하지만 그는 인생에서 이와는 다른 것을 원했고, 만약 그가 아내를 맞게 된다면 집안에는 활력과 왁자한 소리 그리고 손님을 반기는 분위기가 있어야 했다.

그는 그녀에게 말했다.

"아이리스, 사랑하는 아이리스, 세상이 다른 식으로 지어졌더라면 얼마나 좋았을까요! 꽃들과 사색 그리고 음악이 있는 아름답고 온화한 세계만 존재한다면, 나는 내 평생 동안 당신 곁에서 당신의 이야기를 듣고 당신의 생각 속에 함께 사는 것 외에 다른 아무것도 원하지 않을 텐데. 당신의 이름만으로도 나는 편안해져요. 아이리스는 정말로 놀라운 이름이에요. 그 이름이 내게 어떤 기억을 떠올리게 하는지 전혀 모르겠지만 말이에요."

"당신은 이미 알고 있잖아요. 푸른 붓꽃을 그렇게 부른다는 걸요."

그녀가 말했고, 그는 답답한 느낌을 가지고 소리쳤다.

"그래요. 그건 나도 잘 알아요. 그리고 그것만으로도 이미 너무 아름답지요. 하지만 내가 당신의 이름을 부를 때마다, 그 이름은 그밖에도 무엇인가를 생각나게 해요. 그게 뭔지 모르겠지만, 내겐 그 이름이 아주 깊고도 먼 중요한 기억들과 연결되어 있는 것 같아요. 그런데 그게 도대체 뭔지 모르겠고 알아낼 수가 없어요."

아이리스는, 손으로 자신의 이마를 문지르며 어쩔 줄 모른 채 서 있는 그에게 미소를 지었다. 그녀가 새처럼 가벼운 목소리로 안젤름에게 말했다.

"제게도 매번 그래요. 제가 꽃향기를 맡을 때면 말이지요. 그러면 내 마음은 언제나, 먼 옛날 내 것이었다가 잃어버린 아주 아름답고 귀한 어떤 것에 대한 추억이 그 향기와 연결되어 있다고 느껴요. 음악의 경우도 그렇고, 때로는 시 역시 그래요. 갑자기 뭔가가 한순간 번쩍하지요. 마치 잃어버렸던 고향이 갑자기 발아래 계곡에 놓여 있는 것을 볼 때처럼 말이에요. 그리고 그건 금방 다시 사라지고 잊혀져요. 사랑하는 안젤름, 내 생각에는 우리가 이러한 의미 때문에 이 지상에 있는 것 같아요. 잃어버린 머나먼 소리들에 대해 심사숙고하고 추구하고 귀 기울여 듣기 위해서 말이에요. 그 뒤에 우리의 진정한 고향이 있어요."

"그렇게 말하다니 얼마나 기분 좋은지 모르겠군요."

안젤름이 칭찬하며 말했다. 그리고 그는 자신의 가슴속에서 마치 숨겨진 나침반이 거역할 수 없이 자신의 먼 목표를 가리키기라도 하는 것처럼 거의 고통스러울 정도의 동요를 느꼈다. 하지만 이 목표는 그가 자신의 삶에 부여하고자 했던 것과는 완전히 다른 것이었고, 그 점이 그를 고통스럽게 했다. 도대체 예쁜 동화를 추구하면서 꿈속에서 자신의 삶을 낭비하는 것이 그에게 가치 있는 일일까?

어느 날 안젤름이 혼자만의 여행에서 돌아왔을 때, 그는 학자다운 자신의 황량한 집이 너무나도 차갑고 침울하게 그를 맞이한다는 생각이 들어서, 친구들에게 달려가면서 아름다운 아이리스에게 청혼할 마음을 먹었다.

"아이리스, 나는 더 이상 이렇게 살고 싶지 않아요. 당신은 언제나 나의 가장 좋은 친구였으니, 당신에게 모든 걸 말해야겠어요. 난 아내가 필요해요. 그렇지 않으면 내 삶은 텅 비어 있고 의미가 없는 것처럼 느껴져요. 사랑스러운 꽃 같은 당신 말고 내가 누구를 아내로 원할 수 있겠어요? 나랑 결혼해주겠어요, 아이리스? 당신은 당신 눈이 닿는 모든 꽃과, 가장 아름다운 정원을 가지게 될 거예요. 내게로 와주겠어요?"

아이리스는 오랫동안 조용히 그의 눈을 들여다보았는데, 미소를 짓지도, 그렇다고 얼굴을 붉히지도 않았다. 그리고 단호한 목소리로 그에게 대답했다.

"안젤름, 난 당신의 질문이 놀랍지 않아요. 난 당신을 사랑해요. 당신의 아내가 된다는 생각은 한 번도 해보지 않았지만 말이에요. 하지만 아셔야 해요, 나의 친구여. 저를 아내로 맞는 사람에게 전 요구할 것이 많답니다. 나는 대부분의 여자들보다 요구사항이 더 커요. 당신은 내게 꽃을 제안했지요. 잘 생각하신 거예요. 하지만 나는 꽃 없이도 살 수 있고, 음악도 마찬가지예요. 만약 그래야만 한다면, 나는 그 모든 것 그리고 다른 많은 것 없이도 잘 살 수 있을 거예요. 하지만 오직 한 가지만은 포기할 수도 없고 그러고 싶지도 않아요. 나는 내 마음속에서 음악이 중심이 되지 않으면 하루도 살 수가 없어요. 만약 내가 한 남자와 살아야 한다면, 그 사람의 내면의 음악이 나의 음악과 훌륭하고 섬세하게 조화되어야 하고, 그의 고유한 음악이 순수하고 나의 음악과 잘 어울려 울리는 것이 그의 유일한 욕구가 되어야만 해요. 그렇게 할 수 있겠어요, 나의 친구여? 그렇게 되면 아마도 당신은 더 이상 유명해지거나 명예를 얻지 못할 테고, 당신의 집은 고요해질 거예요. 그러면 내가 몇 년 전부터 당신의 이마에서 보아온 주름은 모두 사라질 것임에 틀림없어요. 아, 안젤름, 안 될 것 같네요. 보세요, 당신은 연구하느라 당신의 이마에 항상 새로운 주름을 새겨 넣고 새로운 근심을 만들어낼 게 틀림없어요. 그리고 내가 생각하는 것과 내 존재를 당신은 아마도 사랑할 테고 예쁘게 생각하겠지만, 대부분의 사람들과 마찬가지로 당신에게도 그것은 단지 고상한 장난감에 불과할 따름이에요. 아, 내 말 잘 들으세요. 그대에게 지금 장난감인 것은 모두, 내겐 삶 자체이고 당신에게도 그래야만 해요. 그리고 당신이 노력과 근심을 기울이는 모든 것이 내게는 장난감이며, 그것은 내 생각엔 우리가 그것을 위해 살 만한 가치가 없는 거예요. ── 나는 더 이상 달라지지 않을 거예요, 안젤름. 왜냐하면 나는 내 안에 있는 어떤 법칙에 따라 살고 있으니까요. 하지만 당신은 달라질 수 있을까요? 제가 당신의 아내가 될 수 있으려면, 당신은 완전히 달라져야만 해요."

안젤름은 자신이 이제까지 연약하며 대수롭지 않게 생각했던 그녀의 의지 앞에서 충격을 받아 입을 다물었다. 그는 할 말을 잃은 채, 탁자에서 집어든 꽃 한 송이를 흥분된 손으로 무의식중에 짓이겼다.

그러자 아이리스는 그의 손에서 꽃을 부드럽게 빼냈고 — 그것은 마치 무거운 비난처럼 그의 가슴에 파고들었다 — 마치 뜻하지 않게 어둠 속에서 길을 발견한 것처럼 갑자기 밝고 사랑스럽게 웃었다.

"한 가지 생각이 떠올랐어요."

그녀가 나직이 말하며 얼굴을 붉혔다.

"당신은 그 생각이 별나다고 생각할 거고, 당신에겐 그게 변덕처럼 보일 거예요. 하지만 그건 변덕은 아니에요. 한번 들어보실래요? 그리고 그 생각이 당신과 나에 대해 결정을 내려도 받아들이겠어요?"

그녀를 이해하지 못한 채, 안젤름은 창백한 얼굴에 근심을 띠고서 자신의 여자친구를 바라보았다. 그녀의 웃음이 그로 하여금 믿음을 가지고 그녀의 말을 따르도록 강요하고 있었다.

"제가 당신에게 과제를 하나 줄게요."

아이리스는 이렇게 말하며 금방 다시 아주 진지해졌다.

"그렇게 해요, 그건 당신 권리니까."

안젤름은 그녀의 뜻에 맡겼다.

"이건 내 진심이에요. 그리고 내 최후의 제안이에요. 그것이 내 영혼에서 나온 것으로 받아들이고, 당신이 당장 이해하지 못한다고 해서 흥정하거나 빼거나 하지 않을 자신 있어요?"

안젤름은 약속했다. 그러자 그녀는 일어서서 그에게 손을 내밀며 말했다.

"당신은 내게 여러 번 말했죠, 내 이름을 입 밖에 낼 때면 언제나, 무언가 잊혀진 것, 한때 당신에게 중요하고 성스럽던 것이 기억나는 느낌을 가졌노라고 말이에요. 안젤름, 그것은 일종의 신호예요. 그리고 그것이 수 년 동안 당신을 내게로 이끈 거지요. 저 역시도 당신이 당신의 영혼 속에서 중요하고 성스러운 것을 잃어버렸고 잊어버렸다고 믿어요. 그것은, 당신이 행복을 발견하거나 당신에게 정해진 것에 도달할 수 있기 전에 다시 일깨워져야만 해요. ― 잘 가세요, 안젤름! 당신의 청혼을 받아들이면서 부탁할게요. 가서 당신이 내 이름으로 인해 머리에 떠오르는 것을 당신의 기억 속에서 다시 발견하게 되는지 보도록 해요. 당신이 그것을 다시 발견하게 되는 날, 난 당신의 아내로서 당신이 가고자 하는 곳으로 당신과 함께 가겠어요. 그리고 당신이 바라는 것 외에는 어떤 것도 바라지 않겠어요."

당황한 안젤름은 어쩔 줄 모른 채 그녀의 말을 가로막고, 이러한 요구가 변덕이라고 책망하려 했다. 하지만 그녀가 맑은 눈빛으로 그가 약속한 것을 생각나게 했고, 그는 입을 다물었다. 그는 눈을 내리깐 채 그녀의 손을 잡아 자신의 입술에 갖다 댄 후 밖으로 나갔다.

지금까지 살면서 그는 여러 가지 과제를 맡아 해결했지만, 그 어떤 것도 이보다 특이하고 중요하면서, 동시에 낙담하게 만든 적은 없었다. 그는 몇날 며칠을 돌아다니며 지칠 때까지 생각을 거듭했는데, 항상 마지막에는 절망하고 화를 내며 이 모든 과제를 한 여자의 제정신이 아닌 변덕이라고 비난하며 더 이상 생각하지 않으려 했다. 하지만 그러고 나면 다시 그의 내면 깊숙한 곳에서 무엇인가가, 아주 섬세하며 비밀스런 고통이, 아주 부드러우면서 거의 들리지 않을 정도의 경고의 목소리가 항변했다. 그 자신의 가슴속에서 들려오는 이 섬세한 목소리는, 아이리스가 옳다며 그녀와 똑같은 요구를 해왔다.

하지만 이 과제는 많이 배운 사람에게는 너무도 어려운 것이었다. 그는 자신이 오래전에 잊어버린 것을 기억해내야 했으며, 가라앉은 세월의 거미줄로부터 금빛 실을 하나하나 다시 찾아내야 했고, 무언가를 손으로 잡아 사랑하는 여인에게 바쳐야 했는데, 그것은 다름 아니라 사라져버린 새소리나, 음악을 들을 때면 생기는 약간의 기쁨과 슬픔이었으며, 생각보다 엷고 일시적이며 형체가 없는 것, 밤에 꾼 꿈보다 덧없고, 아침안개보다 불분명한 어떤 것이었다.

때로 그가 낙담한 채 모든 것을 던져버리고 불쾌한 기분에

256

가득 차 모든 것을 포기할 때면, 머나먼 정원들로부터 불어오는 입김처럼 무엇인가가 불현듯 그에게 불어왔고, 그는 아이리스의 이름을 속삭였다. 수십 번 혹은 그보다 더 많이, 나직하게 유희하듯이, 마치 팽팽한 현의 음을 시험해보듯이. "아이리스." 그는 속삭였다. "아이리스." 그러자 마치 버려진 낡은 집에서 아무도 없는데 문이 열리고 덧문이 삐걱대는 것처럼, 섬세한 고통과 더불어 그의 내면에서 무언가 움직이는 것을 그는 느꼈다. 그는 자신이 잘 정돈해서 자기 안에 지니고 다닌다고 믿었던 기억들을 더듬어보다가, 기이하면서도 당혹스런 발견을 하게 되었다. 그가 간직한 기억의 보물들은 이제까지 그가 생각했던 것보다 한없이 작았다. 돌이켜 생각해보니 모든 나날들이 마치 아무것도 쓰여 있지 않은 종이처럼 존재조차 없었고 비어 있었다. 그는 어머니의 모습을 다시 분명하게 떠올리는 것조차 몹시 힘들다는 것을 알게 되었다. 그는 자신이 소년 시절 거의 일 년 동안 불타는 심정으로 구애하며 쫓아다니던 소녀의 이름이 뭔지도 까맣게 잊어버렸다. 그가 대학생 시절에 일시적인 기분에 취해 구입해서 한동안 함께 살았던 개가 기억에 떠올랐는데, 그 개의 이름을 다시 기억하는 데에도 며칠이 걸렸다.

이 불쌍한 남자는 점점 커지는 비애와 두려움을 가지고 고통스럽게, 그의 과거의 삶이 텅 빈 채 덧없이 흘러가버렸으며,

더 이상 그에게 속해 있지 않고, 그에게 낯설어진 채 아무 연관도 없다는 것을 알게 되었다. 그것은 마치 우리가 언젠가 외웠지만 지금은 애를 써도 그것들 가운데 뭔가 부족한 파편만 짜 맞추게 되는 그런 것과 같았다. 그는 글을 쓰기 시작했고, 한 해 한 해를 돌이키며 그의 가장 중요한 체험들을 언젠가 다시 양손에 꼭 붙들기 위해 적어나가려고 했다. 하지만 그에게 있어 가장 중요한 체험이란 도대체 무엇이란 말인가? 그가 교수가 된 것? 그가 언젠가 박사였고, 언젠가는 학생이었고, 언젠가는 대학생이었던 것? 아니면 언젠가 잊혀진 시절에 이 소녀 혹은 저 소녀가 잠시 그의 마음에 들었던 것? 소스라치게 놀라며 그는 시선을 들어 올렸다. 그것이 인생이었단 말인가? 그게 전부였던가? 그리고 그는 자신의 이마를 치며 거칠게 웃음을 터뜨렸다.

그동안에도 시간은 흘러갔는데, 시간이 그처럼 빠르고 가차 없이 흘러간 것은 처음이었다! 일 년이 지났지만 그에겐 자신이 아이리스를 떠난 정확히 그 시점, 그 장소에 그대로 서 있는 것 같았다. 하지만 그는 이 시기에 많은 변화를 겪었다. 그 사실을 그 자신 외에는 누구나 다 알아보았다. 그는 더 늙은 동시에 더 젊어지기도 했다. 그의 지인들에게 그는 거의 낯선 존재가 되었고, 사람들은 그가 산만하고 변덕스러우며 기이하게 변한 것을 발견했다. 사람들은 그가 특이한 괴짜라며,

안타깝지만 그가 너무 오래 독신생활을 했기 때문이라고 수군댔다. 그가 자신이 해야 할 일을 잊어버린 탓에, 수업시간에 그의 학생들이 오지 않는 그를 기다리는 일까지 생겼다. 그는 생각에 잠겨 이 집 저 집을 지나 천천히 거리를 걷거나, 벽에 둘러친 주름장식에 있는 먼지를 후줄근한 재킷으로 쓸고 지나가기도 했다. 어떤 사람들은 그가 술을 마시기 시작했다고 말했다. 하지만 어떤 때는 학생들 앞에서 강의를 하다가 멈추고, 뭔가를 생각하려고 애쓰더니, 이제까지 아무도 본 적이 없는 모습으로 감정을 자제하면서 어린애처럼 웃음을 짓고는, 따뜻하고 감동적인 목소리로 강의를 계속했는데, 이 목소리는 많은 학생들의 심금을 울렸다.

희망 없는 배회를 하고 있던 그에게, 머나먼 세월의 향기와 흩어져버린 흔적 뒤에서 이미 오래전에 하나의 새로운 의미가 찾아왔다. 하지만 그 자신은 그것에 대해 아무것도 모르고 있었다. 그가 지금까지 기억이라고 불렀던 것 뒤쪽에 또 다른 기억들이 나타나는 일이 점점 자주 발생했다. 그것은 마치 벽에 그려진 오래된 그림 아래에 그보다 더 오래된, 덧칠된 그림이 숨겨진 채 잠자고 있는 모양새였다. 그는 무엇인가를 기억에 떠올려보려고 했다. 예를 들면 그가 여행자로서 한때 며칠간 머물렀던 도시의 이름이나, 어떤 친구의 생일, 혹은 그 밖의 어떤 것이었다. 그가 과거의 작은 편린을 마치 허섭쓰레기처럼 파헤치고 샅샅이 뒤지는 과정에서, 갑자기 그에게 아주 다른 무엇인가가 떠올랐다. 마치 4월의 어느 아침에 부는 바람이나 9월의 안개 낀 날처럼 어떤 숨결이 그를 덮쳤다. 그는 어떤 향기를 맡았고, 어떤 맛을 느꼈으며, 어둡고 부드러운 느낌을 피부에, 눈에, 마음속 그 어딘가에 가졌다. 그리고 그에겐 차츰 명확해졌다. 그것은 어떤 푸르고 따뜻한 날, 혹은 잿빛의 서늘한 날임에 틀림없었다. 혹은 그밖의 어떤 날이었다. 이 날의 존재가 그의 내면에 사로잡혀 있었음에 틀림없고, 어두운 기억으로 머물러 있었음에 틀림없었다. 그는 자신이 분명히 냄새 맡고 느낀 그 봄날 혹은 겨울날을 실제 과거 속에서는 다시 찾을 수 없었다. 어떤 이름이나 숫자도 딱히 그와 결부되어 있지 않았다. 그날은 대학생 시절일 수도 있고, 요람에 누워 있을 때일 수도 있었다. 하지만 향기는 분명히 존재했다. 그리고 그는 자신의 내부에서, 그가 모르는 무엇, 이름 붙이거나 지명할 수 없는 무언가가 살아 움직이는 것을 느꼈다. 때로 그에겐 이 기억들이 혹시 현생을 지나 전생의 과거까지 거슬러 올라갈 수도 있겠다는 생각이 들었다. 비록 그가 이러한 생각을 웃어넘기긴 했지만 말이다.

어쩔 줄 모르면서 기억의 구덩이들을 헤매는 가운데 안젤름은 많은 것을 발견했다. 그는 자신을 감동시키고 사로잡는 것을 발견했고, 놀라움과 두려움을 주는 것을 발견했다. 하지만 그는 아이리스란 이름이 그에게 의미하는 바가 무엇인지는 찾아내지 못했다.

무엇인가를 찾을 수 없다는 고통 속에서, 언젠가 그는 자신의 옛 고향을 다시 찾아가보기도 했다. 그곳에서 숲과 골목길, 판자로 된 작은 다리와 울타리들을 다시 보았으며, 유년 시절의 옛 정원에 서보기도 했다. 그러자 큰 파도가 그의 마음에 넘쳐흐르는 것을 느꼈고, 과거가 마치 꿈처럼 그를 휘감았다. 슬픈 마음으로 조용히 그는 거기서 돌아왔다. 그는 병이 났다는 핑계를 대고, 그에게 찾아오는 사람을 모두 돌려보냈다.

그럼에도 불구하고 누군가 그를 찾아왔다. 그는 안젤름의 친구로, 안젤름이 아이리스에게 구혼한 이후로 본 적이 없었다. 그는 안젤름이 아무런 위안도 없는 골방에 망연자실하게 앉아 있는 것을 보았다. 그는 안젤름에게 말했다.

"일어나게. 나랑 같이 가지. 아이리스가 자네를 보고 싶어해."

안젤름은 벌떡 일어섰다.

"아이리스! 그녀한테 무슨 일이 생긴 거지? —오, 알겠어, 알겠어!"

"그래, 같이 가세! 그녀가 죽어가고 있어. 그녀는 오래전부터 병상에 누워 있네."

그들은 아이리스에게 갔다. 그녀는 긴 의자에 마치 아이처럼 가볍고 야윈 채 누워 있다가, 눈을 커다랗게 뜨고 밝게 웃었다. 그녀는 안젤름에게 하얗고 가벼운 아이 같은 손을 건넸는데, 그 손은 마치 꽃처럼 안젤름의 손에 놓였고, 그녀의 얼굴은 마치 성스러운 빛을 띠는 것 같았다.

그녀가 말했다.

"안젤름, 나한테 화났어요? 내가 당신에게 어려운 과제를 냈죠. 당신이 그 과제를 충실히 이행하고 있다는 걸 난 알아요. 계속 찾으세요. 그리고 목표에 도달할 때까지 그 길을 계속 가세요! 당신은 그 길을 나 때문에 간다고 생각하겠지만, 사실 그 길은 당신을 위한 거예요. 그걸 아세요?"

안젤름이 말했다.

"예감은 했어요. 그리고 이젠 알고 있어요. 그건 먼 길이에요, 아이리스. 그리고 나는 오래전부터 돌아오고 싶었지만, 더 이상 돌아오는 길을 찾지 못하겠어요. 나도 모르겠어요, 내가 어떤 사람이 되어야 하는지."

아이리스는 안젤름의 슬픈 눈을 바라보며 위로하듯 밝게 웃었고, 그는 그녀의 야윈 손 위로 몸을 굽혀 한참을 울었는데, 그의 눈물로 그녀의 손이 젖었다.

그녀는 기억 속의 빛과 같은 목소리로 말했다.

"당신이 어떤 사람이 되어야 하는지, 당신이 어떤 사람이 되어야 하는지는 물어볼 필요가 없어요. 당신은 평생 많은 것을 구했죠. 명예를 구했고, 행복과 지식을 구했고, 나를 구했어요, 당신의 작은 아이리스를. 그 모든 것은 단지 예쁜 영상들일 뿐이었어요. 그것들은 지금 내가 당신을 떠나야 하는 것처럼 떠나갈 거예요. 내게도 그랬었죠. 나는 언제나 찾아 돌아다녔고, 그것들은 언제나 아름답고 사랑스러운 영상들이었어요. 그것들은 항상 다시 떨어져 나가 시들어버렸죠. 난 이제 어떤 영상도 알지 못하고, 아무것도 더 이상 구하지 않아요. 난 고향으로 돌아왔고, 이제 한 발짝만 내디디면 마침내 고향에 있게 돼요. 당신도 그리로 오게 될 거예요, 안젤름. 그러면 당신 이마엔 더 이상 주름이 지지 않을 거예요."

그녀가 너무 창백해서 안젤름은 절망적으로 소리쳤다.

"오, 조금만 기다려요, 아이리스. 아직 떠나지 말아요! 표시라도 하나 남겨줘요. 당신의 자취가 내게서 완전히 사라져버리지 않도록!"

그녀는 고개를 끄덕이고는 옆에 있는 잔을 집어들었고, 그에게 이제 막 피어난 푸른 빛깔의 자주아이리스를 건네주었다.

"여기, 나의 꽃 아이리스를 받으세요. 그리고 나를 잊지 마세요. 나를, 아이리스를 찾으세요. 그러면 당신은 내게로 오게 될 거예요."

안젤름은 울면서 그 꽃을 받았고, 눈물을 흘리며 작별인사를 나눴다. 안젤름의 친구가 그에게 전갈을 보내왔을 때, 그는 다시 와서 아이리스의 관을 꽃으로 장식하는 것과 땅에 묻는 것을 도왔다.

그러고 나자 그의 뒤를 받치고 있는 삶이 무너져 내렸다. 그에게는 이 삶의 실을 계속 자아나가는 것이 불가능해 보였다. 그는 모든 것을 포기하고 도시와 공직을 떠났고, 세상에서 잠적했다. 그는 때론 여기 때론 저기에 모습을 드러냈고, 고향에 나타나서는 옛 정원의 울타리에 몸을 기대고 있기도 했다. 하지만 사람들이 그의 안부를 묻거나 그를 돌봐주려고 할 때면, 그는 돌아서 사라져버렸다.

그는 여전히 자주아이리스를 사랑했다. 그 꽃이 피어 있는 것을 볼 때면 언제나 그는 꽃 위로 허리를 숙였다. 그리고 그가 오랫동안 꽃받침 속을 바라볼 때면, 존재했던 모든 것과 앞으로 존재할 것들의 향기와 예감이 푸르스름한 저 밑바닥에서 그를 향해 불어오는 것 같았다. 하지만 실현의 순간이 오지 않았기 때문에 그는 슬퍼하며 자리를 떴다. 그것은 마치 반쯤 열린 문가에서 무언가를 엿듣는 것과 같이 생각되었다. 그 문 뒤에서 가장 사랑스러운 비밀이 숨 쉬는 소리를 듣고는, 이제 모든 것이 그에게 주어지고 실현될 것임이 틀림없다고 그가 생각할 때면, 문은 갑자기 저절로 닫혀버렸고 세상의 바람이 그의 고독 위로 차갑게 스쳐 지나갔다.

그가 꿈을 꿀 때면 어머니가 그에게 말을 걸었는데, 오랜 세월 동안 그녀의 모습과 얼굴을 지금처럼 그렇게 선명하고 가깝게 느껴본 적은 한 번도 없었다. 아이리스 역시 그에게 말을 건넸는데, 잠에서 깨어나면 어떤 잔향이 남아 있어, 그는 하루 종일 그 생각을 하며 보냈다. 그는 낯선 곳을 정처없이 이리저리 떠돌아 다녔고, 때론 집에서 때론 숲에서 잠을 청했으며, 빵을 먹거나 산딸기 종류로 배를 채웠고, 포도주를 마시거나 수풀 잎사귀에 맺힌 이슬을 마셨는데, 이 모든 것에 대해 그는 아무런 신경도 쓰지 않았다. 많은 사람들이 그를 바보로 생각했고, 어떤 사람들은 그를 마술사로 여겼으며, 많은 이들이 그를 두려워하거나 그에 대해 비웃었고, 또 다른 많은 사람들은 그를 사랑했다. 그는 이전에 할 수 없던 것을 배웠다. 아이들 곁에 머무르거나 아이들의 특이한 놀이에 동참했고, 부러진 나뭇가지나 돌멩이와 이야기를 나눴다. 겨울과 여름이 그의 곁을 스쳐 지나갔고, 그는 꽃받침과 개울 속 그리고 호수를 들여다보았다.

그는 때때로 혼자 중얼거렸다.

"영상들, 모든 게 영상에 지나지 않아."

하지만 자신의 내면에서 그는 영상이 아닌 어떤 존재를 느꼈고, 그는 그것을 좇았다. 그 내면의 존재는 때로 말을 하기도 했는데, 그 목소리는 아이리스의 것이기도 했고 어머니의 것이기도 했다. 그 목소리는 위안이자 희망이었다.

그는 여러 가지 기적을 만났지만, 그것이 그를 놀라게 하지는 못했다. 어떤 식인가 하면, 언젠가 그가 언 땅을 밟으며 눈을 헤치고 걷고 있을 때였는데, 그의 수염엔 얼음이 자라 있었다. 그런데 눈 속에 뾰족하고 가냘프게 아이리스 한 포기가 서서 아름다운 꽃 한 송이를 피워내고 있었다. 그는 꽃 위로 몸을 숙이고는 미소를 지었다. 왜냐하면 이제야 그는 아이리스가 그에게 거듭해서 상기시키던 것을 알아차리게 되었기 때문이다. 그는 자신의 어린 시절 꿈을 다시 알아보았고, 금빛 막대들 사이로 엷은 청색의 길이 밝은 관 형태로 꽃의 비밀이자 심장 속으로 이어지는 것을 보았으며, 그곳이 바로 그가 찾던 곳임을, 그곳이 영상이 아닌 실체가 있는 곳임을 알게 되었다.

그리고 다시금 일종의 경고가 여러 번 그에게 있었고, 여러 번의 꿈이 그를 인도해 갔다. 그리고 그는 어느 오두막에 이르렀는데, 거기에는 아이들이 있었고, 이 아이들은 그에게 우유를 주었다. 그리고 그는 이들과 놀이를 했다. 아이들은 그에게 여러 이야기를 들려주었고, 숲속의 숯쟁이들에게 기적이 일어났다고 말해주었다. 그들이 천년마다 열리는 영혼의 문이 열려 있는 것을 보았다는 것이었다. 안젤름은 귀 기울여 들었고, 그 사랑스러운 영상에 고개를 끄덕여 동의를 표하고는 계속 나아갔다. 오리나무 숲속의 새 한 마리가 그의 앞에서 노래를 불렀는데, 그 소리는 마치 죽은 아이리스의 목소리처럼 특이하고 감미로웠다. 그는 새의 뒤를 좇아갔다. 새는 날기도 하고 깡총거리기도 하면서 계속 나아가, 시내를 건너 멀리 숲속으로 들어갔다.

새소리도 그치고 아무것도 들리거나 보이지 않게 되었을 때, 안젤름은 멈춰 서서 주위를 둘러보았다. 그는 숲속의 깊은 골짜기에 서 있었는데, 넓은 초록색 잎사귀들 아래로 조용히 시내가 흐르고 있었고, 그 외에는 모든 것이 조용했으며 뭔가를 기다리고 있는 것 같았다. 하지만 안젤름의 가슴속에서는 사랑스런 목소리로 새가 계속 노래했고, 이끼가 덮여 있는 암벽 앞에 그가 도달할 때까지 그를 인도해 갔다. 암벽 한가운데에는 틈이 벌어져 있었는데, 좁고 가느다란 이 틈은 산의 중심부까지 이어져 있었다.

어떤 노인이 암벽 틈새 앞에 앉아 있었는데, 안젤름이 오는 것을 보더니 자리에서 일어나서 외쳤다. "여보시오, 돌아가시오, 돌아가! 이건 영혼의 문이라오. 그리 들어갔다가 돌아온 사람은 한 명도 없어요."

안젤름은 눈을 들어 바위 문 안쪽을 들여다보았고, 산속 깊숙한 곳으로 푸른 길이 사라져가는 것을 보았다. 금빛 기둥들이 양쪽으로 빽빽하게 서 있었고, 길은 마치 엄청나게 큰 꽃의 꽃받침 속으로 내려가는 것처럼 아래쪽으로 나 있었다.

그의 가슴속에서 새가 밝게 울었다. 그리고 안젤름은 파수꾼을 지나 틈 속으로 걸어 들어갔고, 금빛 기둥들을 통해 내부의 푸른 비밀 속으로 들어갔다. 그가 들어간 곳은 아이리스의 심장이었고, 그가 떠다니듯 걸어 들어간 곳은 어머니의 정원에 있던 자주아이리스의 푸른 꽃받침 속이었다. 그가 금빛 어스름 쪽으로 조용히 다가갔을 때, 모든 기억과 모든 지식이 단번에 그에게 떠올랐다. 그는 자신의 손을 만져보았다. 그 손은 작고 부드러워져 있었다. 사랑의 목소리가 가까운 곳에서 친숙하게 그의 귀에 울렸다. 마치 유년 시절 봄이면 모든 것이 울리고 빛나던 것처럼, 그 소리는 그렇게 울렸고, 금빛 기둥들은 그렇게 빛났다.

그리고 어린 시절 그가 꾸던 꿈, 꽃받침 속으로 걸어 내려가는 꿈도 다시 거기 있었다. 그리고 그 꿈 뒤로 영상들의 전체 세계가 미끄러지듯 함께 걷고 있었고, 모든 영상들 뒤에 있는 비밀 속으로 가라앉았다.

안젤름은 나지막이 노래를 부르기 시작했다. 그러자 그의 오솔길이 저 아래 고향 쪽을 향해 조용히 가라앉았다.

4월의 저녁

푸르름과 복숭아꽃,
제비꽃과 붉은 포도주,
오, 너희들의 열정 내 맘속으로
얼마나 피어오르고 불타올랐는지.

느지막이 집으로 돌아와
창가에 오래 서서,
꿈들이 다가오는 걸 느끼며,
내 마음은 두려워한다.

충만함과 삶 앞에서 두려워하며
내 안에서 영혼이 떨고 있다.
이 영혼을 어디로 보낼까?
내 사랑이여, 그것을 당신에게 드립니다.

모험에 대한 기대

　　　　　　　　산의 남쪽 면에 위치한 첫 번째 마을. 여기에서야 비로소 내가 사랑하는 방랑 생활이 제대로 시작된다. 목적지 없이 떠돌아다니는 것, 일광욕을 하며 쉬는 것 그리고 해방된 방랑 생활이 말이다. 나는 배낭을 메고 살아가는 것과 바짓단이 해져 나풀거리는 것에 대단한 애착을 가지고 있다.

　내가 선술집에서 포도주를 야외로 내오도록 시킬 때, 갑자기 페루치오 부조니가 떠오른다. "당신은 아주 촌스럽게 보이는군요." 우리가 지난번에 만났을 때 그 사랑스러운 사람은 슬쩍 빈정대면서 말했다. ― 그다지 오래된 일이 아닌데, 취리히에서였다. 안드레에(역주: 폴크마 안드레에 Volkmar Andreae 〔1879~1962〕, 스위스의 작곡가 겸 지휘자)가 말러 교향곡을 지휘했었고, 우리는 늘 가던 레스토랑에 함께 앉아 있었다. 나는 부조니의 창백한 유령 같은 얼굴과 이 시대에 아직 우리에게 남아 있는 이 찬연한 반속물주의자의 자유로운 의식에 다시금 기뻐했다. — 이러한 기억이 어떻게 해서 떠오르게 된 걸까?

알겠다! 내가 생각하고 있는 것은 부조니가 아니고, 취리히도 아니며, 말러도 아니다. 뭔가 불편한 것이 문제가 되면 대개 생기는 기억의 속임수이다. 그러한 경우 기꺼이 무해한 영상들이 전면으로 밀려나오는 것이다. 이제야 알겠다! 그때 레스토랑에는 어떤 젊은 여자도 앉아 있었다. 그녀는 밝은 금발에 아주 불그스레한 뺨을 지녔는데, 나는 그 여자와는 한마디도 나누지 않았었다. 천사 같은 그대여! 그녀를 보는 것은 기쁨이자 고통이었다. 그 시간 내내 내가 그녀를 얼마나 사랑했던가! 나는 다시 열여덟 살이 되었다.

갑자기 모든 것이 분명해진다. 아름답고, 밝은 금발에, 재밌는 여인! 그대의 이름이 뭔지 난 더 이상 모른다. 난 그대를 한 시간 동안 사랑했고, 산골 마을의 양지바른 소로(小路)에서 오늘 그대를 사랑한다, 한 시간 동안. 그 누구도 그대를 나보다 더 사랑한 적이 없고, 누구도 이제까지 나만큼 자신에 대해 행사할 수 있는 그처럼 많은 권력, 절대적인 권력을 그대에게 부여한 적이 없다. 하지만 나는 성실하지 못한 자로 살아갈 운명이다. 나는 여성이 아니라 사랑 자체를 사랑하는 허풍선이에 속하는 것이다.

우리 같은 방랑자들은 모두 그런 종자들이다. 우리의 방랑

벽과 유랑 생활의 많은 부분을 차지하는 것은 사랑과 에로티시즘이다. 여행의 낭만은 절반 정도는 바로 모험에 대한 기대이다. 하지만 다른 절반은, 에로틱한 것을 변화시키고 해체하려는 무의식적인 충동인 것이다. 우리 방랑자들은 바로 사랑의 성취 불가능성 때문에 사랑의 소망을 품는 것에 숙달되어 있다. 당연히 여성에 귀속되어야 할 저 사랑을, 유희하면서 마을과 산과 호수와 협곡에 나눠주는 것, 길에서 만나는 아이들과 다리 옆에 있는 거지와 초원 위의 소, 새와 나비에게 나눠주는 것에 말이다. 우리는 사랑을 대상으로부터 분리한다. 사랑 자체로 우리에겐 충분하다. 마치 우리가 방랑할 때 어떤 목적을 추구하는 것이 아니고, 방랑 자체의 즐거움, 길 위에 있음을 추구하는 것과 마찬가지로 말이다.

신선한 얼굴의 젊은 여인이여, 나는 그대의 이름을 알려고 하지 않는다. 나는 그대에 대한 사랑을 품거나 그것을 키워나가려 하지 않는다. 그대는 내 사랑의 목표가 아니라 추동력이다. 나는 이 사랑을 길가의 꽃들과 포도주잔에 비치는 햇살, 양파처럼 생긴 붉은 교회 첨탑에 주어버린다. 그대는 내가 세상과 사랑에 빠지도록 만들어준다.

아, 멍청한 잡소리! 나는 오늘 밤 산속 오두막에서 그 금발 여인의 꿈을 꾸었다. 나는 어처구니없게도 그녀와 사랑에 빠졌다. 그녀가 내 곁에 머무른다면, 난 방랑의 모든 즐거움을 포함해서 내 나머지 삶 전부를 그녀를 위해 포기했을 것이다. 나는 오늘 하루 종일 그녀를 생각한다. 나는 그녀를 위해 포도주를 마시고 빵을 먹는다. 나는 그녀를 위해 내 조그만 책에 마을과 탑을 그려 넣는다. 그녀로 인해 나는 신에게 감사한다. —그녀가 살고 있다는 것, 내가 그녀를 볼 수 있다는 것에 대해. 그녀를 위해 나는 노래가사를 지을 것이고, 이 붉은 포도주에 취할 것이다.

그렇게 해서 청량한 남쪽에서의 내 첫 번째 휴식은, 산 저편에 있는 밝은 금발의 여인에 대한 동경에 바쳐지도록 운명지어졌다. 그녀의 상큼한 입술은 얼마나 아름다웠던가! 얼마나 아름답고, 얼마나 어리석으며, 얼마나 마법에 걸린 듯한가, 이 가련한 삶은!

한 여인에게

나는 어떠한, 그 어떠한 사랑도 받을 가치가 없고,
그저 불타올라 사라질 뿐, 어째서인지는 모르며,
나는 구름 속에서 번쩍이는 번개이고,
바람이며, 폭풍이며, 멜로디입니다.

그래도 나는 사랑을 풍성히 그리고 기꺼이 받아들입니다,
희락과 희생을 받아들이지요,
눈물이 나와 동반합니다 가까이 또 멀리,
나는 이방인이고 정절을 지키지 못하니까요.

난 오직 내 마음속 별에게만 정절을 지킵니다,
몰락으로 가는 길을 지시하는 그 별,
모든 쾌락의 결과로 나를 고문하는 그 별,
그래도 나의 존재가 사랑하고 칭송하는 그 별에게.

　나는 쥐잡이 같은 유괴자(역주: 독일 민담에 나오는 하멜른의
피리 부는 사나이. 시장의 의뢰로 마법의 피리를 불어, 도시를 휩쓴
쥐를 베자 강으로 유인해 퇴치했는데, 시장이 약속한 보수를 주지 않

자 피리 소리로 도시의 아이들을 불러 모아 산속으로 사라진다)이자
유혹자임에 틀림없습니다,

　　난 곧 사그라들 쓰디쓴 쾌락의 씨를 뿌리고,

　　그대들이 아이가 되고, 동물이 되도록 가르칩니다,

　　그리고 나의 주인이자 인도자는 죽음입니다.

사랑한 한 남자가 있었다……

　　　　　　　아무런 가망도 없이 사랑한 한 남자
가 있었다. 그는 자신의 영혼 속으로 완전히 물러나, 사랑으로
인해 불타고 있다고 생각했다. 그에게 세상은 사라져버렸고,
그는 푸른 하늘과 초록의 숲을 더 이상 보지 못했으며, 시냇물
은 더 이상 그에게 졸졸거리며 속삭이지 않았고, 하프는 그에
게 어떤 음도 들려주지 않았다. 모든 것이 몰락해버렸고, 그는
가난하고 비참하게 되었다. 하지만 그의 사랑은 커졌으며, 자
신이 사랑하는 아름다운 여인을 소유하지 못하느니, 차라리
죽거나 썩어 없어지고 싶었다. 그때 그는 자신의 사랑이 자신
안에 있는 다른 모든 것을 어떻게 불태워버렸는지를 느꼈고,
그 사랑은 점점 강력해져 끌어당기고 또 끌어당겼다. 마침내
그 아름다운 여인은 이 힘에 딸려오지 않을 수 없었고, 그녀는
왔다. 그는 그녀를 끌어안기 위해 팔을 활짝 펴고 서 있었다.
하지만 그녀가 그의 앞에 섰을 때, 그녀는 완전히 변화된 모습

이었다. 그는 소스라치며, 자신이 잃어버린 모든 세계를 자신에게로 끌어당겼다는 것을 느꼈고 알게 되었다. 그 세계는 그의 앞에 서서 그에게 몸을 맡겼다. 하늘과 숲과 시내, 그 모든 것이 새로운 색채로 신선하고 아름다운 모습으로 그에게 다가왔고, 그의 소유가 되었으며, 그의 언어로 말했다. 그렇게 단지 한 여인을 얻는 대신, 그는 가슴속에 온 세상을 품었다. 하늘의 모든 별이 그의 내면에서 반짝였고, 그의 영혼을 통해 기쁨의 불꽃이 내비쳤다. ― 그는 사랑을 하면서 자기 자신을 발견했다. 하지만 대부분의 사람들은 사랑을 하면서 스스로를 잃어버린다.

내 익숙한 꿈
- 폴 베를렌의 프랑스 시에서

나는 다시금 미지의 여인에 대한 꿈을 꾼다,
꿈속에서 이미 자주 내 앞에 서 있던 그녀의 꿈을.

우리는 서로 사랑하며, 그녀는 내 이마의
헝클어진 머리를 손으로 멋지게 쓰다듬는다.

그리고 그녀는 수수께끼 같은 내 존재를 이해하고
내 어두운 마음속을 읽을 수 있다.

그대는 내게 묻는다. 그녀는 금발인가요? 난 모르겠다.
하지만 그녀의 얼굴은 마치 동화 같다.

그녀의 이름이 뭔지 묻는가? 난 모르겠다. 하지만 그녀의 이름은 감미로운 울림을 가졌다, 마치 저 먼 데서 노래하는 것처럼—

마치 그대가 연인이라고 부르는 그 사람의 이름처럼,

그대가 멀리 잃어버린 줄 알고 있는 그 사람 이름처럼.

그리고 그녀 목소리의 음색은 어둡다
마치 저 세상으로 떠나버린 연인들의 목소리처럼.

클링조어가 에디트에게

여름하늘의 사랑스러운 별이여!

그대가 얼마나 훌륭하고 진실된 편지를 써 보냈는지, 그리고 당신의 사랑이 얼마나 고통스럽게 나를 부르고 있는지 모르겠어요. 마치 영원한 고통처럼, 영원한 비난처럼 말이에요. 하지만 당신이 내게, 그리고 당신 자신에게 마음속 감정을 낱낱이 고백하는 것은 잘하고 있는 거예요. 다만 어떤 감정도 사소하다거나 가치가 없다고 말하지는 말아요! 모든 감정은 훌륭합니다. 아니 그 정도가 아니라 너무나도 훌륭하답니다. 증오도, 부러움도, 질투도, 끔찍함도 말이지요. 우리는 우리의 가련하고, 아름답고, 훌륭한 감정들 외에 다른 어떤 것을 가지고 살 수는 없어요. 우리가 어떤 감정을 부당하게 취급하는 것은, 별 하나를 제거해버리는 것과 같아요.

내가 지나를 사랑하는지는 잘 모르겠어요. 그 점에 대해서는 아주 회의적이에요. 아마도 나는 그녀를 위해 어떤 희생도

하지 않을 거예요. 내가 대체 사랑이란 걸 할 수 있는지 모르겠어요. 나는 욕망하거나 다른 사람에게서 나를 찾아 헤맬 수도 있으며, 메아리에 귀를 기울이거나 나를 비추는 거울을 요구할 수도 있고, 쾌락을 추구할 수도 있어요. 그리고 그 모든 것은 마치 사랑처럼 보이지요.

당신과 나, 우리 둘은 같은 미로의 정원을, 이 악한 세상 속에서 손해를 본 우리의 감정들의 정원을 걷고 있어요. 그리고 그 손해 대신 우리는 각자의 방식대로 이 악한 세상에 복수를 하고 있지요. 하지만 우리는 다른 사람의 꿈들 중 하나로 존속하기를 원하고 있어요. 왜냐하면 우리는 꿈의 포도주가 얼마나 붉고 감미로운 맛을 내는지 알고 있으니까요.

그 꿈의 감정들과 그 꿈의 행위들의 '영향력'과 결과에 관해서는, 오직 선하고 확신이 있는 사람들만이 분명히 알고 있습니다. 삶을 믿고, 내일이나 모레가 되어도 자신들이 인정할 수 없는 그러한 행보를 취하지 않는 그런 사람들 말이지요. 불행히도 나는 그러한 사람들 축에 들진 못해요. 그래서 나는 내일을 믿지 않고 하루하루를 마지막 날처럼 여기는 그런 사람처럼 느끼고 행동하지요.

사랑스럽고 가녀린 여인이여, 내 생각을 표현하려고 해보지만 잘 되지 않는군요. 표현된 생각은 언제나 그처럼 생명이 사라져 버린답니다! 우리 그 생각들이 살아 있도록 해봅시다!

당신이 나를 얼마나 이해하고 있으며, 당신 내면에 있는 무언가가 얼마나 나와 닮아 있는지 나는 깊이 느끼고 있고 감사하고 있어요. 그것이 생명의 책에 어떻게 기록될 수 있는지, 우리의 감정이 사랑과 기쁨과 감사와 동정인지, 혹은 그 감정들이 어머니의 심정인지 어린아이의 것인지 나는 모르겠어요. 때로 나는 모든 여성을 마치 늙고 교활한 탕녀처럼 보기도 하고, 어떤 때는 어린아이처럼 여기기도 해요. 때로 가장 순결한 여인이 내게 가장 큰 유혹이 되고, 때론 풍만한 여인이 그렇지요. 내가 사랑해도 좋은 모든 것이 아름답고 성스러우며 한없이 선하지요. 왜 그런지, 얼마나 오랫동안인지, 어느 정도인지는 측정할 수가 없어요.

내가 당신만을 사랑하는 건 아니에요. 그 점은 당신도 알고 있지요. 그렇다고 지나만을 사랑하는 것도 아니에요. 내일 그리고 모레 나는 다른 모습들을 사랑하게 될 것이고, 다른 모습들을 그리게 될 거에요. 하지만 내가 한번 느꼈던 어떠한 사랑도 후회하지 않을 것이고, 그 사랑 때문에 내가 행했던 어떤 어리석은 짓이나 현명한 행동도 후회하지 않을 거예요. 아마 당신이 나와 비슷하기 때문에 내가 당신을 사랑하는지도 몰라요. 다른 사람들의 경우에는, 그들이 나와 너무 다르기 때문에 사랑한답니다.

밤이 깊었군요. 달이 살루테 산 위에 떠 있어요. 삶이 어찌나 웃어대며, 죽음은 또 얼마나 웃어대는지!

이 멍청한 편지를 불 속에 던져버려요. 그리고 불 속으로 던져버려요

당신의 클링조어도.

번개

번개가 멀리서 열에 달떠 있고,
재스민은 마치 수줍은 별처럼
기이한 광채를 띠며
그대의 머리에서 창백하게 깜박인다.

그대의 기묘한 힘에,
그대의 우울하고도 별도 떠 있지 않은 힘에,
우리는 입맞춤과 장미를 바치노라,
숨 막히는 무더운 밤이여.

하자마자 후회하는 입맞춤,
행복도 광채도 없는 입맞춤을 ―
슬픈 춤을 추며
무르익은 꽃잎을 흩날리는 장미를.

이슬도 남기지 않고 사라져버리는 밤이여!
행복도 눈물도 없는 사랑이여!
우리 머리 위로 뇌우가 걸려 있다,
우리가 두려워하면서도 열망하는 그런 뇌우가.

재회

당신은 전부 잊으셨나요,
언젠가 당신이 내 팔짱을 끼었던 일을
그러자 한없는 기쁨이
당신의 손에서 내 손으로
내 입에서 당신 입으로 전해졌던 것을,
그리고 당신의 금빛 머리카락이
언젠가 덧없는 봄날 동안
내 사랑의 복된 외투였던 것을,
그리고 어떤 폭풍 같은 사랑이나 어떤 어리석은 짓에도 꿈쩍 않고
지금은 저리 회색빛으로 불쾌하게 누워 있는 저 세계가
언젠가 향기를 내뿜고 울림 가득하던 것을?

우리가 서로 아프게 하는 것을,
시간은 날려버리고, 마음은 잊어버린답니다.
하지만 복된 순간들은 머물러 있답니다,
끝없이 광채를 내며.

나는 자주 이런 생각을 한다. 우리의 모든 예술은 단지 일종의 대체물, 즉 소홀히 한 삶과 소홀히 한 동물적 속성, 소홀히 한 사랑을 위해 열 배나 더 비싼 값을 지불하고 애써 얻은 대가가 아닌지 하는 생각 말이다. 하지만 역시 그런 것 같지는 않다. 그것은 완전히 다르다. 우리가 정신적인 것을 단지 사라진 감각적인 것에 대한 비상 대체물로 본다면, 그것은 감각적인 것을 과대평가하는 것이다. 감각적인 것은 절대로 정신보다 더 가치 있지는 않은데, 그렇다고 거꾸로 가치가 덜하지도 않다. 그것은 모두가 하나이며, 모든 것이 동시에 훌륭하다. 그대가 어떤 여인을 품에 안거나 시 한 편을 짓는 것은 같은 것이다. 본질적인 것, 즉 사랑과 불타오름 그리고 사로잡힌 상태만 거기 있다면, 그대가 아토스 산(역주: 그리스에 위치한 그리스 정교회의 정신적 중심지)에 거하는 수도승이든 파리에 있는 플레이보이이든 매한가지이다.

생각을 할 때나 예술에 있어서 내가 선호하는 것이, 나의 실생활에 있어, 특히 여성들과 함께 있을 때 내게 고통인 경우가 자주 있습니다. 내가 나의 사랑을 고정시킬 수 없다는 점, 내가 오직 하나의 대상, 혹은 한 여인을 사랑하지 못하고 삶과 사랑 그 자체를 사랑하지 않을 수 없다는 사실 때문에 말입니다.

모든 예술의 시작은 사랑이다. 모든 예술의 가치와 크기는 무엇보다 예술가의 사랑하는 능력에 의해 결정된다.

시인이 저녁에 본 것

남녘의 칠월의 하루해가 뜨겁게 작렬하며 가라앉고 있었고, 산들은 푸르른 여름연무 속에서 봉우리를 장밋빛으로 빛내며 헤엄치고 있었으며, 들에서는 푹푹 찌는 가운데 튼실하게 작물이 익어갔으며, 높이 자란 실한 옥수수가 뽐내며 서 있었고, 많은 곡식밭에서는 이미 추수가 끝난 상태였는데, 시골길에 뿌옇게 날리는 미지근한 흙먼지 냄새 속으로는 들판과 정원에서 다양한 꽃향기가 감미롭고도 진하게 흘러들었다. 대지는 짙은 초록 속에서 낮의 열기를 아직 간직하고 있었고, 마을들은 금빛 박공으로부터 따뜻한 잔광을 이제 막 시작된 어스름 속으로 던지고 있었다.

뜨거운 도로 위에는 연인 한 쌍이 한 마을에서 다른 마을로 걷고 있었다. 그들은 별 목적 없이 천천히 걸으면서 헤어짐을 망설였다. 때로는 헐겁게 손을 잡고 있고, 때로는 어깨동무를 하며 서로를 감싸 안았다. 그들은 부유하듯 아름답게 걸었다.

희미한 빛을 내는 가벼운 여름옷을 입고 하얀 신발을 신었으며 머리에는 아무것도 쓰고 있지 않았는데, 사랑에 이끌린 채 가벼운 저녁 열기 속을 걷고 있었다. 아가씨는 얼굴과 목이 하얗고, 남자는 갈색으로 그을렸는데, 둘 다 날씬했고 자세는 꼿꼿했다. 둘 다 아름다웠고, 둘 다 그 순간의 느낌 속에서 하나가 된 상태였고, 하나의 심장에서 영양을 공급받고 움직임을 부여받는 것 같았다. 하지만 두 사람은 서로 대단히 달랐고, 상당한 거리감이 있었다. 때는 바야흐로 일종의 동료애가 사랑으로, 유희가 운명으로 바뀌는 순간이었다. 두 사람은 웃음으로 그 순간을 표현했으며, 동시에 둘은 거의 비애감이 들 정도로 진지했다.

이 시간에 두 마을 사이에 있는 도로를 걷는 사람은 아무도 없었다. 밭에서 일하는 사람들은 벌써 일을 끝낸 시간이었다. 마치 아직도 햇빛을 받고 있는 것처럼 나무들 사이에서 밝게 빛나는 어떤 시골집 가까이에서, 사랑하는 두 사람은 멈춰 서서 서로를 껴안았다. 남자는 아가씨를 길가로 부드럽게 이끌고 갔는데, 거기엔 낮은 담장이 쳐져 있었다. 이들은 함께 있기 위해, 그리고 마을에 있는 가족들에게로 돌아가지 않기 위해, 함께 걷는 길의 나머지를 마저 다 걷고 싶지 않은 심정으로 담장에 걸터앉았다. 이들은 담장 위에 말없이 앉아 있었는데, 주변에는 패랭이꽃과 바위취가 있었고, 그들 머리 위를 포도 잎이 가려주고 있었다. 먼지와 향기 저 너머 마을 쪽에서 여러 소리가 들려왔다. 아이들이 노는 소리, 어머니의 외침, 남자들이 웃는 소리, 먼 곳에서 소심하게 치고 있는 낡은 피아노 소리였다. 이들은 조용히 서로 기대앉아 아무 말도 하지 않은 채, 머리 위에 있는 잎사귀가 어두워지는 것, 주위에서 향기가 어지러이 흩날리는 것, 따뜻한 공기가 이슬과 냉기를 처음으로 감지하고 떠는 것을 함께 느꼈다.

아가씨는 젊었다. 아니, 아주 젊다고 할 수 있었고 아름다웠으며, 가벼운 옷 위로 길고 하얀 목이 날씬하고 아름답게 솟아올랐고, 짧고 넓은 소매로부터는 하얀 팔과 손이 길고 날씬하게 뻗어 나왔다. 그녀는 남자친구를 사랑했다. 그녀는 그를 아주 사랑한다고 믿고 있었다. 그녀는 그에 대해 많은 것을 알고 있었으며, 그를 너무도 잘 알았다. 그들은 오랫동안 친구로 지내왔다. 잠깐 동안이긴 해도 이들은 자주 자신들의 아름다움과 친족관계에 대한 기억을 떠올리곤 했었고, 손을 맞잡는 것을 살짝 망설였었으며, 유희하듯 짧게 키스했었다. 그는 그녀의 친구였고, 어느 정도는 그녀의 상담자이자 신뢰할 수 있는 사람이었으며, 손윗사람이자, 더 많이 아는 사람이었다. 다만 때때로 그리고 잠깐 동안 이들의 우정이라는 하늘 위로 약한 번개가 번쩍인 적이 있었다. 자신들 사이에 단지 신뢰와 동료애뿐만 아니라 허영심과 권력욕, 달콤한 적대감과 이성간의 끌림 역시 한몫했었다는 짧고도 애정 어린 기억이 떠올랐다. 이제 이 끌림이 익어가려 했고, 그것이 다른 모든 것을 태워버렸다.

남자 역시 멋졌지만, 아가씨가 지닌 청춘과 내적으로 꽃이 만개한 그런 느낌은 남아 있지 않았다. 그는 그녀보다 훨씬 나이가 많았고, 사랑과 운명을 맛보았으며, 난파와 새로운 출발을 경험했다. 갈색의 홀쭉한 그의 얼굴에는 심사숙고하면서 자의식이 강한 그의 성향이 뚜렷이 새겨져 있었고, 이마와 뺨에는 운명이 새겨놓은 주름이 져 있었다. 하지만 이 날 저녁 그의 시선은 부드럽고 상념에 잠겨 있었다. 그의 손은 아가씨의 손과 유희를 벌였고, 조심스럽고 가볍게 그녀의 팔과 목덜미를 지나 어깨와 가슴 쪽으로 옮겨갔는데, 이 유희의 길은 짧고도 부드러웠다. 그리고 고요한 저녁 어스름 속에서 그녀의 입술이, 깊은 애정을 가지고 기다리는 마치 한 송이 꽃처럼 그에게 다가오는 동안, 그리고 그의 내면에서 깊은 애정과 점점 더해가는 배고픈 열정이 끓어오르는 동안, 그의 머릿속엔, 많은 다른 애인이 여름저녁을 그와 함께 그런 식으로 보냈었다는 사실과, 그의 손가락이 다른 팔과 다른 머리카락과 다른 어깨와 다른 엉덩이를 똑같이 부드럽게 쓰다듬었던 것, 자신이 이미 배운 것을 실행하고 있다는 생각, 자신이 체험한 것을 반복하고 있다는 생각, 그에게 이 순간에 솟아나는 모든 감정이

이 아가씨의 경우에는 뭔가 다른 것, 뭔가 아름답고 사랑스러운 것이긴 하지만, 더 이상 새롭거나 이전에 들어보지 못한 것이 아니며, 처음 경험한 것이나 성스러운 것이 아니라는 생각이 차츰 떠올랐고 또 분명해졌다.

이 잔도 난 훌쩍 들이킬 수 있어, 그는 그렇게 생각했다. 이 잔 역시 달콤하고, 이 잔 역시 멋져, 그리고 난 이 젊은 꽃을 아마도 더 잘 사랑할 수 있을 거야. 다른 애송이가 할 수 있는 것보다 그리고 나 자신이 십 년, 혹은 십오 년 전에 할 수 있던 것보다 더 잘 알고, 더 아끼며, 더 섬세하게 말이지. 나는 그녀를 다른 누구보다 더 부드럽고 영리하게, 더 친절하게 첫 경험의 문턱 위로 들어 올릴 수 있고, 나는 이 멋지고 귀한 포도주를 다른 어떤 젊은이보다 더 귀하고 더 고마워하며 맛볼 수 있지. 하지만 도취 후에 권태가 찾아오리란 걸 난 그녀에게 숨길 순 없어. 첫 번째 도취의 순간이 끝난 후에도 그녀에게 사랑에 빠진 사람 흉내를 낼 수 없어. 그녀가 꿈꾸는 그런 애인, 미몽에서 깨어나지 않은 그런 사람 흉내를 말이지. 난 그녀가 떨며 우는 걸 보게 될 테고, 냉정하게 될 것이며 안 보이게 조바심을 낼 거야. 나는 그녀가 각성한 눈으로 미몽에서 깨어나는 것을 맛보아야 하는 순간 때문에 두려워할 거야. 아니, 나는 지금 이미 그러한 순간을 두려워하고 있어. 그녀의 얼굴이 더 이상 꽃이 아닌 순간, 잃어버린 소녀다움에 대해 깜짝 놀라며 그녀의 얼굴이 일그러지는 순간 때문에 말이지.

그들은 꽃이 핀 들풀에 둘러싸인 채 말없이 담장 위에 앉아 있었고, 바싹 달라붙은 채, 때때로 기쁨에 몸서리치며 서로를 더 가까이 밀착시켰다. 그들은 아주 가끔, '사랑하는 – 보배 – 애기 – 나 사랑해?' 같은 혀 짧은 유치한 말을 한마디씩 했다.

나뭇잎 그늘 속에 있던 시골집의 외관마저도 희미해지기 시작한 그때, 그 집에서 한 아이가 나왔다. 열 살쯤 된 그 작은 소녀는 맨발이었고, 갈색의 날씬한 다리에, 어두운 색깔의 짧은 옷을 입고 있었으며, 밝은 갈색 얼굴 위로 검고 긴 머리카락을 드리우고 있었다. 소녀는 놀면서 이리로 오고 있었는데, 약간 당황한 듯 망설였고, 손에는 줄넘기를 들고 있었으며, 작은 발로 소리 없이 도로를 건넜다. 그녀는 발걸음을 바꾸면서 유희하듯이 연인들이 앉아 있는 곳으로 오고 있었다. 아이는 연인들 쪽으로 오면서, 마치 지나가는 것이 내키지 않는다는 듯이 천천히 걸었다. 마치 협죽초가 박각시나방을 유혹하듯이, 무언가 그녀를 이리로 유인한 것처럼 말이다. 아이는 노래 부르듯 나지막하게 "보나 세라"(역주: 오후나 저녁에 하는 이탈리아 인사)라고 인사했다. 아가씨는 담장 위에서 내려다보며 친근하게 고개를 까딱했고, 남자는 아이에게 "치아오, 카라 미아"(역주: '안녕, 내 친애하는 이여'라는 정도의 뜻을 가진 이탈리아 인사)라고 친절하게 말했다.

아이는 내키지 않는 듯 천천히 지나가더니, 점점 망설이다가 쉰 걸음쯤 걷고 나서 멈추어 섰고, 망설이듯 몸을 돌려서 다시 가까이 다가와서는 연인 곁을 지나가면서 당황한 듯 웃으며 이들 쪽을 쳐다보고는 계속 걸어갔고, 시골집의 정원으로 사라졌다.

"참 예쁜 아이네!"

남자가 말했다.

약간의 시간이 흐르고 어스름도 조금 더 짙어졌을 때, 아이가 다시 정원 입구에서 모습을 드러냈다. 아이는 잠깐 멈춰 서 있더니 거리를 은밀하게 훑어보았고, 담장과 포도나무 잎사귀 그리고 연인을 엿보았다. 그러고 나더니 아이는 달리기 시작했고, 맨발로 사뿐사뿐 빠르게 도로를 뛰어와서는 연인을 지나갔고, 달리면서 돌아와 정원 입구까지 가서는 일 분 정도 멈춰서 있다가, 다시 한 번 달리기 시작했고, 또 한 번 그리고 다시 한 번 혼자만의 조용한 달음질을 계속했다.

연인은 그 여자아이가 달리는 모습과 다시 몸을 돌리는 모습, 어두운 빛깔의 짧은 치마가 아이의 날씬한 다리 주위에서 펄럭이는 모습을 말없이 바라보았다. 이들은 이 뜀박질이 자신들을 위한 것이며, 자신들로부터 어떤 마력이 빛을 발한다는 것, 그리고 이 작은 소녀가 아이와 같은 꿈을 꾸며 사랑의 예감, 말없는 감정의 도취에 대한 예감을 품고 있다는 것을 느졌다.

소녀의 뜀박질은 마침내 춤이 되었는데, 아이는 몸을 흔들고 스텝을 바꾸며 부유하듯 점점 다가왔다. 그 작은 소녀는 저녁의 하얀 도로 위에서 혼자 춤을 추었다. 그녀의 춤은 일종의 경배였으며, 그녀의 아이다운 작은 춤은 미래와 사랑에 바치는 노래이자 기도였다. 아이는 진지하고도 헌신적으로 자신의 희생을 완수했고, 부유하듯 왔다가 멀어져 갔으며, 마침내 어두운 정원으로 사라져 갔다.

아가씨가 말했다.

"아이가 우리의 마력에 빠졌나 봐요. 저 아이는 사랑을 감지하고 있어요."

남자친구는 침묵했다. 그는, 아마도 이 아이가 춤으로 표현된 사랑의 작은 도취 속에서, 자신이 미래에 체험하게 될 어떤 것보다 더 아름답고도 충만한 것을 향유했을 것이라고 생각했다. 그에겐, 두 사람도 자신들의 사랑에서 가장 좋은 것, 가장 내면적인 것을 지금 이미 향유한 것 같다는 생각, 앞으로 다가올 것은 알맹이 없는 찌꺼기란 생각이 들었다.

그는 일어나 여자친구를 담장에서 안아 내리며 말했다.

"너 이제 가야 해. 시간이 늦었어. 사거리까지 바래다줄게."

이들이 시골집의 문을 지나갈 때, 그 시골집과 정원은 이미 잠들어 있었다. 석류꽃이 문 위에 드리워져 있었고, 깊어가는 밤인데도 그 꽃의 화려한 붉은색이 아직 밝게 빛나고 있었다.

이들은 서로 얼싸안은 채 사거리까지 걸어갔다. 이들은 작별의 입맞춤을 뜨겁게 나누었고, 서로 떨어져 제 집으로 향했다가 다시 돌아와 또 입을 맞추었다. 입맞춤은 더 이상 행복감을 주지 않았으며, 단지 뜨거운 목마름일 따름이었다. 아가씨는 서둘러 걷기 시작했고, 남자는 오래 그녀의 뒷모습을 바라보았다. 그리고 이 순간에도 그의 곁에는 과거가 자리잡고 있었고, 지나간 것이 그의 눈을 들여다보았다. 다른 이별들, 밤에 나눴던 다른 입맞춤들, 다른 입술들, 다른 이름들이. 슬픔이 그를 엄습했고, 그는 천천히 제 갈 길로 돌아갔는데, 나무들 위로 별들이 모습을 드러내고 있었다.

이 날 밤 그는 잠을 이루지 못했고, 그의 생각은 다음과 같은 결론에 도달했다.

이미 했던 것을 다시 반복하는 것은 부질없는 짓이야. 아직 많은 여인들을 난 사랑할 수 있겠지. 아직 여러 해 동안 아마도 나의 눈은 밝고, 나의 손은 부드러우며, 내 입맞춤을 여자들이 좋아하겠지. 그리고는 이별이 오겠지. 그때는 내가 오늘 내 마음대로 할 수 있는 이별을, 패배감과 절망감 가운데 받아들여야 할 거야. 그러면 오늘은 승리나 다름없는 이 포기가, 단지 굴욕적인 것이 될 거야. 그러니 나는 지금 포기해야만 해. 지금 이별을 해야만 해.

오늘 나는 많은 것을 배웠고, 앞으로도 많은 것을 배워야만 해. 말없이 춤추면서 우리를 황홀하게 해주었던 그 아이에게서도 배워야 해. 그 아이가 저녁에 한 쌍의 연인을 보았을 때 그의 내면에서는 사랑이 활짝 피어났지. 때 이른 기쁨의 파도, 기쁨에 대한 두렵고도 아름다운 때 이른 예감이 이 아이의 핏속에 흘렀어. 그러자 그 아이는 아직 사랑할 수 없는 나이인데도 춤을 추기 시작했어. 나도 그렇게 춤추는 법을 배워야 하고, 기쁨에 대한 욕망을 음악으로 변화시켜야 하며, 감각적인 것을 기도로 변화시켜야 해. 그러고 나면 나는 언제나 사랑할 수 있을 것이며, 그러고 나면 나는 이전 것을 불필요하게 반복할 필요가 없을 거야. 나는 이 길을 가야겠어.

사랑하는 남자

지금 그대의 친구는 온화한 밤에 깬 채 누워 있다,

아직 그대의 온기를 느끼며, 아직 그대의 향기와

그대의 시선과 머리카락과 입맞춤으로 가득 찬 채 ─ 오 한

밤이여,

오, 달과 별이여, 안개 낀 푸른 대기여!

내 사랑이여, 그대에게로 나의 꿈이 들어간다

바다와 산과 협곡 속인 것처럼 깊숙이,

태양과 뿌리와 동물은

부서지는 파도에 흩뿌려졌고 거품으로 흩날렸다,

오직 그대 곁에,

그대 가까이에 있기 위해.

토성과 달은 멀리서 공전하는데, 나는 그것들을 보지 않는다,

꽃의 창백함 속에서 그대의 얼굴을 볼 뿐,

그리고 나는 조용히 웃고 취한 채 운다,

행복도 고통도 더 이상 없다,

오직 그대, 오직 나와 그대만이 가라앉는다

깊은 우주 속으로, 깊은 바닷속으로,

그 속으로 우리는 사라진다,

그 속에서 우리는 죽고 새로 태어날 것이다.

픽토어의 변신

동화

　　　　　　픽토어는 낙원에 들어서자마자 어떤 나무 앞에 서게 되었는데, 그 나무는 남자인 동시에 여자였다. 픽토어는 그 나무에게 경외심을 담아 인사를 하면서 물었다. "네가 생명의 나무니?" 그러나 나무 대신에 뱀이 그에게 대답하려 하자, 그는 몸을 돌려 계속 걸어갔다. 그는 정신없이 쳐다보았고, 모든 것이 그의 마음에 쏙 들었다. 그는 자신이 고향에, 생명의 근원에 와 있다는 것을 분명히 느꼈다.

　그는 다시 나무 한 그루를 보았는데, 그 나무는 해인 동시에 달이었다.

　픽토어가 말했다.

　"네가 생명의 나무니?"

　태양은 고개를 끄덕이며 웃었고, 달도 고개를 끄덕이며 미소 지었다.

다양한 색과 빛깔 그리고 갖가지 눈과 얼굴을 한 기이한 꽃들이 그를 쳐다보았다. 몇몇 꽃들은 고개를 끄덕이며 웃었고, 어떤 꽃들은 고개를 끄덕이며 미소 지었는데, 다른 꽃들은 고개를 끄덕이지도 웃지도 않았다. 이 꽃들은 취한 채 침묵했고, 스스로의 내면 속으로 침잠했으며, 자신의 향기에 빠져 죽은 듯했다. 꽃 한 송이가 연보랏빛 노래를 불렀고, 어떤 꽃은 암청색의 자장가를 불렀다. 어떤 꽃은 크고 푸른 눈을 하고 있었고, 다른 꽃은 그의 첫사랑을 생각나게 했다. 어떤 꽃은 어린 시절의 정원 향기를 풍겼는데, 그 달콤한 향기는 마치 어머니의 목소리같이 울려퍼졌다. 다른 꽃은 그에게 웃음 지으며, 그를 향해 휘어진 빨갛고 긴 혀를 내밀었다. 그는 그것을 핥았는데, 강하고 거친 맛, 꿀과 송진 같은 맛이 났다. 그것은 여인의 입맞춤과 같은 맛인 듯도 했다. 그 모든 꽃들 사이에서 픽토어는 동경에 가득 찬 채 두려운 기쁨을 느끼며 서 있었다. 그의 심장은 마치 종이라도 된 듯 무겁고 요란하게 뛰었다. 그의 열망은 미지의 것, 매혹적으로 예감된 것을 동경하며 타올랐다.

픽토어는 새 한 마리가 앉아 있는 것을 보았다. 그 새는 풀밭에 앉아 있었고 갖가지 색깔로 빛나고 있었다. 그 아름다운 새는 세상의 모든 색깔을 지니고 있는 것 같았다. 픽토어는 그 아름답고 화려한 새에게 물었다.

"오 새야, 도대체 행복은 어디에 있니?"

아름다운 새는 금빛 부리로 웃으며 말했다.

"행복은, 친구야, 행복은 어디에나 있어, 산에도 계곡에도, 그리고 꽃과 수정에도."

이 말을 하며 그 유쾌한 새는 자신의 깃털을 털었고, 목을 홱 움직이며 꼬리를 흔들어 균형을 잡고는, 눈을 깜박거리며 다시 한 번 웃었다. 그러고 나서 새는 꼼짝 않고 조용히 풀밭에 앉아 있었다. 그런데 이게 웬일인가, 그 새가 이제 한 송이 화려한 꽃이 되었다. 깃털은 잎이 되었고, 발톱은 뿌리가 되었다. 다채로운 빛깔로 춤을 추면서 새가 식물이 된 것이다. 픽토어는 놀라서 그 모습을 보았다.

그리고 꽃이 된 새는 곧이어 잎사귀와 꽃실을 움직였고, 꽃이 된 것에 벌써 물린 듯 뿌리가 사라져버렸는데, 가볍게 움직이며 천천히 떠오르더니 한 마리의 찬란한 나비가 되었다. 나비는 무게감 없이, 그리고 빛도 없이 아주 환한 얼굴을 하고 떠다니듯 몸을 흔들었다. 픽토어는 놀라서 눈을 크게 떴다.

하지만 이 새로운 나비, 기쁜 듯한 화려한 새 – 꽃 – 나비, 밝은 색채의 얼굴은 놀란 픽토어 주위를 원을 그리며 날다가, 햇빛 속에서 반짝거리며 마치 눈송이처럼 지면에 부드럽게 내려앉았다. 나비는 픽토어의 발 가까이 앉아 부드럽게 숨 쉬며 빛나는 날개를 약간 떨었다. 그러고는 곧 영롱한 빛깔의 수정으로 변했는데, 그 모서리에서 한 줄기 빨간 빛이 비췄다. 그 빨간 보석은 초록색 잔디와 풀잎들 사이로 마치 축제의 종소리처럼 밝게 놀라운 빛을 뿜었다. 하지만 그의 고향인 땅속 깊은 곳에서 그를 부르고 있는 것 같았다. 그의 몸은 빠르게 작아졌고 땅속으로 가라앉으려 했다.

그때 픽토어가 강력한 욕구에 내밀려 사라지려는 돌을 향해 손을 뻗어 낚아챘다. 그는 넋을 잃고 모든 축복의 예감을 그의 마음속에 비추는 것 같은 그 매혹적인 빛을 바라보았다.

갑자기 뱀 한 마리가 말라죽은 나무의 가지에 몸을 말더니 그의 귀에 쉿쉿거리며 속삭였다. "그 돌은 네가 원하는 모습으로 너를 변신시켜줄 거야. 빨리 그 돌에게 네 소원을 말해, 늦기 전에!"

픽토어는 깜짝 놀랐고, 자신의 행운을 놓칠까 두려웠다. 서둘러 그는 소원을 말했고, 한 그루 나무로 변했다. 왜냐하면 그는 이미 여러 번 나무가 되기를 원했기 때문이다. 그에게 나무는 너무나도 편안하고 힘이 넘치며 품위가 있는 것처럼 보였었던 것이다.

픽토어는 나무가 되었다. 그는 땅에 뿌리를 박았고, 하늘 높이 몸을 뻗었으며, 잎사귀가 돋았고, 사지에서 가지가 뻗어 나왔다. 그는 이러한 사실에 만족했다. 그는 목마른 뿌리털로 시원한 대지 깊숙한 곳에서 물을 빨아들였고, 푸른 하늘 높은 곳에서 자신의 잎사귀를 흔들어댔다. 그의 껍질 속에는 풍뎅이들이 살았고, 그의 발치에는 토끼와 고슴도치가, 가지에는 새들이 살았다.

나무가 된 픽토어는 행복해서, 흘러가는 세월을 헤아리지도 않았다. 여러 해가 지나고 나서야, 그는 자신의 행복이 완전하지 않다는 것을 알아차렸다. 그는 천천히 나무의 눈으로 보는 법을 배웠다. 마침내 그는 보게 되었고, 슬퍼졌다.

그러니까 그는 낙원 안에서 자신을 둘러싼 대부분의 존재가 아주 자주 변해간다는 것, 즉 모든 것이 영원한 변화라는 마법의 강 속에서 흘러간다는 것을 보게 되었던 것이다. 그는 꽃이 보석이 되는 것 혹은 반짝이는 벌새로 변해 날아가는 것을 보았다. 그는 자신의 옆에 있던 많은 나무들이 갑자기 사라지는 것을 보았다. 어떤 나무는 녹아 샘이 되었고, 어떤 나무는 악어가 되었으며, 또 다른 나무는 물고기가 되어 쾌감에 가득 찬 채 즐겁고도 상쾌하게 들뜬 기분으로 헤엄쳐 떠나가, 새로운 모습으로 새로운 놀이를 시작했다. 코끼리들은 자신들의 옷을 바위로 바꾸었고, 기린들은 꽃으로 모습을 바꿨다.

하지만 나무가 된 픽토어 자신은 언제나 그 모습 그대로 머물러 있었고, 다른 모습으로 변하지 못했다. 그가 이러한 사실을 알게 된 이후로 그의 행복은 사라져버렸다. 그는 늙어가기 시작했고, 많은 늙은 나무들에게 볼 수 있는, 저 지치고, 엄숙하며, 슬픈 태도를 점점 자주 취하게 되었다. 말이나 새 그리고 인간을 비롯한 모든 존재에게서도 그러한 점은 매일 확인할 수 있는 것이다. 변신의 재능을 가지지 못하면, 이들은 시간이 지나면서 슬픔과 쇠약함에 빠져들고, 이들의 아름다움은 사라져버리는 것이다.

그러던 어느 날 파란 옷을 입은 한 어린 금발의 소녀가 길을 잃고 이 낙원으로 들어왔다. 이 금발의 소녀는 노래하고 춤추며 나무들 아래를 뛰어다녔다. 그녀는 지금까지 한 번도 변신의 재능을 가졌으면 하는 생각을 해본 적이 없었다.

많은 영리한 원숭이들은 소녀의 뒤에서 미소를 지었고, 관목은 덩굴로 그녀를 부드럽게 쓰다듬었으며, 많은 나무들이 그녀에게 꽃과 견과류 그리고 사과를 던졌는데, 소녀는 신경도 쓰지 않았다.

나무가 된 픽토어가 소녀를 보았을 때, 행복에 대한 커다란 동경과 갈망이 그를 사로잡았는데, 그것은 그가 이제까지 한 번도 느껴본 적이 없던 것이었다. 그와 동시에 그는 깊은 생각에 빠져든다. 왜냐하면 마치 자기 자신의 꽃이 그에게 이렇게 소리치는 것 같은 생각이 들었기 때문이다. "잘 생각해봐! 지금 이 순간 너의 전 생애를 떠올려보고, 그 의미를 찾아봐. 그렇지 않으면 너무 늦어. 그렇게 되면 행복이 너에게 찾아오는 일은 결코 없을 거야." 픽토어는 그 말에 따랐다. 그는 자신이 어디에서 왔는지와, 사람이었던 시절, 낙원으로 향하던 길 그리고 특히 그가 나무가 되기 전의 순간, 그가 마법의 돌을 손에 넣었을 때의 저 놀라운 순간을 기억에 떠올렸다. 모든 변신의 가능성이 그에게 열려 있던 그 당시, 그의 내면에서 삶은 그 어느 때보다 뜨겁게 이글거렸었다! 그는 당시에 웃음 지었던 새와, 해와 달을 함께 가지고 있던 나무를 생각해냈다. 당시에 그가 뭔가 놓친 것 같은 예감, 뭔가 잊어버린 것 같다는 예감, 그리고 뱀의 충고가 그다지 좋은 것이 아니었다는 예감이 그를 사로잡았다.

그녀는 나무 잎사귀 속에서 픽토어가 부스럭거리는 소리를 듣고, 그가 있는 쪽을 올려다보았다. 그리고 마음속에 갑작스런 고통을 느끼며, 새로운 생각과 새로운 갈망, 새로운 꿈들이 자신의 내면에서 움직이는 것을 느꼈다. 알지 못할 힘에 이끌려 그녀는 나무 밑에 앉았다. 그녀에겐 나무가 외로워 보였다. 외롭고 슬퍼 보였지만, 동시에 그 말없는 슬픔 속에서도 아름답고, 감동적이며 고귀한 것처럼 보였다. 나직하게 쏴쏴거리는 우듬지의 노래가 그녀에게 유혹적으로 울려왔다. 그녀는 거친 나무기둥에 몸을 기대고, 나무가 깊이 전율하는 것을 느꼈으며, 자신의 가슴속에 똑같은 전율을 느꼈다. 그녀의 가슴은 기이하게 아파왔고, 그녀 영혼의 하늘 위로 구름들이 몰려왔으며, 그녀의 눈에서 굵은 눈물이 천천히 흘러내렸다.

도대체 왜 그랬지? 왜 이렇게 고통스러워야만 했을까? 왜 심장은 가슴을 터뜨리기를 열망했고, 그에게로, 그의 안으로, 저 아름답고 고독한 나무에게로 녹아들어가 버리고자 열망했던 것일까?

나무는 뿌리까지 가볍게 몸을 떨었고, 모든 생명력을 격렬하게 자신의 내면에 끌어모아, 소녀와 합일에 이르고자 하는 타오르는 열망에 사로잡혔다. 아, 뱀의 꼬임에 속아 영원히 혼자 나무에 가두어버리다니! 오, 얼마나 맹목적이고, 오, 얼마나 어리석었던가! 도대체 자신은 아무것도 몰랐으며, 삶의 비밀이 그토록 낯선 것이었단 말인가? 아니다, 당시에 그는 그것을 어렴풋이 느꼈고 예감했었다. ― 아, 이제 그는 슬픔과 깊은 이해를 가지고, 남자와 여자로 이루어진 저 나무를 회상했다!

새 한 마리가 날아왔다. 빨갛고 초록색을 띤 그 새는 포물선을 그리며 아름답고 대담하게 다가왔다. 소녀는 새가 나는 모습을 보고 있었는데, 새의 부리에서 무언가가 떨어졌다. 그것은 피처럼, 잉걸불처럼 빨갛게 빛났다. 그것은 초록색 풀밭으로 떨어졌고, 초록 수풀 속에서 아주 익숙한 빛을 뿜었다. 그 빨간 빛이 너무 또렷해서, 소녀는 몸을 숙여 그것을 집어 들었다. 그것은 수정, 일종의 석류석이었는데, 그 주위가 밝게 빛났다.

소녀가 그 마법의 돌을 하얀 손에 집어 들자마자, 소녀의 마음에 가득 차 있던 소망이 곧 실현되었다. 아름다운 소녀는 황홀경에 빠진 채 가라앉았고, 나무와 하나가 되었다. 그리고 튼튼한 젊은 가지가 되어 나무줄기에서 뻗어 나와 위쪽으로 빠르게 자라났다.

이제야 모든 일이 잘되었다. 세상은 제대로 질서가 잡혔고, 그제서야 낙원이 발견되었다. 픽토어는 더 이상 늙고 상심한 나무가 아니었다. 이제 그는 큰 소리로 '픽토리아, 빅토리아'라고 노래했다.

그는 변신했다. 그리고 이번에는 제대로 된 영원한 변신을 이루었기 때문에, 즉 반쪽이 아니라 온전한 하나가 되었기 때문에, 그 순간부터는 그가 원하는 대로 계속 변신할 수 있게 되었다. 생성이라는 마법의 강은 그의 혈관을 타고 끊임없이 흘렀고, 그는 매 순간 일어나는 창조에 영원히 동참할 수 있었다.

그는 노루가 되었고, 물고기가 되었으며, 사람이, 뱀이, 구름이, 새가 되었다. 하지만 그 모든 형상 속에서 완전했으며, 한 쌍을 이루었다. 그는 자신 안에 달과 해를, 남자와 여자를 가지고 있었고, 쌍둥이 강으로 대지를 흘러갔으며, 쌍둥이 별로 하늘에 떠 있었다.

사랑 노래

나는 사슴 그대는 노루,
그대는 새 나는 나무,
그대는 태양 나는 눈(雪),
그대는 낮 나는 꿈이어라.

밤이면 잠자는 내 입에서
금빛 새 한 마리 그대에게 날아가노라,
그 목소리 청아하고, 그 날개 화려한데,
그 새 그대에게 사랑 노래 불러주고,
그 새 그대에게 나의 노래 불러주노라.

어느 탈선자의 일기

어린 학생 시절에 처음으로 사랑에 빠졌던 이후부터 쭉, 나는 쉽게 단념하는 연인, 서툴고 용기 없고 수줍으며 성공을 거두지 못하는 연인이었다. 내가 사랑했던 모든 여자는 내겐 너무나도 훌륭하고 내가 도달하기엔 너무 높은 곳에 있는 것처럼 보였다. 청년이었을 때 나는 춤도 못 췄고, 여자와 시시덕거리지도 못했으며, 가벼운 연애관계도 가져보지 못했다. 오랜 결혼생활을 하면서는 내내 깊은 불만을 가진 채 다른 여성들을 사랑했고 그리워했지만, 피해 다녔다. 그런데 이미 늙어가고 있는 지금, 갑자기 내가 가는 길 여기저기에서 부르지도 않았는데 여성들이 나타나고, 내 오래된 소심함은 사라져버렸다. 여자의 손들이 내 손을 찾고, 그녀의 입술들이 내 입술을 요구하며, 내가 사는 곳의 방구석마다 스타킹 밴드와 머리핀이 발견된다. 이처럼 넘쳐나는 성급한 연애생활 한가운데, 짧은 쪽지편지를 읽는 가운데, 머리카락과 피부의 향기, 분가루와 향수의 향기에 둘러싸인 한가운데에서, 나는, 아니 정확히 말하자면 내 안의 누군가는 이러한 것들이 어디로 가게 될지, 어디로 이끌고 가게 될지 알고 있다. 그 누군가는 알고 있는 것이다. 이것 역시 빼앗길 운명이고, 이 잔 역시 남김없이 비워져야 하며, 토할 때까지 다시 채워져야 하고, 이 비밀스럽고 부끄러운 열망 역시 질리게 될 것이고 사라져야 하며, 오랫동안 열망해온 이 낙원에서 다음과 같은 깨달음, 즉 이 낙원이 선술집, 거기서 나서는 순간 무감각해지고 기억조차 나지 않는 그런 선술집에 지나지 않는다는 깨달음을 가진 채 내가 곧 나가야 한다는 사실을 말이다. 그런 것이다. 이 미지근한 잔 역시 나는 그렇게 마시고 있으며, 내가 오래 품어왔던 이 바라마지 않던 목표 역시 파기하고 있다.

한동안 나의 꿈들을 뜨겁게 달구었던 모든 것이 그런 운명을 겪었다. 소망이 이미 약간 시들고 지치기 시작한 어느 날, 그 소망이 갑자기 실현되었고, 도달할 길 없이 바라고만 있던 열매가 내 품안에 떨어졌는데, 그것 역시 다른 모든 사과와 다름없는 단순한 사과였다. 우리는 그것을 원하고, 그것을 얻고, 그것을 먹는다. 그러면 그 매력과 마력은 사라지고 만다. 내 운명은 그렇게 정해져 있는 것이다. 그런 식으로 나는 한때 자유를 갈망했는데, 그리고 그것을 마셔버렸고, 그런 식으로 나는 고독을 갈망했는데, 그러고 나서 그것을 남김없이 마셔버렸다. 명예와 육체적인 안락함도 마찬가지였다. 그 모든 것은 오로지 질리기 위함, 또 하나의 새롭고 다른, 변화된 갈증을 가지고 깨어나기 위함이었다. 젊은 시절에 나는 결혼과 가족을 얼마나 동경했으며, 더 이상 바랄 것이 없을 정도로 달려들었던가 — 나는 아내와 아이를 얻었다. 내가 깊은 애정을 가지고 끔찍이 사랑한 귀여운 아이들을 — 그런데 그 모든 것이 다시 산산조각 나버렸다! 젊은이의 탐욕스런 상상 속에서 나는 명예를 얼마나 꿈꾸었던가! 그리고 명예가 주어졌다. 그것은 갑자기 주어졌다. 그런데 쉽사리 질리게 만들었고, 너무나도 멍청하고 성가신 것이 되었다! 한때 나는 근심 없는 소박한 삶을 얼마나 원했던가. 직업적 강요도 없고 배고픔도 없이, 시골에 나만의 작은 집이 있는 그런 삶을 말이다. — 그런데 그것 역시 이루어졌다. 나는 돈이 생겼고, 예쁜 내 집을 지었고, 아름다운 정원을 가꾸었다. — 그리고 어느 날 모든 것이 다시 무가치해졌고 먼지처럼 흩어져버렸다! 아, 젊은 시절에 난 로마와 시칠리아, 스페인, 일본과 같은 곳으로 멀리 여행을 떠나기를 얼마나 애타게 바랐던가 — 그것 역시 이루어졌고, 내 것이 되었다. 나는 여행을 떠나게 되었고, 차를 타거나 배를 타고 많은 먼 나라로 떠났으며, 지구를 한 바퀴 돈 후 돌아왔다. 이 열매도 이제 먹어버리고 나자, 그것 역시 더 이상 아무 마력도 지니고 있지 않았다!

그와 똑같은 일을 나는 여인들에게서도 경험했다. 멀리 있었고, 오래 열망했으며, 가까이할 수 없던 그런 여성들도 이제 다가왔다. 무엇에 끌렸는지는 모른다. 나는 그녀들의 머리카락을 쓰다듬고, 떨고 있는 따뜻한 가슴을 어루만지며, 기이하게 생각한다. 그리고 나는 한 입 베어 문 과실을 망설이면서 이미 손에 들고 있다. 한때 그처럼 멀리서 낙원인 듯 유혹하던 그 과실을 말이다! 그 과실은 맛있으며, 달콤하고도 꽉 차 있다. 나는 그것을 헐뜯어서는 안 된다. ― 하지만 그 과실은 물리게, 그것도 쉽사리 물리게 만들고, 나는 이미 그렇게 느끼고 있다. 그리고 곧 그것은 내팽개쳐진다. 한때 남자친구들이, 이어서 여자친구들이 나한테 이끌리는 것에 대해 나는 자주 이상하게 생각했다. 왜냐하면 나는 성실한 사람이 아니기 때문이다. ― 하지만 사실 나는 그것이 무엇인지 알고 있었고 지금도 알고 있다. 그들을 내게로 이끌었던 것, 사람들에 대한 일종의 지배력을 거듭해서 내게 부여한 것이 무엇인지 말이다. 그들 모두, 즉 친구들과 여인들은 내 안에서 삶을 일상적이지 않도록, 폭풍이 몰아치도록 만드는 무언가의 낌새를 채고 있는 것이다. 그들은 내 안에서, 변화하지만 강력한 충동과 감정들을 예감하며, 목적을 수시로 바꾸긴 하지만 언제나 거칠고 뜨겁게 불타오르는 갈증을 느낀다. 하지만 그들과 달리 이 충동과 갈증은 나를 현실의 모든 제국들을 관통해 이끌어가고, 그 현실을 고갈시켜, 그것을 비현실적으로 만들고, 세계를 순회하며, 결국에는 불타오르면서 계속해서 미지의 것, 이름없는 것으로 달아난다.

나는 오늘 봄날 밤의 느지막한 시간에 산을 올라 집으로 향했다. 뽕나무에 내리고 있는 비가 나지막이 노래를 불렀고, 외투 아래에는 작은 갈색의 여인이 우리가 작별을 나눌 때까지 내 허리를 감싸고 있었다. 그녀가 체레지아에 있는 그녀의 시골집 옆에서 만족할 줄 모르며 내게 마지막 입맞춤을 하고 있을 때, 나는 비 오는 하늘 저편에서 푸른 하늘과 별들이 나타나는 것을 보았다. 그 별들 가운데 하나는 내 행운의 별인 목성이었다. 다른 별, 비밀에 가득 찬 천왕성은 보이지 않았다. 나를 지배하고 있으며, 나의 혼란스런 삶을 조야한 허섭쓰레기로부터 꺼내 비밀과 마법으로 이끄는 그 별은. 하지만 그 별은 항상 존재하며, 항상 움직이고, 말없는 유령과 같은 그 시선은 나를 빨아들이고 있다.

낙원의 꿈

푸른 꽃들의 향기가 도처에서 풍기고,
창백한 시선으로 연꽃이 나를 사로잡네,
꽃잎마다 주문(呪文)이 하나씩 말없이 숨어 있고,
가지마다 뱀이 조용히 주시하네.
꽃받침에서는 탄탄한 몽우리가 자라며,
꽃 피는 늪지의 초록 속에서는
하얀 여인들이 몸을 숨긴 채 호랑이 같은 눈을 깜박이는데,
그녀들의 머리에선 빨간 꽃이 작렬하네.
생식(生殖)과 유혹의 축축한 냄새가,
시도해보지 않은 죄악의 음침한 쾌락의 냄새가 풍기고,
잠에 취한 대지로부터 이 열매 저 열매가
어루만지라고 거부할 수 없이 유혹하고,
훈훈한 대기의 모든 입김은 성(性)과 희열을 숨쉬며
쾌락의 요구 앞에서 부풀어 오르고,
마치 여인들의 가슴과 배 위로 사랑 가득한 손가락이
유희하듯이 교활한 시선의 뱀들이 유희하네.
구애하며 내 마음을 끄는 것은 이것 혹은 저것이 아니라
헤아릴 수 없는 그들 모두가 피어나 유혹하고,

나는 그 모두가 기쁨을 주며 내게 다가오는 것을 느끼네,

육체들의 숲이, 영혼들의 세계가.

그리고 천천히 동경의 복된 슬픔이 부풀어 올라서는

나를 풀어 수백 가지 방향으로 펼치고,

나는 녹아 여인에게로, 나무에게로, 호수에게로,

샘에게로, 연꽃에게로, 하늘 저 먼 곳으로 가네,

내가 하나라고 생각했던 나의 영혼이

수천 개의 날개 위에서 펼쳐지며,

수천으로 분해되어, 다채로운 우주의 모습을 띠고,

나는 사라져 세계와 하나가 되네.

사랑의 전령

　　　　　　　　　　오월 초에는 …… 뻐꾸기가 숲의 왕이다. 조용하고 고적한 계곡이나, 해가 비치는 숲의 맨 위쪽 그리고 그늘진 협곡 어디서나, 뻐꾸기가 구애하는 낮은 목소리가 들린다. 그 외침은 봄을 의미하고, 그 노래는 불멸을 노래한다. 사람들이 괜히 그 새에게 앞으로 살 날이 얼마나 남았는지 물어보는 게 아니다. (역주: 뻐꾸기에게 앞으로 얼마나 살 수 있는지 물어본 후, 뻐꾸기가 우는 횟수가 그 사람의 살 날을 알려준다는 얘기가 전해온다) 따뜻하고 낮은 그 목소리는 온 숲속에서 울리는데, 여기 알프스 남쪽에서도 그 소리는, 내가 어린 시절에 슈바르츠 숲과 라인 계곡에서 한때 들었던 소리와 다르지 않으며, 내 아들들이 아이였을 때 살았던 보덴 호수 근처에서 처음으로 들었던 소리와도 다르지 않다. 그 소리는 태양처럼, 숲처럼, 갓 돋아나는 잎사귀의 초록처럼 그리고 오월 하늘에 흘러가는 구름의 흰색과 보라색처럼 항상 그대로이다. 뻐꾸기는 매년 지저귀지만, 그것이 지난해의 그 뻐꾸기인지는 아무도 모르며, 우리가 아이였을 때, 소년이었을 때, 청년이 되었을 때 지저귀는 걸 들었던 그 뻐꾸기들이 지금 어떻게 되었는지 역시 아무도 모른다. 한때 이 애교스런 저음은 축복이자 미래이며 구애이자 돌격의 외침처럼 행복의 메아리로 울려퍼졌는데, 지금은 마치 과거처럼 들린다. 게다가 뻐꾸기가 경고를 보내는 대상이 우리인지, 아니면 우리의 아이들이나 손자인지는 뻐꾸기에게 중요치 않고, 뻐꾸기가 그 외침으로 요람에 있는 우리를 깨우든, 우리의 무덤 위에서 노래하든 역시 중요치 않다. 우리가 그 새, 수줍어하는 우리의 형제를 직접 보는 일은 드문데, 그 이유만으로도 나는 그 새를 사랑한다. 그 새는 쉽게 모습을 드러내지 않으며, 혼자 있고 싶어 한다. 대부분의 사람들에게 뻐꾸기는, 초록의 숲속에서 들리는 이 아름다운 저음의 유혹하는 목소리 그 자체이다. ― 그들은 뻐꾸기 소리를 수도 없이 듣긴 했어도, 그 모습을 본 적은 없는 것이다. 나는 어제 대략 열두 살쯤 된 한 무리의 학생들에게 뻐꾸기를 본 적이 있느냐고 물어봤는데, 오직 한 아이만이 그렇다고 대답했다.

하지만 나는 그 수줍음 많은 형제를 자주 보았다. 대부분의 사람들에게는 보이지 않고, 그에 관해 너무나 사랑스럽고 신선하며 어디서 생겨났는지 알 수 없는 이야기들이 떠도는 내

쾌활한 숲속 사촌을 말이다. 모습을 보이지 않으면서도 그는 왕으로 두 달 동안 온 숲을 지배한다. 지저귀며 도발하는 사랑의 전령인 그는, 결혼이나 가정 그리고 양육하는 것을 하찮게 여긴다. 계속 지저귀려무나, 내 형제 뻐꾸기야, 너는 내가 가장 좋아하는 동물에 속한단다. 내가 비록 육식동물에 속하기는 하지만, 나는 모든 동물들과 잘 지내며, 모든 동물들과 사이가 좋고, 많은 동물들을 알며, 그들과 재미있게 지낸다. 수줍음이 많고 잘 알려지지 않은 동물들과도 말이다.

최근에도 나는 뻐꾸기를 보는 행운을 다시 한 번 맛봤다. 그것도 한 마리가 아니라 암수 한 쌍을 말이다. 나는 그들을 내가 오월의 꽃들을 꺾고 있던 어떤 협곡의 밑바닥에서 보았다. 나는 한동안 마치 바싹 말라버린 나무처럼 조용히 서 있었고, 새들은 내 인기척을 알아채지 못했다. 그들은 높은 우듬지에서(거기엔 밤나무 숲 사이에 커다란 물푸레나무도 서 있다) 놀이하듯 아래위로 서로를 뒤쫓았고, 환호하는 듯한 꽃장식 속에서 이들은 즐겁고 유연하게 날아다녔으며, 어두운 빛깔의 이 커다란 새들은 날개를 활짝 편 채 이 나무에서 저 나무로 휙휙 날아다녔는데, 언제나 놀랄 만큼 갑자기 거칠게 방향을 바꾸었고, 갑자기 수직으로 급강하했다가, 갑자기 로켓처럼 우듬지로 솟아올랐다. 이들은 순간순간 떨어져 앉았는데, 그 순간은 일 초보다 짧았고, 날카롭고 흥분된 듯한 소리로 외쳐댔다.

살면서 매년 뻐꾸기를 본 것은 아니며, 아마도 통틀어 열두 번쯤 될 것이다. 이제 그 새는 나와 자주 만나지 못할 것이다. 다리가 더 이상 말을 잘 듣지 않으니 말이다. 그 수줍음 많은 뻐꾸기는 곧 내 아들들과 손자들에게나 노래를 불러줄 것이다. 손자들아, 뻐꾸기 소리에 귀를 기울이려무나, 그 새는 많은 것을 알고 있으니 그에게서 배우도록 해라! 대담하면서도 기쁨에 겨워 몸을 떠는 봄날의 비행과, 구애하는 따뜻한 유혹의 외침을, 정처없는 방랑의 삶을, 속물을 경멸하는 태도를 그에게서 배워라.

사랑

기쁨에 겨운 내 입술이 다시금 만나길 원해요
입 맞추며 나를 축복하는 그대의 입술을,
그대의 사랑스런 손가락을 붙잡아
유희하듯 내 손가락에 깍지 끼고 싶고,
목마른 내 눈을 그대의 시선으로 채우고,
내 머리를 그대의 머리카락 깊숙이 묻고 싶고,
항상 깨어 있는 내 젊은 몸으로
그대 몸의 움직임에 충실히 응답하고 싶고,
거듭 새로워지는 사랑의 불길로
그대의 아름다움을 수천 번 새롭게 하고 싶어요,
모든 고통 끝나고 너무나도 고요하게 감사하며
우리 둘이 복되게 살 때까지,
낮과 밤, 오늘과 어제에게 마치 사랑스런 자매인 것처럼
우리가 아무 바람 없이 인사할 때까지,
모든 행위를 내려놓고 정화된 존재로
우리가 완전한 평화 속에서 거닐 때까지.

카사노바

              젊었을 때 나는 카사노바에 대해서 막연한 소문으로밖에는 알지 못했다. 이 위대한 회고록 저술가는 공식적인 문학사에는 등장하지 않았다. 그는 전대미문의 유혹자이자 호색한으로 명성이 자자했고, 사람들에게 그의 회고록은 음란함과 경박스러움으로 가득한 진정한 사탄의 작품으로 알려져 있었다. 이 저작은 독일어 판본이 하나 혹은 두 개가 있는데, 여러 권으로 이루어진 오래되고 절판된 판본이어서, 이 책에 관심을 가진 사람은 고서점을 뒤져야 했고, 이 책을 소장한 사람은 자물쇠를 채운 책장 속에 감춰두었다. 내가 이 회고록을 실제 보게 된 것은 서른 살도 넘어서였다. 그때까지 내가 이 회고록에 대해 알고 있던 유일한 경로는, 그것이 그라베의 희극에서 악마의 미끼 역할을 하기 때문이었다. 하지만 그 이후 카사노바의 새로운 판본이 여러 개 출간되었고, 독일어로 된 판본도 두 개 나왔다. 그리고 이 작품과 저자에 대한 학자들과 세간의 평가는 너무나도 달라졌다. 이 회고록을 소지하거나 읽는 것은 더 이상 수치가 아니었고 감추어야 할 악덕도 아니었다. 반대로 그 작품을 모르는 것이 수치가되었다. 그리고 비평가들의 평가에 있어서도, 이전에 경멸당하고 철저히 무시되던 카사노바는 점점 천재로 드높여졌다.

지금 내가 비록 카사노바의 매혹적인 생동감과 그의 문학적인 업적을 높이 평가하고는 있지만, 그를 천재라고까지 부를 수는 없을 것 같다. 이 감정의 거장이자 사랑과 유혹의 기술에 있어 위대한 수완가에게는 영웅적인 것이 부족하며, 무엇보다 그에게는 우리가 천재를 떠올릴 때 빼놓을 수 없는 고립성이나 비극적 소외감과 같은 저 영웅적 분위기가 하나도 없는 것이다. 카사노바는 아주 차별화된다거나 독특한 개성을 지녔다고 할 수 없고, 더더구나 아주 뛰어난 인물이라고는할 수 없다. 하지만 그가 믿기 어려울 정도로 재능이 있는 사람이라고는 할 수 있을 것이다(그리고 모든 진정한 재능은 감각적인 것, 육체와 감각에 딸린 훌륭한 지참금에서 시작되고 거기에 뿌리를 내리고 있다). 그는 못하는 게 없는 남자이고, 그렇게 해서그는 자신의 민첩함과 훌륭한 교양 그리고 유연한 삶의 기술을 가지고 자기 시대의 우아한 타입의 전형적 대표자가 되었다. 18세기, 그러니까 혁명 전의 빛나는 수십 년 간의 문화가지닌 우아하고 사교적이며 쾌활발랄하고 노련한 일면이, 카사노바에게서 실로 놀랄 만큼 완벽하게 구현되고 있는 것을 우리는 발견하게 된다. 세계여행가, 우아한 무위도식자이자 향락가, 스파이이면서 기업가, 노름꾼이자 때에 따라 사기꾼, 게다가 강력하면서도 세련된 관능성을 지니고 있고, 유혹의 달인이며, 여성들에게는 부드러움과 기사다움이 넘치는 데다가, 변화를 사랑함에도 불구하고 일편단심인 이 빛나는 남자는, 오늘날의 우리에게는 놀랄 만큼 다채로운 인물인 것이다. 하지만 이 모든 측면이 밖으로만 향해 있는데, 이러한 점에서 다시금 일종의 일면성이 드러난다. 오늘날 높은 수준의 사상가가 생각하는 이상적 인간상은, '천재'나 사교가 혹은 순수하게 내향적 인간이나 순수하게 외향적 인간이 아니라, 세상과의 연관성과 내적 침잠 사이 혹은 외향성과 내향성 사이에서 조화를 유지하며 유유히 왕복하는 사람이다. 하지만 정말로 풍부한 정신의 소유자였던 카사노바의 전 생애는 순수하게 사회적인 영역에서 벌어지고 있기 때문에, 얼마간 그를 내향적으로 만드는 데에는 아주 강력한 운명의 타격이 필요하며, 그렇게 되면 그 순간 그는 곧 우울하고 감상적이 된다.

우리에게 놀라움을 안겨주고 낯선 느낌을 주는 것은, 무엇보다 산전수전 다 겪은 이 처세의 달인의 내면에 노련함과 순수함이 긴밀하게 결합되어 있다는 것이다. 그의 노련함은 그의 강인한 육체적 자질과 수완 외에, 무엇보다 오늘날 우리가 청소년을 유순하게 만들기 위해 절대로 필요하다고 여기는 학교생활, 마비시키고 멍청하게 만들며 한없이 계속되는 학교생활을 하지 않았기 때문이다. 그가 살던 당시의 모든 남자들과 마찬가지로 그 역시 아주 일찍 생활전선에 뛰어들고, 독립해서 자기 힘으로 살아나가야 하며, 사회와 삶의 어려움 그리고 특히 여성들에 의해 도야되고 훈련되며, 적응하는 법과 연기하고 가면 쓰는 법을 배우고, 책략과 분별력을 배운다. 그리고 그의 모든 자질과 충동이 밖으로 향하고 외적인 삶에서만 만족을 얻을 수 있기 때문에, 그는 매혹적인 삶의 기술의 대가가 된다. 하지만 그러면서도 그는 철저하게 순수한 상태로 남아 있어서, 여전히 열띠는 마음으로 자기가 수없이 겪은 사랑의 모험을 털어놓고 있는 노년의 카사노바조차도, ― 문제가 많은 오늘날의 인간들과 비교할 때― 순진한 어린 양과 다름없다. 수십 명에 달하는 소녀와 여인들을 유혹하지만, 사랑의 끔찍함이나 사랑의 형이상학이 그를 사로잡는 적은 없으며, 사랑의 심연 앞에서 현기증을 느끼는 일도 없다. 한참 뒤에 그가 화려함이나 여자도 없이, 돈도 모험도 없이 뵈멘 지방의 둑스(역주: 체코 우스티 주에 위치한 도시로 체코어로는 두호초프)에 어쩔 수 없이 혼자 있게 된 노년에야, 그에게 삶은 예전처럼 비난의 여지가 없는 것으로 생각되지 않고, 얼마간 문제가 있는 것으로 생각되는 것이다.

그리고 이로써 그는 우리를 이 두 가지의 마법, 즉 학교로 인해 망쳐지고 직업을 통해 전문화된 오늘날의 우리가 결코 도달할 수 없는 삶의 대가다움과, 그의 기이한 순진함, 너무나도 사랑스럽고 어여쁜 그의 소박함을 가지고 우리를 매료시킨다. 이 소박함은 때때로 그에게 아주 도움이 된다. 왜냐하면 그의 거리낌 없는 양심을 괴롭히는 것은 그가 빼앗은 처녀의 순결이나 파탄 난 결혼뿐만이 아니라, 그가 자신의 삶을 더 즐겁게 만들고 자신의 여행과 향락 그리고 애정행각에 자금을 대기 위해 저지른 갖가지 야비한 사기와 암거래, 착취이기도 하기 때문이다. 그의 예의 바른 태도에 제기되는 이 모든 이의와 양심을 괴롭히는 모든 일들에 대해, 그는 궤변을 늘어놓거나 냉소적인 태도를 취하는 것이 아니라 아이와 같은 미소를 짓는다. 그는 자신이 여기저기서 약간은 대담한 장난을 했고 사람들을 열심히 긁어먹었다는 사실을 인정한다. 하지만 그가 어째서 그런 짓을 하지 않을 수 없었는지는 신만이 안다. 그것은 언제나 좋은 의도로 한 일이거나, 그렇지 않으면 일시적인 건망증 때문에 벌어진 것이었다. 그래서 그는 자신에 대해 내리는 본인의 판단뿐 아니라 세상의 판결에 대해서도 유희하듯 스스로를 정당화하는 것에 언제나 성공하는 것이다.

　　오늘날엔 교활한 밀매상과 양심 없는 악덕업자가 수두룩하고 세련된 호색한도 넘쳐나지만, 그런 부류들은 우리의 관심을 끌지 못한다. 이러한 부류의 가장 재능 있는 자조차도, 카사노바와 비교하면 가장 고상한 두 가지 특징을 가지고 있지 않은 것이다. 그 하나는 고도로 훈련된 귀족적 삶이 그에게 부여한, 생생하면서도 끊임없이 작용한 모범이고, 다른 하나는 고도의 문학적 재능이다. 현대를 살고 있는 베를린의 어떤 돈 주앙이나 밀매상의 연애편지가, 이들이 구독하고 있는 잡지 이상의 정신적이고 언어적인 수준을 보여주리라고 나는 생각하지 않는다.

덧붙여 말하자면, 카사노바가 그와 비슷한 부류의 현대인보다 앞서 있는 것은, 완결된 외적 생활문화, 즉 확고히 각인된 양식이라는 기반을 가지고 있었다는 점이다. 그의 삶이 지닌 풍취 넘치는 아름다운 윤곽선은, 그 당시의 아무리 보잘것없는 건축이나 최하급의 가구라 하더라도 가지고 있는, 황홀하면서도 동경을 불러일으키는 힘이 있다. ─ 거기에는 우리의 삶에 철저히 결여돼 있는 통일성과 아름다움이 존재하는 것이다. 바로 이런 점 때문에라도, 오늘날의 독자들이 카사노바를 읽음으로써 타락할지도 모른다는 도덕군자들의 두려움은 불필요하다. 아니 천만에, 이러한 두려움에는 아무런 근거가 없다, 유감스럽게도 말이다. 우리의 영웅이 타고 가고 있는 배는, 그의 개인적 천재성이나 개인적 부도덕성이 아니라, 그가 살던 시대의 교양이자 문화인 것이다. 그러한 기반이나 그러한 수준에서는, 사소한 개인적인 장점이 강력한 영향을 끼치기에 충분하다.

　만약 우리 같은 현대인들이 카사노바를 읽으면서 일종의 우수에 빠진다면, 그 감정은 무엇보다 그가 살던 이러한 환경과 외적 삶이 완벽하게 형태가 잡혀 있는 아름다운 문화에 기인한다. 예컨대 교양 있는 독자라면 벌써 수십 년 전에 그렇게 느꼈을 것이다. 하지만 오늘날엔 카사노바가 가지고 있던 다른 어떤 것, 우리의 아버지들도 가지고 있던 것, 우리 자신의 청춘도 지니고 있어 그 청춘에 많은 마력을 부여해준 것 역시 사라져버렸고 과거가 되어버린 것처럼 보인다. 그것은 바로 사랑에 대한 경외이다. 단지 카사노바적인 사랑, 이처럼 우아하고, 나비처럼 가볍고, 놀이에 열중한 듯하며 소년 같은 영원한 열애조차도 — 루소와 베르터의 감상적인 사랑이나 스탕달의 주인공들이 빠져든 심오하게 빛나는 사랑과 마찬가지로, 오늘날 사라져버린 것처럼 보인다. 오늘날엔 비극적인 연인도, 노련한 연인도 없는 것처럼 보이며, 오직 천박한 결혼사기꾼이나 정신이상자밖에는 없는 것 같다. 대단히 사려 깊고, 재능이 있으며, 활력이 넘치는 사람이 자신의 모든 재능과 능력을 돈벌이나 어떤 정당에 봉사하는 데에 쏟아 붓는 것은, 오늘날 누구에게나 가능한 일일 뿐 아니라, 정당하고 정상적인 것처럼 보인다. — 그가 이러한 재능과 능력을 여성들과 사랑에 쏟을 수도 있다는 생각은 오늘날 그 누구에게도 떠오르지 않는다. 너무나도 시민적인 평균적 미국인에서부터 붉디붉은 소비에트 사회주의에 이르기까지 — 진정 '현대적인' 세계관 어디에서도, 사랑은 삶의 부차적인 쾌락적 요소, 그것을 조종하는 데에는 몇 가지 위생학적 처방이면 족한 요소로서 의미 없는 역할밖에는 하지 못하는 것이다.

하지만 아마도 오늘날의 현대성 역시 모든 현대성이 지닌 운명, 즉 세계사 속에서 덧없는 한순간밖에 지속되지 못하는 운명에 처하게 될 것이다. 반면 사랑의 문제는, 내가 그 역사에 대해 아는 한, 한동안 관심을 벗어났다가도 항상 다시 최고의 현재성을 지니게 될 것이다.

유혹자

많은 문 앞에서 나는 기다렸고,
여러 소녀들의 귀에 내 노래를 들려주었다,
많은 아름다운 여인들을 나는 유혹하려 했고,
때론 이 여인, 때론 저 여인을 유혹하는 데 성공했다.
그리고 언제나, 어떤 입술이 내 입술을 허락할 때면,
그리고 언제나, 욕망이 충족될 때면,
복된 환상은 무덤 속으로 가라앉았고,
내 실망한 손엔 몸뚱어리만 쥐어져 있었다.
내가 온 마음을 다해 얻고자 애쓴 입맞춤과,
오랫동안 그토록 뜨겁게 갈망하던 밤이
마침내 내 것이 되었지만 ― 그건 꺾인 꽃,
향기는 사라졌고, 최상의 것이 파괴되었다.
여러 침대에서 나는 고통에 가득 차 일어났고,
모든 만족감은 권태가 되었다.
나는 향락을 떠나 열렬히 동경했다
꿈과 그리움 그리고 고독을.
오, 저주로다, 어떤 소유도 나를 행복하게 할 수 없고,
모든 현실이 꿈을 파괴하니,

내가 구애하며 그녀에 대해 꾸었던 저 꿈,

그토록 복되게 울렸고 황홀함 가득했던 저 꿈을!

새로운 꽃을 향해 망설이며 손을 뻗는다,

나의 시는 새로운 구애에 장단을 맞춘다……

지켜라, 그대 아름다운 여인이여, 그대의 옷자락을 여미어라!

나를 황홀하게 하고 괴롭혀라 — 하지만 내 소원을 들어주진 마라!

무도회의 밤

　　　　　　　모든 여자애들과 학생들이 알고 있
는데도 나만 …… 모르고 있던 어떤 체험을, 이 무도회의 밤에
나는 하게 되었다. 그것은 축제의 체험, 축제에 모인 사람들의
도취, 개인이 군중 속으로 빠져드는 비밀, 환희가 신비롭게 결
합하는 비밀이었다. 나는 자주 그에 관한 얘기를 들었는데, 그
건 하녀들도 이미 다 알고 있는 것이었다. 종종 나는 그것을
설명하는 사람의 눈이 반짝이는 것을 보았고, 언제나 반쯤은
도도하게, 반쯤은 부러워하며 그 얘기에 미소를 짓곤 했었다.
무아경에 빠진 사람, 자기 자신으로부터 해방된 사람의 취한
눈에 깃들인 저 광채와 집단의 도취에 동화된 사람의 저 미소
와 반쯤 미친 듯한 몰두를, 나는 내가 살아오는 동안 고상하거
나 평범한 실례에서 수도 없이 보아왔다. 술 취한 신병과 선원
들뿐 아니라 화려한 공연의 열광 속에 있는 위대한 예술가들
에게서, 그리고 전쟁터로 나가는 젊은 병사들에게서도 드물

지 않게 보았던 것이다. 그리고 아주 최근에도 나는 행복한 무아경에 빠진 사람의 이러한 광채와 미소를 경이로워했고, 사랑했으며, 경멸하면서도 부러워했다. …… 그러한 미소와 그처럼 아이 같은 광채를 나는 아주 젊은 사람에게서나, 개인의 개성화나 세분화가 강력하게 이루어지지 않은 종족들에게서만 볼 수 있다고 때때로 생각해왔다. 하지만 오늘 이 축복받은 밤에 나 자신이 이러한 미소를 발하고 있었고, 이처럼 심오하고 아이 같으며 동화 같은 행복 속에서 헤엄쳤고, 공동체와 음악과 리듬과 술과 성적 쾌락의 이 달콤한 꿈과 도취를 흠뻑 들이마셨다. 어떤 학생이 무도회에 대해 감탄하며 얘기할 때면 한때 조소하며 가당치 않은 우월감을 가지고 귀 기울여 듣던 내가 말이다. 나는 더 이상 내가 아니었고, 나의 개성은 마치 소금이 물에 녹듯 축제의 도취 속에서 소멸되어버렸다. 나는 이 여자 저 여자와 춤을 추었다. 하지만 내가 품에 안고 있고, 머리카락이 나를 스치고, 내가 향기를 맡고 있는 여자는 그 여자들뿐만이 아니라, 나와 같은 홀 안에 있고 같은 음악에 맞춰 같은 춤을 추며 헤엄치는 다른 모든 여자들, 마치 커다란 환상의 꽃처럼 환한 얼굴을 하고 내 곁을 떠다니는 모든 여자들이었다. 그들 모두가 내 것이었고, 나는 그들 모두의 것이었으며, 우리 모두는 서로의 일부였다. 남자들도 거기에 속해 있었다. 나는 그들 안에 있었고, 그들 역시 내게 낯설지 않았으며, 그들의 미소는 나의 미소였고, 그들의 구애는 나의 구애였으며, 나의 구애는 그들의 구애였다.

카네이션

빨간 카네이션이 정원에 피어,
사랑스런 향기를 태우고 있네,
잠들려 하지도 않고 기다리려 하지도 않으며,
카네이션이 가진 충동은 오직 하나:
더 빨리, 더 뜨겁게, 더 알록달록하게 피어나는 것!

나는 찬란한 불꽃 하나를 보네,
그 붉음 속으로 바람이 지나가면,
불꽃은 욕망으로 몸을 떠네,
그 불꽃이 가진 충동은 오직 하나:
더 빨리, 더 빨리 타버리는 것!

내 피 속의 그대,
그대 사랑이여, 그대의 꿈은 무엇인가?
방울져 떨어지고 싶지는 않으리라,
강물이 되고 조수가 되어
그대를 허비하고 거품으로 사라지고 싶어 하리라!

삶에 반해서

마리아의 애무는 내가 오늘 들었던 저 멋진 음악을 망쳐놓지 않았다. 그녀의 애무는 그 음악에 어울렸고, 그 음악을 완성했다. 나는 이 아름다운 여인을 덮고 있는 이불을 천천히 벗겨 내리면서, 그녀의 발까지 키스해 내려갔다. 내가 그녀 곁에 누웠을 때, 그녀의 꽃과 같은 얼굴이 모든 걸 다 안다는 듯 온화한 표정으로 내게 웃음 지었다.

이 날 밤 마리아의 곁에서 나는 오래 자지는 않았지만, 어린아이처럼 깊이 푹 잘 잤다. 잠자는 틈틈이 나는 그녀의 아름답고 발랄한 젊음을 들이마셨고, 나지막이 수다를 떨면서 그녀와 헤르미네의 삶에 관해 알 만한 가치가 있는 여러 가지 사실을 듣게 되었다. 나는 이러한 종류의 존재와 삶에 대해 별로 아는 것이 없었고, 전에 가끔 연극에서나 이와 비슷한 존재들, 반쯤은 예술계에 반쯤은 향락의 세계에 빠져 있는 남자와 여자들을 만났었다. 지금에서야 나는 이처럼 기이하고, 특이하게 순수하면서도 동시에 기이하게 타락한 삶을 약간이나마 들여다보게 되었다. 이런 소녀들은 대개 가난한 집안 출신으로, 평생을 오로지 수입이 보잘것없고 재미도 없는 밥벌이에 바치기에는 너무 똑똑하고 너무 아름다운 탓에, 때로는 임시직으로 일을 하며 살아가거나, 때로는 자신들의 아름다움과 사랑스러움을 팔아 살았다. 이들은 때로는 몇 달 간 타자기 앞에 앉아 있다가, 얼마간은 부유한 한량의 애인이 되어 용돈과 선물을 받았고, 때론 밍크코트를 입고 자동차를 타고 다니며 그랜드호텔을 들락거렸고, 또 어떤 때는 다락방에 살았다. 경우에 따라 좋은 조건이 들어오면 결혼을 승낙하기도 했지만, 전반적으로는 결코 결혼에 집착하지 않았다. 이들 중에는 욕구도 없이 사랑을 나누거나, 마음에 내키지도 않는데 되도록 높은 가격으로 흥정해 자신들의 호의를 선사하는 이들이 있는가 하면, 사랑에 탁월한 재능이 있고 사랑에 목말라하며 양성과의 사랑에도 경험이 많은 이들도 있었는데, 마리아는 후자 쪽에 속했다. 이쪽은 오로지 사랑 때문에 살고, 돈을 지불하는 공식적인 남자친구들과는 별도로 항상 다른 연애를 꽃피웠다. 이 나비 같은 존재들은 열심히 그리고 바쁘게, 걱정에 가득 차 있으면서도 경솔하게, 총명하면서도 아무 생각 없이, 자신들의 천진난만하면서도 세련된 삶을 살아갔다. 이들은 누구에게도 종속되어 있지 않았으며, 아무에게나 몸을 팔지도 않았고, 행복과 좋은 날씨로부터 자신들의 몫을 고대하면서, 삶과 사랑에 빠져 살았지만, 일반 시민들보다 삶에 대한 집착은 훨씬 덜했고, 동화 속 왕자를 따라 그의 성으로 갈 준비가 항상 되어 있으면서도, 언제나 힘겹고 슬픈 종말을 어렴풋이 예감하고 있었다.

마리아는 ― 저 기이했던 첫날밤과 그에 이어지는 며칠 동안 ― 내게 많은 것을, 새롭고도 즐거운 감각의 유희와 행복뿐 아니라, 새로운 이해와 새로운 통찰, 새로운 사랑을 가르쳐 주었다. 무도회장이나 오락장, 영화관과 바 혹은 호텔 커피숍의 세계는, 은자이면서 탐미주의자인 나에겐 여전히 뭔가 열등하고 금지된 것, 품위를 떨어뜨리는 요소를 지니고 있었는데, 그 세계가 마리아와 헤르미네 그리고 그녀의 동료들에게는 세계 그 자체였고, 좋을 것도 나쁠 것도 없었으며, 갈망할 것도 혐오할 것도 없었다. 이 세계에서 이들의 동경 어린 짧은 삶이 꽃피었고, 이 세계를 그들은 고향처럼 느꼈으며 그 세계에 정통했다. 우리 같은 사람이 어떤 작곡가나 시인을 사랑하듯이, 이들은 특정한 샴페인이나 그릴 레스토랑의 특별메뉴를 사랑했다. 그리고 우리 같은 사람이 니체나 함순에게 보내는 열광과 감격과 감동을, 그들은 새로운 춤곡이나 어떤 재즈가수의 감상적이고 끈적끈적한 노래에 아낌없이 쏟아 붓는 것이다. 마리아는 내게 저 잘생긴 색소폰 연주자인 파블로에 대해 설명해주었고, 그가 자신들에게 때로 불러주었던 미국 노래에 대해 이야기해주었다. 그녀는 이 이야기를 홀린 듯이, 찬탄과 사랑을 담아 얘기했는데, 그것은 어떤 교양 있는 사람이 정말로 고상한 예술을 즐길 때 느끼는 황홀함보다 훨씬 더 나를 감동시켰고 내 마음을 사로잡았다. 나는 그 노래가 어떤 것이든 상관없이 함께 열광할 준비가 되어 있었다. 마리아의 사랑에 가득 찬 말과 그녀의 동경에 가득 차 피어오르는 시선은, 내 미적 취향에 넓은 틈새를 만들어놓았다. …… 마리아는 이제까지 내가 사귀었던 애인 가운데 최초의 진정한 애인인 것처럼 생각되었다. 내가 사랑한 여인들에게 나는 항상 정신과 교양을 요구했다. 하지만 제아무리 정신이 풍부하고 비교적 교양이 있는 여자라 할지라도 내 안에 있는 로고스에 응답하지 못하고 항상 그것에 대립했다는 것을 알아차리지는 못했다. 나는 나의 문제와 생각을 가지고 여자들에게 찾아가곤 했다. 그러니 책이라곤 한 권도 읽지 않고 독서가 무엇인지도 모르며 차이코프스키를 베토벤과 구분할 줄 모르는 어떤 아가씨와 한 시간 이상 사랑하는 것은, 내겐 절대 불가능한 것으로 보였을 것이다. 마리아에겐 교양이라곤 없었다. 그녀에겐 이러한 에움길과 대체세계가 필요하지 않았다. 그녀의 모든 문제는 감각들로부터 직접 발생했다. 그녀에게 주어진 감각들과 그녀의 특별한 몸매, 그녀의 피부색과 머리카락, 그녀의 목소리, 그녀의 피부, 그녀의 기질을 가지고 감각의 행복과 사랑의 행복을 가능한 한 많이 얻어내는 것, 그녀가 지닌 몸매의 모든 굴곡과 모든 능력 그리고 그녀의 육체가 보여줄 수 있는 가장 부드러운 움직임을 위해, 사랑하는 사람에게서 대답과 이해 그리고 행복감을 주는 생생한 반응을 발견하고 불러일으키는 것, 이것이 그녀의 기술이자 임무였다. 수줍어하며 처음으로 그녀와 춤추었던 그때 이미 나는 그것을 느꼈고, 황홀할 만큼 고도로 숙련된 천재적 감각성의 향기를 감지했으며, 그녀에게 매료되었던 것이다.

어머니에게로 가는 길

때로는 황량한 회색빛으로부터
충만한 복된 순간이 향기를 내뿜는다,
어떤 여인의 이름처럼 화려하게,
그 이름은 다그마, 에바, 리제, 아델하이트.
때로는 하얀 섬광처럼 번쩍인다
소맷부리 틈으로 소녀의 피부가,
살짝 뜬 눈에서 사랑의 시선이,
짧은 기쁨이 사랑스럽게 머무르는 순간.
그 기쁨이 짧은 줄 알면서도,
난 그 쾌락을 열망하며,
사랑의 시선을 보내고,
모든 여인의 가슴에서 부드럽게 타오른다.

그렇게 나는 지금 아이가 되어,
스스로의 소소한 기쁨의 은신처에서
탐욕스럽게 달리며 도처에서 은밀히
어머니의 내음과 가슴을 찾는다.
환영하노라, 짧은 사랑의 불꽃이여,

입 맞추노라, 너희 갈색 눈과 푸른 눈이여,

구애의 유희여, 화려한 모험이여,

환영하노라, 영원한 어머니 여성이여!

나는 안다, 그대를 사랑하면 죽음에 이른다는 것을,

내 나비의 꿈이 순식간에 꺼져버렸다.

내가 어둠 속에서 파멸되지 않도록 해다오,

불꽃 한가운데서 죽도록 해다오!

내가 배운 것은, 작은 장난감들과 유행품과 사치품이 단순히 하찮은 것이나 키치가 아니며, 탐욕스런 제조업자나 장사꾼들의 발명이 아니라는 것, 오히려 그것들은 정당하고 아름다우며 다양하고, 사랑에 봉사하며 감각을 세련되게 하고 죽은 주변세계를 살아나게 하며, 마술처럼 새로운 사랑의 감각기관을 부여한다는 유일한 목적을 가진 사물들의 작은, 아니 커다란 세계라는 것이었다. 분과 향수에서 무도화에 이르기까지, 반지에서 담뱃갑에 이르기까지, 허리띠에서 손수건에 이르기까지 말이다. 이 가방은 그냥 가방이 아니었으며, 지갑은 지갑이 아니고, 꽃은 꽃이 아니며, 부채는 그냥 부채가 아니었다. 이 모든 것은 사랑과 마력 그리고 매혹의 구체적 재료였고, 전령이자 밀수업자였고, 무기이자 돌격의 외침이었던 것이다.

모든 삶은 분열과 모순에 의해서야 비로소 풍부하게 꽃을 피운다. 도취에 대한 지식 없는 이성과 분별이란 무엇이며, 죽음이 배후에 도사리고 있지 않은 감각적 쾌락이란 대체 무엇이란 말인가? 그리고 남성과 여성의 영원한 앙숙 관계가 없는 사랑이란 도대체 무엇이겠는가?

내 생각에 내 세대의 많은 인생이 졸작이 되어버린 것은, 본능적 삶을 너무 억제하고 막았기 때문이지 그 반대 때문은 아닙니다. 그래서 나는 내가 펴낸 몇 권의 책에서 이처럼 억압된 본능적 삶의 수호자이자 조력자가 되고자 했습니다 — 하지만 그렇다고 해서 현자들과 종교가 제시하고 있는 고상한 요청들에 대한 경외를 저버린 것은 결코 아닙니다. 우리의 목표는 우리의 본성을 희생해서 순순한 정신이 되는 것이 아닙니다. 그렇다고 우리의 목표가 선의와 사랑 그리고 인간성을 희생하여 가능한 한 야성적인 제멋대로의 삶을 살아가는 것도 아닙니다. 우리는 두 가지 요구, 즉 자연의 요구와 정신의 요구 사이에서 우리의 길을 찾아야 합니다. 하지만 그 길은 경직된 중도의 길이 아니라, 그 길 위에서 자유와 구속이 마치 들숨과 날숨처럼 교대하는, 각자의 고유하고도 유연성이 있는 길입니다.

당신은 열여덟 살입니다. …… 당신은 사랑의 꿈과 사랑의 소망을 가지고 있음에 틀림없습니다. 아마도 그 꿈과 소망을 당신은 두려워할지도 모르겠습니다. 두려워하지 마십시오! 그것들은 당신이 가진 것 가운데 최상의 것입니다! 나를 믿어도 좋습니다. 내가 당신과 같은 나이였을 때 내 사랑의 꿈들을 능욕함으로써 난 많은 것을 잃었습니다. 그렇게 해서는 안 됩니다. …… 우리는 우리 안의 영혼이 원하는 어떤 것을 두려워해서는 안 되며, 금지된 것으로 여겨서도 안 됩니다. …… 우리는……우리의 충동과 소위 유혹을 경의와 사랑으로 다룰 수 있습니다. 그러면 그것들은 스스로의 의미를 드러냅니다. 그 모두는 의미를 지니고 있는 것입니다.

예술로 변화된 사랑

                            나는 골트문트처럼 여성과 단순한 관능적 관계를 가지고 있습니다. 그런데 만약 같은 인간의(그러니까 여성의) 영혼에 대한 타고난 존중, 배워 익힌 존중과, 분별없이 감각에 몰두하는 것에 대해 앞서와 마찬가지로 배워 익힌 혐오가 나를 제어하지 않는다면, 나는 골트문트처럼 무차별적으로 사랑할 것입니다. ……

    골트문트가, 그리고 그와 마찬가지로 나 자신도, 여성들과의 관계에 있어 어떤 바랄 만한 것, 혹은 단지 평균적인 것조차도 체험하거나 누릴 수 없다는 것, 그리고 여성들과의 직접적인 관계에 있어 그의 태도가 관능적인 향유와 약간은 무기력한 점잖음에서 그다지 크게 벗어나지 않는다는 것, 그 점에 있어 나는 당신과 생각이 같습니다. 여성에게서 느끼는 관능적 만족은 골트문트에게 있어 영혼을 손에 넣는 길이 아니며, 남자와 여자가 더 가치 있는 인격으로 고양되는 관계에 이르는 길이 아닙니다. 그는 예술 속에서 비로소, 그러니까 길을 돌아감으로써, 일종의 대체물을 통해 사랑의 승화에 도달하는 것입니다. 그러한 점을 나는 솔직히 고백할 수밖에 없습니다. 나는 오로지 삶 그 자체를 위해서 살고 싶지는 않으며, 오직 여성 그 자체만을 위해 사랑하고 싶지는 않습니다. 나는 예술이라는 에움길이 필요하고, 예술가의 고독하고도 집중적인 만족이 필요합니다. 삶에 만족하기 위해, 그뿐 아니라 삶을 견뎌낼 수 있기 위해서 말이지요.

이것이 이상적이거나 모범적이라고는 할 수 없는 허약한 삶의 방식이나 인간족속을 의미한다는 것을 나는 잘 알고 있습니다. 하지만 그것은 '나'의 방식이며, 내가 이해하는 한 가지 방식, 내가 표현할 수 있는 유일한 방식이고, 오로지 그 방식으로 나는 삶을 해독하려고 시도할 수 있는 것입니다.

골트문트가 그에 대해 뭔가를 배우지 못하거나, 자신의 체험을 철저히 숙고하지 못한 채 반복해서 여자들에게로 달려가는 것은, 내겐 마치 꿀벌 한 마리가 반복해서 꽃을 향해 날아가는 것, 항상 같은 이해하기 힘든 매력에 이끌려 한 방울의 꿀을 얻으면서도 꽃에 대한 자신의 관계를 결코 심화시키거나 정신적인 것으로 드높이지 못하는 것, 그 대신 집에 돌아와 꽃들은 금세 잊은 채 자신의 꿀을 만드는 것과 같다는 생각이 듭니다. 벌은 그 일도 어떤 고상하고 분명히 의식된 충동 때문에 하는 것이 아니라, 강제적으로 하는 것입니다. 왜냐하면 그것은 벌 혼자서는 도달할 수 없는 삶의 의미이며, 꿀벌통이 그리고 꿀벌의 미래와 후손이 요청하는 것이기 때문이며, 꿀벌은 어떤 식으로든 봉사하고 헌신해야 하기 때문입니다. 그런 식으로 골트문트는, 여성에게 봉사하거나 자신의 사랑에 영혼을 불어넣는 데에 봉사하는 것이 아니라, 그에게 가장 효과가 있는 자연의 샘, 즉 여성에게서 한 방울의 체험과 한 방울의 쾌락과 고통을 들이마시고, 때가 되면 그것으로 자신의 작품, 자신의 꿀을 만들게 되는 것입니다.

소크라테스라면 그렇게 하지는 않을 것입니다. 하지만 예를 들어 모차르트 같은 사람은 나로 하여금 곧장 골트문트를 떠올리게 합니다. 그리고 나로서는 모차르트 없는 세계는, 소크라테스가 없는 세계보다 훨씬 초라할 것 같습니다. 하지만 나는 바흐와 헨델 그리고 티치아노에 대해서도, 비록 이들이 모차르트와 아주 다른 개성을 지니고 있음에도 불구하고, 자신들의 유형, 자신들의 꿀벌세계의 법칙에 철저히 따랐다고 믿고 있으며, 이들 중 누구도 꿀을 만드는 것의 의미, 즉 삶의 의미에 대해 아마도 결코 의식되지 않은 고요한 믿음을 가지고 있지 않았다면 자신들의 삶을 결코 참아낼 수 없었을 것이라고 생각합니다. 꿀을 만드는 것, 혹은 삶이란 자신이 체험한 것의 정수를 거듭 반복해서 벌집에 저장하는 것이며, 그것을 채우는 것이 바로 꿀벌의 행복이자 운명인 것입니다.

비밀에 가득 찬 여인

사랑을 할 때면 숱한 여인들이, 우리에게
관능적 쾌락 속에서 자신들의 비밀을 누설하고,
우리는 그 비밀을 수확하여, 평생 그 여인들을 알게 됩니다.
왜냐하면 사랑도 속일 수 있고,
관능적 쾌락 역시 거짓말을 할 수 있다 하더라도,
둘이 하나가 되면 거짓말을 할 수 없으니까요.

그대는 나와 함께 성사(聖事)를 기념했고,
관능적 쾌락은 그대에게 사랑과 하나인 듯 보였습니다,
그런데도 그대는 내게 정체를 드러내지 않았고,
그대라는 존재의 두려운 수수께끼를
내게 풀어주지도, 사랑하며 밝혀주지도 않아서,
내게 그대는 항상 비밀로 남아 있었습니다.

그러다가 그대는 갑자기 내게 싫증내며 가버렸고,
내게 마지막 아픔을 안겨주었습니다.
내 일부가 여전히 그대 곁에 붙잡혀 있어,
날씬한 그대가 멀리 가는 것을 볼 때면,

난 그 낯선 아름다운 여인을 탐할지도 모릅니다,
마치 우리가 한 쌍의 연인이 아니었던 것처럼.

사랑할 수 있는 사람은 행복하다

내가 나이를 먹을수록, 그리고 나의 인생에서 내가 찾은 작은 만족들이 점점 따분하게 느껴질수록, 기쁨과 삶의 원천을 어디서 찾아야만 하는지 내겐 점점 분명해졌다. 나는 사랑받는 것은 아무것도 아니며, 사랑하는 것이 전부라는 것을 알게 되었고, 우리의 현존을 가치 있고 기쁨이 넘치게 만드는 것은 다름이 아니라 우리의 감각과 느낌이라고 점점 더 생각하게 되었다. 사람들이 '행복'이라고 부를 만한 어떤 것을 내가 이 지상의 어디선가 보게 되는 경우, 그것은 감정들로 이루어져 있었다. 돈은 아무것도 아니었고, 권력역시 그러했다. 이 두 가지를 가졌지만 비참한 사람들을 우리는 많이 보았다. 아름다움은 아무것도 아니었다. 우리는 아름다운 남녀들이 그 아름다움에도 불구하고 비참한 것을 보았다. 건강 역시 그렇게 중요한 의미를 가지지 않았다. 누구나본인이 느끼는 그만큼 건강했다. 많은 환자들이 임종 직전까지 삶의 기쁨으로 활짝 피어났고, 많은 건강한 사람이 고통에 대한 두려움 속에서 불안에 가득 차 시들어갔다. 하지만 누군가 강렬한 감정들을 가지고 그것에 따라 살며, 그 감정들을 쫓아내거나 능욕하지 않고, 그것들을 소중히 여기며 누리는 곳에는 어디에나 행복이 있었다. 아름다움은 그것을 소유한 사람이 아니라, 그것을 사랑하고 경배할 수 있는 사람을 행복하게 했다.

겉보기에는 다양한 감정들이 있지만, 실상은 그들 모두가 하나였다. 우리는 모든 감정을 의지라고 부를 수도 있고, 아니면 어떤 이름으로 불러도 좋을 것이다. 나는 그것을 사랑이라고 부른다. 행복은 사랑이며, 그 이외의 어떤 것도 아니다. 사랑할 수 있는 사람은 행복하다. 우리 영혼의 모든 움직임, 그 안에서 영혼이 스스로를 느끼고 자신의 삶을 감지하는 그 움직임이 사랑이다. 따라서 많이 사랑할 수 있는 사람이 행복한 것이다. 하지만 사랑하는 것과 욕망하는 것은 완전히 같은 것은 아니다. 사랑은 현명하게 된 욕망이다. 사랑은 소유하려 하지 않는다. 사랑은 그저 사랑하려 할 뿐이다. 그렇기 때문에 세상에 대한 자신의 사랑을 사상의 그물 속에 감싸고, 자신의 사랑의 그물로 항상 새롭게 세계를 휘감아 자아냈던 철학자 역시 행복했다. 하지만 나는 철학자가 아니었다.

도덕과 미덕이라는 길 위에서 역시 내겐 어떠한 행복도 주어지지 않았다. 나의 내면에서 스스로 느끼고 만들어내고 돌보고 있는 미덕만이 행복하게 만들 수 있다는 것을 내가 알고 있는데 ─ 어떤 낯선 미덕을 내 것으로 만들려는 생각을 할 수 있었겠는가! 하지만 나는, 예수가 가르친 것이든 혹은 괴테가 가르친 것이든, 사랑의 계명이 세상에 의해 완전히 잘못 이해되고 있다는 것을 알게 되었다! 그것은 전혀 계명이 아니었다. 세상에 계명이란 존재하지 않는다. 계명이란, 인식하고 있는 사람이 인식하지 못하는 사람에게 전달해주는 것과 같은, 그리고 인식하지 못하는 사람이 파악하고 느끼는 그러한 진리이다. 계명이란 잘못 이해된 진리이다. 모든 지혜의 근원은, 행복이 오직 사랑을 통해 온다는 것이다. 지금 내가 "네 이웃을 사랑하라!"고 말한다면, 그것은 이미 잘못된 가르침이다. 아마도 "네 이웃을 사랑하듯 너 자신을 사랑하라!"고 말하는 것이 훨씬 옳은 말일 것이다. 우리가 항상 이웃에게서 시작하려고 했던 것이 아마도 근원적인 실수였던 것 같다. ……

어쨌거나 우리의 가장 깊은 내면에서는 행복을 갈구하며, 우리 외부에 있는 것과 기쁜 마음으로 화음을 이루기를 갈망한다. 이 화음은 어떤 사물에 대한 우리의 관계가 사랑이 아닐 경우 깨져버린다. 사랑의 의무 같은 것은 없으며, 행복할 의무만이 있다. 오직 이를 위해 우리는 세상에 존재하는 것이다. 모든 의무와 모든 도덕, 그리고 모든 계명을 가지고 우리가 서로 행복한 경우는 드물다. 왜냐하면 우리는 그것들을 가지고 우리 자신을 불행하게 만들기 때문이다. 만약 인간이 '선'할 수 있다면, 그는 행복할 때만, 자신의 내면이 조화로울 때에만 그럴 수 있다. 그가 사랑할 경우에만 선할 수 있는 것이다.

그러므로 이 세상의 불행과 나 자신의 불행은, 사랑의 행위가 방해받을 때 생겨난 것이다. 바로 여기서 신약성서의 구절들, "너희가 어린아이처럼 되지 않으면" ― 또는 "천국은 너희 가운데 있다"는 언급이 갑자기 내게 진실되고 심오한 의미를 갖게 되었다.

이것이야말로 가르침이었으며, 세상에서 유일한 가르침이었다. 예수가 그렇게 얘기했고, 부처가 그렇게 얘기했으며, 헤겔이 그렇게 얘기했는데, 그들 각자는 자신들의 신학 속에서 그렇게 얘기했던 것이다. 모든 사람에게 세상에서 유일하게 중요한 것은 자기 자신의 내면 ― 자신의 영혼 ― 자신의 사랑하는 능력이다. 그것이 이상 없다면, 우리가 기장을 먹든 케이크를 먹든, 남루한 옷을 입든 보석을 두르고 다니든 상관없이, 세계는 영혼과 어울려 순수하게 조화로운 소리를 내고, 선하며, 아무 이상이 없는 것이다.

……인간은 그 어떤 것도 자기 자신만큼 사랑할 수 없다. 인간이 자기 자신보다 더 무서워하는 것도 없다. 그런데 원시적인 인간들의 신화와 계명 그리고 종교와 더불어, 저 기이한

전이체계와 거짓체계가 만들어졌다. 이 체계에 따라, 삶이 기반을 두고 있는 자기 자신에 대한 사랑은 인간에게 금지된 것으로 여겨졌고, 은폐되거나 숨겨지거나 가면을 써야만 했다. 다른 사람을 사랑하는 것이 자기 자신을 사랑하는 것보다 더 선하고 도덕적이며, 더 고상하게 여겨졌다. 그런데 자기애가 한때 원초적 충동이었고 이웃사랑은 이 자기애 옆에서 한 번도 제대로 발전해본 적이 없었기 때문에, 사람들은 서로에 대한 이웃사랑의 형태로, 위장되고 고양된 형태의 세련된 자기애를 발명하게 되었던 것이다. ······ 그렇게 해서 가족과 부족, 마을과 종교공동체, 민족과 국가가 신성한 것이 되었다. ······ 자기 자신을 위해서는 아주 사소한 윤리적 계명도 넘어서서는 안 되는 인간이 — 공동체와 민족 그리고 조국을 위해서는 모든 것을, 심지어 가장 끔찍한 일조차도 할 수 있다. 그리고 보통은 경멸시되는 모든 충동이 여기선 의무가 되고 영웅적 행위가 된다. 지금의 인류는 그러한 지경에까지 이른 것이다. 아마 민족이라는 우상들도 시간과 더불어 붕괴할 것이다. 그리고 새로이 발견된 전 인류에 대한 사랑 속에서, 아마도 오래 전의 근원적 가르침이 다시 새롭게 출현할는지도 모른다.

그러한 인식이 천천히 도래하고 있으며, 우리는 그러한 인식을 향해 나선을 그리며 구불구불 상승하고 있다. 그리고 그러한 인식이 도래하면, 우리가 마치 도약하듯 순식간에 그 인식에 도달한 것처럼 여겨질 것이다. 하지만 인식은 아직 삶이라고 할 수 없다. 인식은 삶에 이르는 길이다. 그리고 많은 이들은 영원히 그 길 위에 머물러 있다.

신음하는 바람처럼

밤새 불어대며 신음하는 바람처럼
그대를 향한 나의 열망이 휘몰아치고,
모든 동경이 깨어났다 —
오, 나를 병들게 한 그대,
그댄 나에 대해 무엇을 알고 있는가!
나는 느지막이 나의 등불을 조용히 끄고,
열병을 앓으며 몇 시간을 깨어 있다,
그러면 밤은 그대의 얼굴을 하고,
그러면 사랑 얘기를 늘어놓는 바람은
잊지 못할 그대 웃음소리처럼 울린다!

자각

정신은 신적이며 영원하다.
정신의 형상이자 도구인 우리가 가는 길은
그에게로 향한다. 우리의 가장 내밀한 동경은
정신처럼 되는 것, 그의 빛 속에서 반짝이는 것.
하지만 우리는 흙으로 빚어져 죽을 운명이며,
피조물인 우리 위로 무거움이 사뭇 짓누르고 있다.
자연이 우리를 부드럽게 어머니처럼 따뜻하게 감싸며,
대지가 우리에게 젖을 먹이고, 요람과 무덤을 제공하지만,
자연은 우리에게 평화를 주진 못하며,
자연의 어머니와 같은 마력을
불멸하는 정신의 불꽃이 아버지처럼
꿰뚫어, 아이를 어른으로 만들고,
순진함을 제하여 투쟁과 양심에 눈뜨게 한다.

그처럼 어머니와 아버지 사이에서,
그처럼 육체와 정신 사이에서
피조물 가운데 가장 연약한 아이는 망설인다,
다른 어떤 존재도 지니지 못한 고뇌의 능력을 지니고,

가장 최고의 것, 믿음이 있는 사랑, 희망하는 사랑에 능한
전율하는 영혼인 인간은.

그의 길은 고되고, 죄와 죽음이 그의 음식이며,
종종 그는 어둠 속으로 길을 잃고 빠져드니, 때로는
창조되지 않은 편이 나았을 듯하다.
하지만 그의 머리 위로 그의 동경이, 그의 사명이
영원히 빛난다, 빛과 정신이.
그리고 우리는 느낀다, 위험에 처한 그를
영원한 자가 특별한 사랑으로 사랑한다는 것을.

그러니 방황하는 우리 형제들은
분열 속에서도 사랑할 수 있고,
심판과 증오가 아니라,
참을성 있는 사랑이,
사랑하며 참는 것이 우리를
신성한 목표로 더 가까이 이끈다.

전쟁 사 년째에

저녁이 차갑고 슬플지라도
그리고 비가 주룩주룩 내릴지라도,
나는 지금 나의 노래를 부르노라,
누가 듣고 있는지 난 모르지만.

세계가 전쟁과 공포로 숨 막혀 죽을 지경이어도,
여러 곳에서
사랑은 계속해서 비밀리에 불타오르도다,
아무도 보지 않더라도.

평화를 맞으며

- 바젤 라디오 방송국의 휴전 축하 방송에 부쳐

증오의 꿈과 피의 도취에서
깨어나며, 전쟁의 섬광과 치명적인 굉음으로
아직 눈 멀고 귀 먼 채,
온갖 끔찍한 것에 익숙해진 채로,
들고 있는 무기와
두려운 일과를 내려놓는다,
피곤에 지친 병사들이.

'평화다!'라는 소리가 울려퍼진다
마치 동화 속에서, 아이들의 꿈속에서인 것처럼.
'평화.' 그러자 마음이
채 기쁨을 느끼기 전에 눈물이 먼저 앞을 가린다.

우리 가련한 인간들은,
선도 악도 행할 수 있으며,
동물이면서 신이다! 슬픔과 부끄러움이
오늘 우리를 얼마나 짓누르는지!

하지만 우리는 희망한다. 그리하여 우리 가슴속엔
사랑의 기적에 대한
불타는 예감이 살아 숨 쉬고 있다.
형제들이여! 우리에겐 정신으로,
사랑으로 귀향할 길과
잃어버린 모든 낙원으로 가는
문이 열려 있다.

원하라! 희망하라! 사랑하라!
그러면 대지는 다시 너희 것이 되리라.

그렇습니다, 세상은 불평등이라는 병에 걸려 있습니다. 그뿐만이 아니고 세상은 사랑과 인간성의 결핍, 형제애의 결핍으로 인해 훨씬 더 심한 병을 앓고 있습니다. 수천 명이 무기를 들고 행진하는 식으로 조장되는 형제애는, 그것이 군사적 형태든 혁명적 형태든 나로서는 받아들일 수 없는 것입니다.

어떤 사람이 자기 자신에게 많은 것을 요구하는 경우, 나는 그것을 이해하고 인정합니다. 하지만 그가 이러한 요구를 다른 사람들에게까지 확대하고 자신의 삶을 선한 것을 위한 '투쟁'으로 만드는 경우, 나는 그에 대한 판단을 포기할 수밖에 없습니다. 왜냐하면 나는 투쟁이나 집단행동, 반대운동을 조금도 지지하지 않기 때문입니다. 나는 세계를 바꾸려는 모든 의지가 전쟁과 폭력으로 이어진다고 믿고 있습니다. 그런 이유로 나는 어떤 반대운동에도 가담할 수가 없습니다. 왜냐하면 나는 필연적으로 도달해야 할 최종 결론을 인정하지 않기 때문이고, 지상의 불의와 악의가 치유될 수 있으리라고 생각지 않기 때문입니다. 우리가 변화시킬 수 있고 변화시켜야 하는 것은 우리 자신, 즉 우리의 성급함, 우리의 이기주의(정신적인 이기주의 역시), 우리의 모욕감, 사랑과 관용의 부족입니다. 그 이외의 어떠한 세계변혁도, 비록 그것이 가장 선한 의도에서 나왔다 하더라도, 나는 무익한 것이라 생각합니다.

부드러운 것은 단단한 것보다 강하다.

물은 바위보다 강하다.

사랑은 폭력보다 강하다.

악은 언제나 사랑이 충분치 않은 곳에서 생겨나는 것입니다.

상상력과 감정 이입 능력은 사랑의 형태 이외의 다른 무엇도 아닙니다.

내가 독자들에게 충고하고 싶은 무엇인가가 있다면 그것은 다음과 같은 것입니다. 약한 사람이나 쓸모없는 사람을 가리지 않고 인간을 사랑하는 것, 하지만 그들을 판단하지 않는 것 말이지요.

누군가가 당신 마음에 드는 책이나 예술작품을 거부한다면, 그에 대해 방어하거나 그 책을 변호하려는 것은 부질없는 일입니다. 우리는 자신의 사랑 편에 서서 그 사랑을 고백하는 것으로 족하지, 이 사랑의 대상에 대해 다투지는 말아야 합니다. 그것은 아무 쓸 데 없는 짓입니다. 작가의 책들은 설명과 변호가 필요하지 않습니다. 그 책들은 대단히 인내심이 강하고 기다림에 능합니다. 그리고 그 책들이 약간이라도 가치가 있다면, 그것들은 계속 살아 있을 것입니다.

죽음의 부름은 사랑의 부름이기도 합니다. 우리가 죽음을 긍정하고, 그것을 삶과 변화의 위대하고도 영원한 형식 중의 하나로 받아들인다면, 죽음은 감미로워질 것입니다.

헤세 무제움

사랑하기,
황폐한 대지에서 살아남기

정현규 (숙명여대 독문과 교수)

　순수한 첫사랑부터 노련미가 넘치는 카사노바의 사랑까지, 느닷없이 찾아온 사랑에서 오래 묵은 사랑까지, 이루어질 듯 말 듯한 사랑에서 사랑의 거부까지. 헤세의 이 모음집은 헤세의 전 작품과 편지글을 아우르며 이처럼 다양한 사랑의 양상을 짚고 있다. 「얼음 위에서」처럼 그 사랑은 불현듯 찾아와서 순식간에 사라져버리거나, 「아이리스」에서처럼 평생을 찾아 헤매야 비로소 얻게 되기도 하고, 「픽토어의 변신」에서처럼 변하고 변하고 또 변한 후에 알게 되기도 하는 것이다. 그런 탓에 독자는 아련하게 잊혀졌던 사랑의 기억을 떠올리게 되기도 하고, 현재진행형인 사랑의 모습을 만나기도 하며, 한 번도 겪어보지 못했던 사랑 ― 그것이 미래의 사랑이든, 도저히 가능할 것 같지 않은 사랑이든 ― 을 만나게 된다. 그리하여 누구든 자신의 사랑 경험에 비추어 '사랑에 관하여'에 나름의 형용어를 더할 수도 있을 것이다. '덧없는 사랑에 관하여'라든지, '미칠 것 같은 사랑에 관하여'라든지, '사랑, 그 영원한 미완의 경험에 관하여'라든지 하는 식으로 말이다.

그렇게 사랑의 얼굴이 여럿인 것처럼 사랑과 반대편에 서 있는 감정들도 다양하다. 넓게 보자면 헤세의 사랑론은, 사랑과 같은 편에 서 있는 것들과 그렇지 않은 것들에 대한 성찰로도 채워져 있다고 할 수 있다. 예를 들면 사랑과 같은 편엔 '상상력'과 '감정이입 능력'이 있고, 그 반대편엔 '악'과 '불신'이 있으며, 상대방에 대한 '판단'과 '폭력'이 있다. 그는 이렇게 말한다.

"부드러운 것은 단단한 것보다 강하다.
물은 바위보다 강하다.
사랑은 폭력보다 강하다."

혹은

"상상력과 감정이입 능력은 사랑의 형태 이외의 다른 무엇도 아닙니다."
반면 사랑을 잃는다는 것은 '악'이며 '불신'이자 결국 전쟁에까지 이르게 하는 무엇이다.

"악은 언제나 사랑이 충분치 않은 곳에서 생겨나는 것입니다."

어둠을 밝히기 위해 혹은 빛이 사그라들지 않도록 하기 위해 에너지가 필요하듯이, 사랑을 하기 위해서도 에너지가 필요하고, 그 에너지가 줄어들기 시작할 때면 그 즉시 우리의 마음엔 어둠이 내려앉는 것이다. 따라서 헤세가 그리고 있는 것처럼, 완성되지 않은 세상, 도저히 완성될 것 같지 않은 세상에서 우리가 해야 할 것은 오직 온 힘을 다해 사랑하는 것뿐이다. 그는 그 외에 필연적으로 도달해야 할 어떤 최종 결론도 인정하지 않는다고 단호히 말한다. 그 이유는 어떤 결론을 단정 지어 말한다는 것이, 설령 그것이 이 땅의 불의와 악의를 치유하려는 의도를 가진 것이라 할지라도, 필연적으로 집단행동과 반대 운동을 거쳐 전쟁과 폭력으로 이어지는 것을 헤세 자신이 직접 보았기 때문이다. 그리하여 헤세는 자신의 독자들에게 다음과 같은 충고를 보낸다. "약한 사람이나 쓸모없는 사람을 가리지 않고 인간을 사랑"하되 "그들을 판단하지" 말라고 말이다. 그러니 우리는 다음과 같은 그의 절실한 외침을 기억해야 한다.

"원하라! 희망하라! 사랑하라!
그러면 대지는 다시 너희 것이 되리라."

제2차 세계대전이 끝난 것을 축하하는 방송에서 그가 외친 것에서 유추할 수 있듯이, 사랑이 없는 한 대지는 우리의 것이 아니다. 결국 그가 거듭해서 사랑에 대해 말하는 것은, 대지가 여전히 혹은 아직 우리의 것이 아니기 때문이다. 그렇다, 우리가 처한 상황이 바로 그렇다. 전쟁과 같은 일상 속에서 사랑하는 힘을 잃고 황폐화된 대지 위에서 살고 있는 것이 우리의 모습인 것이다. 이를 반추하고 사랑을 위한 에너지를 축적해 서로 나누는 것만이 우리의 누추함과 염치없음을 극복하는 길이다.

이렇게 써놓고 보니 헤세의 풍부한 사랑론에 쓸모없는 가필만 잔뜩 늘어놓은 꼴이 돼버렸다. 그러니 '사랑하라'라는 그의 주문처럼, 사랑을 이해하기 위해 우리는 '우리의 사랑'을 하는 수밖에는 다른 도리가 없다. 그것만이 사랑을 깨닫는 단 한 가지 방식인 것이다.

「얼음 위에서」:『게으름의 예술』중에서

「너무 늦게」: 1909년에 쓰여진 시,『시 선집』중에서

"성적으로 성숙되기 전":『황야의 이리』(1927) 중에서

"사랑은 우리를 행복하게":『페터 카멘친트』(1904) 중에서

"우리는 사랑으로 인해": 출간되지 않은 편지 중에서

"우리는 가장 힘겹게":『게르트루트』(1910) 중에서

"사랑이란 고통 속에서":『사랑의 길』중에서

「한스 디를람의 수업시대」: 1909년 첫 출간,『단편 선집』중에서

"모든 사랑에 심오한":『서한 모음집』중에서

"어느 때라도 사랑을": 출간되지 않은 편지 중에서

"젊은이여, 가슴속에":『시 선집』에 실린 사행시

"사랑은 구걸해서도":『데미안』(1919) 중에서

「사이클론」: 1913년 첫 출간,『단편 선집』중에서

"예전에 나는":『페터 카멘친트』중에서

「나는 여인들을 사랑한다」:『시 선집』 중에서

「그 여름날 저녁에」: 1907년에 쓰여진 단편,『단편 선집』 중에서

「엘리자베트」: 1900년에 쓰여진 시,『시 선집』 중에서

"그것이 아름다우면 아름다울수록":『페터 카멘친트』 중에서

「그렇게 별들은 움직여간다」: 1898년에 쓰여진 시,『시 선집』 중에서

「그거 아세요?」: 1907년 첫 출간,『단편 선집』 중에서

「불꽃」: 1910년에 쓰여진 시,『시 선집』 중에서

"어떤 사람이":『서한 선집』 중에서

"사랑받는 것은":『클라인과 바그너』 중에서

"내가 열여섯 살이었을 때":『게으름의 예술』 중에서

「추운 봄날 연인에게 바치는 노래」: 1924년에 쓰여진 시,『시 선집』 중에서

「기억들」: 1905년에 쓰여진 단편,『단편 선집』 중에서

"하루하루가 얼마나": 1911년에 쓰여진 시,『시 선집』 중에서

「사랑」: 1906년에 쓰여진 단편,『게으름의 예술』 중에서

"삶에 있어서":『서한 모음집』 중에서

「장난삼아」:『시 선집』 중에서

"매일의 개인적인 체험에서":『게으름의 예술』 중에서

"나는 내가 청년 시절에":『소시민의 나라』 중에서

"덧붙여 말하자면":『페터 카멘친트』 중에서

리」를 위한 자료』중에서

「낙원의 꿈」: 1926년에 쓰여진 시,『시 선집』중에서

「사랑의 전령」: 1927년에 쓰여진 글,『작은 기쁨』에 실린「밤나무 숲의 오월」중에서

「사랑」:『시 선집』중에서

「카사노바」: 1925년에 쓰여진 글,『비평문과 논문으로 된 문학사』중에서

「유혹자」: 1926년에 쓰여진 시,『시 선집』중에서

「무도회의 밤」:『황야의 이리』중에서

「카네이션」: 1919년에 쓰여진 시,『시 선집』중에서

「삶에 반해서」:『황야의 이리』중에서

"내가 배운 것은":『황야의 이리』중에서

"모든 삶은":『나르치스와 골트문트』(1930) 중에서

"내 생각에":『서한 선집』중에서

「어머니에게로 가는 길」: 1926년에 쓰여진 시,『시 선집』중에서

"당신은 열여덟 살입니다":『데미안』중에서

「예술로 변화된 사랑」: 1931년 4월에 쓰여진 편지,『서한 모음집』중에서

「비밀에 가득 찬 여인」: 1928년에 쓰여진 시,『시 선집』중에서

「사랑할 수 있는 사람은 행복하다」: 1918년에 쓰여진 글,『작은 기쁨』에 실린「마르틴의 일기」중에서

「신음하는 바람처럼」:『시 선집』중에서

"나는 감정이나": 『뉘른베르크 여행』 (1927) 중에서

"세상을 통찰하고": 『싯다르타』 (1922) 중에서

"사랑의 경우는": 『문학 속 표현주의』 중에서

"전체적으로 보아": 『서한 선집』 중에서

"세계와 인생을 사랑하는 것": 슈토름과 뫼리케의 서신 교환에 부치는 서문 중에서

「자각」: 1933년에 쓰여진 시, 『시 선집』 중에서

"아마도 그러한 질문과": 『서한 선집』 중에서

"모든 시대에 공통된": 1907년에 쓰여진 글, 『게으름의 예술』 중에서

"신약성서의 말씀을": 『요양객』 (1924) 중에서

"사랑의 길을": 『사랑의 길』 중에서

"그렇습니다, 세상은": 『서한 선집』 중에서

「전쟁 사 년째에」: 1917년에 쓰여진 시, 『시 선집』 중에서

"어떤 사람이 자기 자신에게": 『서한 선집』 중에서

"부드러운 것은": 『싯다르타』 중에서

「평화를 맞으며」: 1945년에 쓰여진 시, 『시 선집』 중에서

"악은 언제나": 『서한 선집』 중에서

"상상력과 감정 이입 능력은": 출간되지 않은 편지 중에서

"내가 독자들에게": 『서한 선집』 중에서

"누군가가 당신 마음에": 『서한 선집』 중에서

"죽음의 부름은": 『서한 모음집』 중에서